Susanne Mischke
Die Mörder, die ich rief

SERIE PIPER

Zu diesem Buch

Vincent Romero ist fassungslos: Vor seinen Augen versinkt der Chefarzt Roman Faber im künstlich angelegten See des noblen Golfplatzes. Zunächst kann sich niemand seinen Tod erklären. Die Obduktion aber ergibt, daß er einem tödlichen Cocktail aus den Blättern der Engelstrompete erlegen ist. Nach Mordverdächtigen muß Kommissar Romero nicht lange fahnden: Da ist Fabers attraktive Ehefrau, die Alleinerbin ihres Gatten sein wird. Oder seine reizende Schwiegermutter, die kürzlich von ihm für geschäftsunfähig erklärt wurde. Die Lösung des Falls scheint für Romero und seine Kollegin Antonie Bennigsen nur eine Frage der Zeit – bis auch der zwielichtige Vermögensberater Bussek dem Gift der Engelstrompete zum Opfer fällt …

Susanne Mischke wurde 1960 geboren. Nach ihrem Studium in Kempten und einigen Jahren in Berlin zog sie in die Nähe von Darmstadt und lebt heute bei Hannover. Mit ihren spannenden, herrlich bösen Romanen »Mordskind«, »Die Eisheilige« und »Mondscheinliebhaber« hat sie sich eine große Fangemeinde erschrieben. 2001 wurde ihr für ihr Buch »Wer nicht hören will, muß fühlen« der Frauen-Krimi-Preis der Stadt Wiesbaden, die sogenannte »Agathe«, verliehen. Seit 2001 ist sie Präsidentin der deutschen »Sisters in Crime«. Zuletzt erschienen von ihr »Schwarz ist die Nacht« und »Das dunkle Haus am Meer«.

Susanne Mischke

Die Mörder, die ich rief

Roman

Piper München Zürich

Von Susanne Mischke liegen in der Serie Piper vor:
Stadtluft (1858)
Mordskind (2631)
Der Mondscheinliebhaber (2828)
Die Eisheilige (3053)
Mordskind / Die Eisheilige (Doppelband, 3346)
Schneeköniginnen (3445)
Wer nicht hören will, muß fühlen (3605)
Schwarz ist die Nacht (3728)
Die Mörder, die ich rief (3861, Piper Original 7038)

Ungekürzte Taschenbuchausgabe
April 2003

Umschlag / Bildredaktion: Büro Hamburg
Isabel Bünermann, Julia Martinez /
Charlotte Wippermann, Kathrin Hilse
Umschlagabbildung: Wolfgang Stahr c/o Claudia Nerger
Foto Umschlagrückseite: Peter von Felbert
Satz: Satz für Satz. Barbara Reischmann, Leutkirch
Druck und Bindung: Clausen & Bosse, Leck
Printed in Germany ISBN 3-492-23861-0

www.piper.de

»Nach dem ersten Glas siehst du die Dinge, wie du wünschst, daß sie wären, nach dem zweiten siehst du die Dinge, wie sie nicht sind. Zum Schluß siehst du die Dinge, wie sie wirklich sind, und dies ist das Schrecklichste auf der Welt.«

Oscar Wilde über Absinth

Prolog

Dann höre ich mit angehaltenem Atem zu, wie sie über mich reden. Sie flüstern. Sie streiten. Sie wissen nicht, daß ich sie hören kann, daß ihre Stimmen bis zu mir hinaufkriechen. Ich sitze reglos da, mein Blick verliert sich in der Dunkelheit, und ich höre sie meine Verfehlungen aufzählen, mein Versagen, meine Schwächen.

Ich passe nicht mehr zu ihnen. Ich wachse ihnen über den Kopf, mache Probleme. Ich funktioniere nicht mehr so, wie sie es gewohnt sind. Klagen über Klagen. Wie schwer ich ihnen das Leben mache, welche Katastrophen noch zu befürchten sind.

Der Lauscher an der Wand hört seine eig'ne Schand, *war das nicht so?*

Ich sitze im Dunkeln, die Uhr tickt die Zeit herunter, und ich höre den Stimmen zu, die mein Leben verplanen, höre, wie sie über mein Schicksal beraten, wie sie Pläne schmieden. Wie hohl sie klingen, wenn sie ihre guten Absichten beschwören, die weitaus schlimmer sind als ihre schlechten. Man hüte sich vor Leuten, die das Beste für einen wollen, in Wahrheit wollen sie nur das Beste für sich.

Sie verfolgen mich mit ihren guten Absichten. Sie werden keine Ruhe geben, bis sie mich da haben, wo sie mich haben wollen. Aber nun kenne ich ihre Pläne und werde mich wehren.

Oft denke ich über den Tod nach.

Nein, nicht über meinen.

I.

Ein lauer Wind streicht über den manikürten Rasen und zupft an der Fahne von Loch sieben. Zilke Himmelreich tritt auf das Pedal. Der Elektrocar schnurrt an der Karawane vorbei, die müde den Fairway entlangzieht. Männer! Keiner will als Weichling dastehen und sein Golfgepäck auf ihren Wagen stellen, lieber schleppen sie wie die Maulesel. Dabei gehören die drei nicht mehr zu den jüngsten.

Bei Frauen ist das zum Glück anders. Sie verspüren nicht den Drang, die Heldin zu spielen, sie haushalten vernünftig mit ihren Kräften. Deshalb werden sie älter. Zilke kann das beurteilen, immerhin ist sie seit vierundvierzig Jahren Witwe.

Die drei Herren bleiben unter einem Baum stehen, und wie auf ein Kommando setzen alle drei ihre Flaschen an den Mund. Das ist eine gute Idee. Zilke hält ihr Gefährt am Rand der Spielbahn an und gießt etwas von Hannahs Zitronen-Pfefferminztee in einen Aluminiumbecher. Es widerstrebt ihr zutiefst, Tee aus etwas anderem als papierdünnem Porzellan zu trinken, aber nachdem schon zwei Wedgwood-Tassen in ihrem Golfbag zu Bruch gegangen sind, hat sie es aufgegeben.

Den Becher in der Hand, steigt sie ein wenig steifbeinig vom Wagen. Die Gummispikes ihrer Golfschuhe versinken im Gras wie in einem Berberteppich. Zilke Himmelreich liebt Golfrasen. Am liebsten würde sie sich hier, direkt auf dem Fairway, hinlegen und die Flugzeuge am Himmel beobachten. Selbstverständlich unterläßt sie es. Zum einen aus Gründen der Etikette, zum anderen, weil man in ihrem Alter nie weiß, ob man wieder alleine auf die Beine kommt.

Zilke Himmelreichs Ball liegt am vorderen Rand des Grüns, etwa zehn Meter von der Fahne entfernt. Sie hat dafür nur zwei Schläge gebraucht. Vincents Ball liegt ein Stück weiter hinten, im Sandbunker. Wie bedauerlich! Zilke gestattet sich ein boshaftes kleines Lächeln, dann wandert ihr Blick über die Anlage. Dieses intensive Grün ist immer wieder eine Augenweide, fast wie die Wiesen in Irland. Es ist wenig Betrieb an diesem Vormittag, kein Wunder, der Wetterbericht hat über dreißig Grad vorhergesagt, viel fehlt nicht mehr, um die Prognose zu erfüllen.

»Prosit, schöne Frau!« schallt Dr. Heumanns Stimme über den Platz.

Zilke Himmelreich vollführt eine grazile Geste mit dem Becher und lächelt. Heumann, der alte Charmeur. Könnte durchaus ein paar Kilo abnehmen, wenn schon bei der Frisur nichts mehr zu retten ist. Ihr Sohn Vincent dagegen hat noch immer eine schlanke Figur und volles Haar, und das nach fast vierzig Jahren als Beamter. Das spricht für gute Gene. Hauptkommissar der Mordkommission war er bis vor drei Monaten. Ein Polizist. Sie schaudert. Sie kann nicht verstehen, daß Vincent ab und zu im geheimen – aber Zilke entgeht es dennoch nicht – den Zeiten in diesem muffigen Präsidium nachtrauert.

Plopp. Dr. Heumanns Ball landet einen Meter neben der weißen Fahne.

Der vierte Spieler sucht noch immer seinen Ball irgendwo im tiefen Rough. Er wurde ihnen von Dr. Heumann als Kollege vorgestellt und hat zu Anfang so gespielt, wie es ein einstelliges Handicap erwarten läßt. Seit dem vorletzten Loch jedoch hat er signifikant nachgelassen. Würde nicht *Golf* auf der Brusttasche seines Hemdes stehen, ließe sich schwerlich erahnen, was er da mit dem Schläger treibt. Möglicherweise setzt ihm das Wetter zu, denn auch er dürfte schon die Jahre erreicht haben, die Männer ihre besten zu nennen pflegen.

Zilke fächelt sich mit der überbreiten Krempe ihres Panamahuts Luft zu. Das kleine Wasserhindernis glitzert wie ein Saphir, ein Windhauch kräuselt die Oberfläche. Vincent Romero kommt näher und stellt sich neben seine Mutter in den Schatten des Elektrowagens.

»Vincent, wenn dein Strohhut an der Tasche hängt, kann er dich schwerlich vor einem Hitzschlag schützen.«

Vincent Romero, seit sechzig Jahren ihr Gezeter gewohnt, versucht es mit Ablenkung: »Schöner Schlag, dein letzter.«

»Meinen Abschlag von über einhundertfünfzig Metern fandest du also nicht gut?«

»Doch, natürlich. Wenn du jetzt triffst, hast du ein Birdie.«

»Das brauchst du mir nicht zu erklären«, erwidert Zilke, »ich kenne die Regeln. Besser als du.«

»Was willst du damit andeuten?«

»Du hast vorhin, an Loch drei, zum Putten den Ball ausgetauscht.« Zilke Himmelreich stützt die Hände in die Seiten und sieht ihren Sohn mit einer Mischung aus Triumph und Strenge an. Romero rollt die Augen zum blaßblauen Himmel.

»Was muß ich tun, damit es Heumann nicht erfährt?«

Den Ex-Kommissar und den Rechtsmediziner verbindet eine langjährige berufliche Zusammenarbeit, aus der mit den Jahren eine Freundschaft wurde. Aber kaum gibt man ihnen Golfschläger in die Hände, ist es damit aus und vorbei.

Schon arbeitet sich Dr. Heumanns rundliche Gestalt den kleinen Hügel hinauf. Auf dem Grün angekommen, wischt er sich mit einem Handtuch die Glatze trocken und wendet sich Frau Himmelreich zu: »Ganz großartig, Ihr Spiel, Gnädigste. Im Gegensatz zu Ihrem Sohn sind Sie heute in grandioser Form. Und sehen auch so aus, wenn ich das bemerken darf. Dieser entzückende Hut! Solche Hüte habe ich zuletzt auf dem Platz von Pebble Beach gesehen, wo ich ...«

»Entschuldigen Sie, wenn ich Ihnen ins Wort falle«, unterbricht Zilke Heumanns Ansatz zu einer weiteren Golfanekdote, »aber sehen Sie sich bitte *dieses* Benehmen an!« Sie deutet mit ihrem Golfhandschuh, den sie der Hitze wegen ausgezogen hat, hügelabwärts. Romero und Heumann folgen ihrem Blick.

Zugegeben, das mit dem elitären Grün ist längst nicht mehr das, was es zu Zilkes Glanzzeiten einmal war. Längst sind die Barrieren der Distinktion gefallen. Inzwischen muß man auf dem Platz Menschen mit umgedrehten Baseball-Mützen ertragen, die einem den Anblick ihrer Waden und Oberschenkel zumuten, und es ist womöglich nur eine Frage der Zeit, wann gewisse Damen, bei Temperaturen wie heute, im Tanga chippen und putten. Aber was dieser Faber da unten aufführt, ist mit den Anstandsregeln, die bis jetzt glücklicherweise noch auf Golfplätzen gelten, unmöglich zu vereinbaren.

Faber torkelt wie ein Betrunkener über den Fairway, wobei er Schreie und – man kann es beim besten Willen nicht anders nennen – Rülpslaute ausstößt. Immer wieder duckt er sich und fuchtelt mit dem Schläger, als gelte es, einen Angriff aus der Luft abzuwehren, ehe er das Eisen in hohem Bogen wegwirft und sich sein Hemd vom Leib reißt. Sein nackter Oberkörper wird sichtbar, Zilke hebt die Augenbrauen. Der Mann geht in die Knie und wirft sich wie ein Welpe auf dem Rasen herum. Als er genug davon hat, rappelt er sich wieder hoch, hält mit gesenktem Kopf auf das Wasserhindernis zu und stürzt sich mit einer solchen Hast hinein, als trüge er brennende Kleider am Leib. Gurgelnd verschluckt ihn der Schilfgürtel.

Romero und Dr. Heumann sind bereits losgerannt. Als die beiden das Ufer erreichen, taucht der Mann im unbewachsenen Teil des Gewässers auf. Er strampelt. Kann er nicht schwimmen? Für einen Moment ist sein Gesicht zu sehen, es ist verzerrt und violett angelaufen.

Heumann und Romero schlüpfen aus ihren Hemden, schleudern ihre Schuhe von den Füßen und springen ins Wasser. Bis sie sich durch das Schilf gekämpft haben, ist von Faber nichts mehr zu sehen. Dann verschwinden auch sie.

Zilke steht wie in Beton gegossen am Rand des leicht erhöhten Grüns und preßt die Hände vor den Mund. Sie sieht Bilder vor sich, in denen Ertrinkende mit unmenschlichen Kräften ihre Retter mit sich ins nasse Grab ziehen.

»Vincent!« Ihre sonst so volltönende Stimme ist nur noch ein schneidender Sopran. Sekunden vergehen. Dreißig? Sechzig? Zilke spürt, wie sich ein Eiszapfen in ihr Rückgrat bohrt. Wie tief ist dieser See?

Dem Allmächtigen sei gedankt! Vincents Kopf erscheint auf der Wasseroberfläche, hinter ihm das kahle Haupt von Dr. Heumann. Beide schnappen ein paarmal nach Luft. Vincent ruft ihr etwas zu, was sich wie »Rettungstaucher« anhört. Taucher? Wir sind auf einem Golfplatz, mein Bester.

Die Köpfe verschwinden erneut unter Wasser. Zilke reißt sich zusammen. Ohne den See aus den Augen zu lassen, wühlt sie in Romeros Tasche und findet das Mobiltelefon. Sie wählt die Notrufzentrale.

Inzwischen sind auch die zwei Männer und die beiden Damen

vom nachfolgenden Flight ans Seeufer geeilt. Die Männer schlüpfen ebenfalls aus ihren Hemden – und – Zilkes Augenbrauen schnellen erneut nach oben – sogar aus ihren Hosen! Rotgelbe Karos und weißer Feinripp kommen zum Vorschein. Mit viel Geplatsche stürzen sie sich in den See. Eine der jungen Damen ruft unentwegt: »Sei vorsichtig, Hase!«

Zilke geht langsam den Hügel hinunter. Als sie fast am See angekommen ist, ruft einer der Männer: »Hierher! Ich glaube, ich hab ihn!«

Es entsteht ein Gewühl aus halbnackten Leibern in der Nähe des Schilfgürtels, was Zilke unpassenderweise an eine Krokodilfütterung denken läßt. Offenbar ist es nicht einfach, Faber ans Ufer zu ziehen, alle vier geraten ins Keuchen, bis der schwere Körper endlich auf dem Rasen liegt. Fabers bleiche Haut ist schlammverschmiert, um den Hals haben sich Schlingpflanzen gewickelt. Auch Romero und Heumann sehen wie Seeungeheuer aus.

Die Retter in den Unterhosen beginnen mit unbeholfenen Wiederbelebungsversuchen. Wasser strömt aus Fabers Mund, man klopft auf Rücken und Brustkorb, bis Dr. Heumann einsatzbereit ist.

»Gestatten Sie? Ich bin Arzt.«

»Ich auch«, antwortet der Mann in der karierten Unterwäsche und läßt von dem Leblosen ab, um sich seinem Kollegen zuzuwenden. »Welche Fachrichtung?«

»Forensische Medizin.«

»Hals-Nasen-Ohren.«

»Nun tut doch mal was!« ruft der Mann im Feinripp, genannt Hase.

»Bitte, Herr Kollege«, sagt der Karierte mit einer Geste, als würde er ein Bufett eröffnen.

Dr. Heumann untersucht den Körper mit ein paar routinierten Griffen, ehe er mit der Herzmassage beginnt. Man hört das Knacken von brechenden Rippen, als Heumann seine Bemühungen intensiviert.

Das Geräusch geht Romero durch und durch. Er wendet sich ab und läßt sich in einiger Entfernung auf den Rasen sinken. Inzwischen haben sich ein Dutzend Menschen an der Unglücksstelle versammelt. Ratschläge werden erteilt:

»Man muß ihn umdrehen!«

»Beatmen, man muß ihn beatmen!«

Dr. Heumann richtet sich auf, schaut hinüber zu Romero und bewegt stumm den Kopf hin und her.

Der Hals-Nasen-Ohren-Spezialist versucht es mit Mund-zu-Mund-Beatmung. Heumann läßt ihn gewähren. Es sollen ja schon Wunder geschehen sein, seiner Erfahrung nach aber wird er Professor Dr. Roman Faber morgen auf dem Seziertisch wiedersehen.

»Alles in Ordnung mit dir, du Held?« Zilke ist neben Romero getreten.

»Mit mir schon.«

»Du könntest jetzt ebensogut da drüben liegen!«

»Ich sitze aber hier«, entgegnet Romero.

»Sich wie ein Pinguin ins Wasser zu stürzen. Ich bin fast gestorben vor Angst!«

»Was hätte ich denn machen sollen, den Bademeister rufen?«

Zilke hebt die Schultern, um sie mit einem resignierten Seufzer wieder fallen zu lassen. Romero streicht sich das nasse Haar aus dem Gesicht. Anscheinend verfolgen sie mich, die Leichen, denkt er und streckt seine Hand aus. »Gib mir mal bitte das Telefon.«

»Der Rettungsdienst ist schon unterwegs.« Wie zur Bestätigung ertönt das schnell anschwellende Geheul des Notarztwagens.

Romero sucht nach Antonie Bennigsens Nummer. Er braucht nicht lange dazu, sie steht an erster Stelle, was vermutlich nur am A liegt. Während er auf die Verbindung wartet, nähert sich das Notarztteam auf einem Elektrocar. Mit wehenden weißen Kitteln rasen sie über die sanften Wellen des Golfplatzes wie drei apokalyptische Reiter, und Romero senkt den Kopf, weil er trotz allem lächeln muß.

Ein öliger Schlager tropft aus den Boxen, während Gianni Antonies Haar trockentupft.

»Warum bist du heute schon so früh hier? Hast du frei?«

»Ja. Diese Woche läuft die Aktionswoche *Deine Polizei und du. Tag der offenen Tür* und solche Geschichten. Wir sollen *Bürgernähe* herstellen. Das wollte ich mir ersparen. Ich habe das ganze Jahr genug Bürgernähe. Ist das Ding da neu? So was bräuchte ich auch.« Antonie blickt auf einen Standventilator im Fünfziger-Jahre-Design, der auf vollen Touren läuft.

»*Sí, signora commissaria*, nagelneu.«

»*Signora commissaria!*? Hast du einen Fortgeschrittenenkurs *Italienisch für schwule Friseure* besucht?«

»Wirst du wohl den Mund halten?« Gianni wedelt erbost mit dem Handtuch. Um seine breite Brust spannt sich ein zitronengelbes T-Shirt, schwarze Brusthaare kringeln sich über dem Halssausschnitt.

»Warum? Dante und Verdi sind doch verschwiegen.« Antonie deutet auf die beiden grauen Möpse, die sich in der kühlsten Ecke des Salons *Arte di Capelli* ausgestreckt haben und ihre Zungen heraushängen lassen.

»Sag mal, Gianni, färbst du deine Brusthaare oder trägst du ein Toupet?«

Giannis braune Augen begegnen Antonies blauen im Spiegel.

»Liebe Antonie, wie wäre es mal mit einem Aktionstag *Sei freundlich zu deinem Friseur*?«

»Vielleicht ein andermal.«

»Seit dein Romero pensioniert ist, bist du unausstehlich.«

»Er ist nicht *mein* Romero.«

»*Alora*, was sollen wir machen?«

Jetzt kommt der heikle Part. »Nur ein bißchen die Spitzen schneiden«, murmelt Antonie und wappnet sich für den Protest ihres Friseurs, einem bekennenden Langhaarfetischisten.

»Spitzen schneiden, *va bene.*« Gianni verschwindet hinter dem blauen Muranoglasperlenvorhang, während Antonie verdattert sitzen bleibt. Warum hat er nicht protestiert, wie sonst? Bin ich ihm auf einmal egal?

»Magst du einen Espresso?« tönt es aus dem Nebenraum.

»Nur keine Umstände«, antwortet sie reserviert. »Ein Glas Wasser genügt für mich.«

»*Acqua?*«

»Meinetwegen *acqua*« brummt Antonie. Gianni hat nicht ganz unrecht. Seit Romero nicht mehr da ist, macht das Leben irgendwie keine Freude mehr. Ja, sie vermißt Romero, seine Höflichkeit, seinen trockenen Humor, ihr fehlt sogar der Anblick seiner exquisiten Garderobe und der Qualm seiner kubanischen Zigarren. Wie es ihm als Rentner wohl geht? Letzte Woche haben sie telefoniert. *Mir? Mir geht's prächtig. Heumann hat Urlaub, wir klappern die Golfplätze der Umgebung ab.*

Antonie seufzt.

»Hast du was gesagt?« ruft Gianni.

»Nein. Ich bin nur froh, daß ich diese Woche frei habe!«

»Ja, bei dieser Hitze«, bestätigt Gianni aus dem *Off*.

Was, zum Teufel, treibt er eigentlich da hinten in seinem Kabuff? Muß er noch die Schere schleifen?

»Genau«, ruft sie nach hinten. »Leichen sind bei diesem Wetter nicht sehr appetitlich. Ein, zwei Stündchen in der Hitze, und schon wimmelt es ...«

»Antonie! Bitte, es ist früh am Morgen, und ich bin ein sensibler Mensch!«

Der Vorhang klimpert, und Gianni taucht wieder hinter ihr im Spiegel auf. »Arbeit, Arbeit, Arbeit. Es gibt doch auch noch *amore*, oder?«

»Wovon sprichst du, bitteschön?« Das ist etwas übertrieben. Am Wochenende wird sie Daan endlich wiedersehen.

»Hier, ich habe dir *qualcosa speciale* gemacht.« Gianni stellt ein kelchförmiges Glas vor Antonie auf die Ablage. Es ist zu einem Viertel mit einer grünen Flüssigkeit gefüllt. Gianni läßt eine Ladung Eiswürfel hineingleiten und füllt mit Sodawasser auf. Das Getränk wird trübe und verfärbt sich seladongrün.

»Was ist das?«

»*La fée verte*«, antwortet Gianni und verdreht schwärmerisch die Augen.

»Bitte?«

»Die grüne Fee. Absinth.«

»Da ist doch ziemlich viel Alkohol drin, oder?«

»Wenn's nur das wäre«, meint Gianni leichthin. »Man sagt ihm euphorisierende Wirkung nach. Genau das, was du brauchst, *cara mia.*«

Antonie hält ihr Glas gegen das Licht, das in dünnen Streifen durch die heruntergelassene Jalousie dringt.

»Ist das der neue Szenedrink?«

»Nicht neu, nur wiederentdeckt. Das Getränk der Boheme.«

Gianni muß es wissen, es ist der größte Herumtreiber der Stadt, wenn er nicht gerade in seinem Salon den schwulen Figaro gibt, der angeblich aus dem sizilianischen Ort Corleone stammt. Antonie weiß, daß sein Paß auf den Namen Manfred Göckel lautet, geboren in Frankfurt-Höchst, aber Gianni spielt seine Rolle so gut, daß sie es zuweilen fast vergißt.

»Absinth wurde in Deutschland nach dem ersten Weltkrieg verboten und darf jetzt wieder verkauft werden. Hat was mit der EG zu tun.«

Antonie probiert.

»Schmeckt wie Fernet Branca mit Pastis.«

Gianni hat sich ebenfalls eine grüne Fee gemixt, er prostet ihr zu.

»*Salute.*«

Antonie begnügt sich mit einem kleinen Schluck, während Gianni sein Glas in einem Zug leert.

»Auf das Getränk, das schon Baudelaire, Picasso und van Gogh inspiriert hat. Es wird auch mich inspirieren, das wird der Haarschnitt deines Lebens, *cara mia.*«

»Van Gogh soll sich im Absinthrausch das Ohr abgeschnitten haben«, gibt Antonie zu bedenken.

»Andere behaupten, daß sein Freund Gauguin es ihm abgeschnitten hat. Wahrscheinlich waren beide zugedröhnt bis obenhin.« Gianni lacht und setzt sein Glas schwungvoll ab. Ebenso dynamisch greift mit der Hand in Antonies Haar, mit der anderen schnappt er sich eine Schere. Eine sehr große Schere. Im Augenwinkel sieht Antonie das Metall aufblitzen.

»*Alora* ... sei ganz entspannt, hier kommt der *maestro.*«

Ziss, ziss ... Dicht an ihrem rechten Ohr wetzen die Klingen hell und scharf aneinander.

»Äh, Gianni ...«

»*Sí?*«

»Das mit dem Haareschneiden ... ich hab's mir anders überlegt.«

»Was? Nicht schneiden?«

»Nein.«

»Auch nicht die Spitzen, nur ein ganz klein wenig?« fleht Gianni und fuchtelt mit der Schere vor ihrem Gesicht herum.

»NEIN!« ruft Antonie und fügt leiser hinzu: »Ich will sie wachsen lassen. Ich denke, eine frische Tönung ist dringend nötig, viel dringender.«

»Ganz, wie du willst.« Der Maestro gibt ihr Haar frei und legt das Instrument beiseite. »*Marone*?«

»Klar, was sonst?«

»Blond.«

»Sehr witzig!«

»Dann rühr' ich mal die Farbe an.« Gianni verschwindet wieder hinter dem Glasperlenvorhang, wobei er triumphierend vor sich hin grinst.

Als er wenig später Antonies Haar mit der Tönungscreme einpinselt, breitet er sein gesammeltes Wissen über Absinth-Trinkrituale vor ihr aus: »Man braucht dazu einen Löffel mit kleinen Löchern – aus Silber, wenn es stilecht sein soll – darauf kommt Würfelzucker und Absinth, der Absinth wird angezündet und karamelisiert dann …«

Aus Antonies Tasche ertönt *La donna è mobile* und unterbricht Giannis Redeschwall. Sie fischt ihr Handy heraus, ein Lächeln spannt sich über ihr Gesicht, das nach und nach einem verwunderten Ausdruck Platz macht.

»Wie heißt das noch mal? Gut, bis gleich.« Sie springt auf.

»Das war Romero. Es gibt einen Toten auf dem Golfplatz.«

»Hat er einen Ball verschlagen?«

»Das werde ich gleich sehen.«

»Du? Wieso du? Du hast Urlaub. Und Romero ist doch gar nicht mehr im Dienst!«

»Was tut das zur Sache?« antwortet Antonie ungehalten.

»Außerdem hast du Tönungscreme im Haar.«

»Stimmt. Also bitte, runter damit, aber *pronto*!«

»Wie gehabt«, seufzt Gianni und tritt hinter Antonie, die bereits vor dem Waschbecken sitzt und ungeduldig mit den Fingern auf die Armlehne trommelt.

»Tag, Vincent.«

»Hallo Antonie.«

Sie schütteln sich ein wenig steif die Hände. So richtig wissen beide noch nicht, wie sie in der neuen Situation miteinander umgehen sollen. Dr. Heumann ist da ungezwungener. Wie immer haucht er Antonie einen Kuß auf den Handrücken und ruft: »Frau Bennigsen! Die schöne Kühle aus dem hohen Norden. Wie schön, Sie zu sehen. Wenn auch, wie immer, unter betrüblichen Umständen.«

Fabers Körper ist mit einer silbrigen Folie abgedeckt und nach wie vor von Menschen umringt. Zwei Streifenbeamte nehmen Personalien auf, ein Kommissar der Kripo Hanau befragt gerade Zilke Himmelreich und die beiden jüngeren Retter, die inzwischen wieder korrekt gekleidet sind.

»Wer ist der Tote?« fragt Antonie.

»Professor Dr. Roman Faber. Chef der Neurologie an der Uniklinik Frankfurt. Er ist verheiratet und hat einen Sohn, so um die zwanzig, spielt auch Golf. Die Frau habe ich erst einmal gesehen, auf dem Ärzteball im Palmengarten, eine sehr charmante, bezaubernde Dame. Sie wohnen in Dreieich-Buchschlag. Faber spielt Handicap sieben.« Beim letzten Satz hat sich Heumanns Stimme ehrfürchtig gesenkt.

»Das ist ganz gut, oder?« fragt Antonie.

»GANZ gut? Das ist außerordentlich gut. Damit kann man Profi werden. Ich zum Beispiel habe es dieses Frühjahr bei den Vereinsmeisterschaften gerade mal auf vierundzwanzig geschafft, dazu brauchte ich Jahre, während unser Freund Romero ...«

»Wir reden jetzt von Faber«, unterbricht der ihn.

»Stimmt«, lenkt Heumann ein. »Der Mann spielte zu Anfang erstklassig, aber plötzlich, zwei Löcher vor diesem hier, ließ er gewaltig nach und benahm sich seltsam.«

»Er schwitzte.« Zilke Himmelreich hat sich ihnen auf leisen Sohlen genähert, den zuständigen Kommissar im Schlepptau. »Sein Kopf und sein Hals waren krebsrot. Guten Tag, Frau Bennigsen.«

Antonie und die alte Dame schütteln sich die Hände, der Mann in Jeans und kurzärmeligem Hemd stellt sich vor. »Hauptkommissar Herbert Peine von der Kripo Hanau.«

»Oberkommissarin Antonie Bennigsen vom Präsidium Frankfurt.« Die beiden nicken sich zu und beäugen sich mißtrauisch.

»Vom Präsidium? Wo kommen Sie denn so schnell her?« fragt der Kommissar.

»Wir hören das Gras wachsen. Also, er schwitzte«, wiederholt Antonie Zilke Himmelreichs Aussage.

»Ja, das stimmt«, bestätigt Romero.

»Natürlich stimmt es«, zischt seine Mutter.

»Kann sein, ist mir nicht aufgefallen«, sagt Dr. Heumann.

»Wenn er golft, sieht er nur den Ball«, stichelt Romero.

»Man muß Prioritäten setzen. Wie schon Churchill so weise bemerkte, ist Golf die einzige Sache im Leben, die Spaß macht, ohne daß man sich dabei ausziehen muß«, kontert Heumann.

Zilke Himmelreich räuspert sich.

»Wie war das nun mit dem seltsamen Benehmen?« hakt Antonie nach.

»Irgend etwas stimmte nicht mit dem Mann. Er wirkte auf einmal wie ausgewechselt. Er war unkonzentriert, seine Bewegungen waren unkoordiniert. Er spielte schlimmer als der blutigste Anfänger. Er traf den Ball beim Abschlag nicht!« Heumann schüttelt den Kopf. »Und als er ihn traf, landete er Gottweißwo.«

»Hat er was gesagt? Daß er sich nicht wohlfühlt?« fragt Antonie.

»Nein.«

»Er war überhaupt nicht sehr gesprächig«, bemerkt Romero.

»Waren Sie mit ihm zusammen hier?« will Hauptkommissar Peine wissen.

»Nein. Wir haben ihn an der Rezeption im Pro-Shop getroffen.«

»Wo?«

»Im Clubhaus. Dort, wo man sich einträgt und anmeldet und nebenbei teure Hüte und Poloshirts kaufen kann«, erklärt Romero. »Er hatte seine Abschlagszeit um zehn Uhr verpaßt. Danach, um zehn Uhr fünfzehn, waren wir eingetragen und nach uns noch zwei Gruppen. Er hätte fast eine Stunde auf eine neue Abschlagszeit warten müssen, also haben wir ihm angeboten, sich uns anzuschließen, was er gerne annahm.«

Der Kommissar macht sich Notizen.

»Und wie kam er in den See?« fragt Antonie.

Romero schaut auf den kleinen See, der jetzt wieder ruhig daliegt. Sogar ein Entenpaar hat sich eingefunden. Die zwei Sanitäter und der Notarzt fahren mit dem Elektrocar zurück, langsamer als vorhin.

»Vincent! Wie war das mit dem See?« holt ihn Antonies Stimme aus seinen Betrachtungen.

»Er torkelte und schrie auf dem Fairway herum. Das ist der gemähte Grünstreifen hier, also quasi die Spielbahn. Er fuchtelte mit den Armen wie ein Propeller, riß sich das Hemd herunter und stürzte sich in den See, so als ...«

»... als würde er brennen«, ergänzt Heumann.

»Ja, genau«, bestätigt Romero. »Das Wasser zog ihn regelrecht an.«

»Er krampfte und ist dadurch vermutlich ertrunken«, meint Dr. Heumann.

»So war es«, fügt Zilke Himmelreich ungefragt hinzu.

»Das hört sich nach Halluzinationen an«, meint Antonie. »Möglicherweise stand er unter Drogen.«

Das Aussprechen dieses Wortes an diesem Ort hat ein sekundenlanges Schweigen zur Folge.

»Ich meine ... vielleicht ein Fall von Doping?« Auch das sind anscheinend nicht die Worte, die man auf einem Golfplatz gerne hört. Die schwarzhaarige Dame vom Empfang, die Antonie hierher begleitet hat und die ganze Zeit neben ihnen stand, räuspert sich.

Zilke Himmelreich findet als erste die Sprache wieder. »Drogen? Es würde mich nicht wundern. Man sieht ja neuerdings auch Jeans auf dem Platz.«

Die Schwarzhaarige, die ganz in Rosa gekleidet ist, schürzt die Lippen und sagt pikiert: »Ich bin Olga Luschinski, Mitglied der Verwaltung. Ich arbeite seit zwölf Jahren hier, aber einen Fall von Drogen gab es noch nie.«

»Das wird sich zeigen«, prophezeit Dr. Heumann. »Ich werde die Sektion selbst vornehmen und eine gründliche toxikologische Untersuchung anordnen. Ich finde heraus, was mit ihm los war, darauf können Sie sich verlassen.« Er wendet sich an Zilke Himmelreich und Vincent Romero. »So, die Herrschaften, was ist jetzt? Fahren wir nach Hause oder spielen wir die Partie zu Ende?«

Sven Bussek nebelt sich noch einmal mit Davidoff ein, ehe er seine Frau zum Abschied auf den Mund küßt. »Bis bald, mein Schatz.«

»Wann kommst du wieder?«

»Nicht so spät, hoffe ich.« Er dreht sich ihr blondes Haar um die linke Hand. Mit der rechten, an der der Ehering aus Platin dezent schimmert, kneift er ihr in die Wange. Er liebt Sandras rosige Apfelbäckchen. Wangen wie ein kleines Mädchen. Ihre sechsundzwanzig sieht man ihr zum Glück noch nicht an.

»Ich würde den Abend lieber mit dir verbringen, mein Schatz«, versichert er.

»Ich weiß.«

»Ich gehe nur hin, weil der Mann tagsüber keine Zeit hat.«

»Ich werde ein bißchen fernsehen.«

»Aber keinen Horrorfilm.«

»Nein.«

»Und keinen Alkohol und keine Zigarette!«

»Nein.«

»Mach dir Tee, mein Schatz!«

»Ich trinke lieber Wasser, bei dieser Hitze.«

»Apropos Hitze ...« Sein Blick wandert ihre Beine entlang. »Wie du wieder aussiehst, in diesem gefährlich kurzen Kleidchen. Daß du mir damit nicht vor die Tür gehst.«

Sie lächelt.

»Mach die Rolläden zu, wenn ich weg bin.«

»Es ist doch noch hell.«

»Nachher vergißt du es, und dann kann dich jeder von draußen sehen. Und das will ich nicht.«

Jeder? Die Fensterfront des Wohnzimmers, in dem der Fernseher steht, zeigt auf den Garten hinaus, und der ist von hohen Thujenhecken umgeben. Aber wozu über solche Dinge diskutieren? Sven vermutet hinter jedem Strauch Banditen, die es auf seinen Besitz abgesehen haben, zu dem auch Sandra Bussek zählt.

Er küßt sie noch einmal, dann fällt die Tür ins Schloß. Sandra geht ins Wohnzimmer. Sie setzt sich auf das Sofa, spürt die angenehme Kühle des Leders an ihren Beinen, während sie das Fernsehprogramm studiert. Geil, im Kabelkanal bringen sie um zehn *Psycho*. Sie geht in die Küche. Chrom und Glas in italienischem Design, der Herd ein Wunderwerk der Technik, dem ihre Kochkünste nicht annähernd gerecht werden. Sie mixt sich eine Caipirinha. Wenn sie etwas kann, dann ist es Drinks mixen. Um im obersten Teil des Hängeschrankes an die Zigaretten zu kommen, die dort im nie benutzten Römertopf lagern, muß sie die Trittleiter heranziehen. Verdammt, es sind nur noch zwei da.

Sie nimmt einen tiefen Lungenzug und einen Schluck Caipirinha und schlendert dabei durch den Garten. Sie darf nicht vergessen, die Limetten und die Kippe über die Hecke verschwinden zu lassen. Es ist immer noch sehr warm, sie legt das kalte Glas an ihre heiße Wange. Er hat vorhin ziemlich fest zugekniffen, wenn sie Pech hat, wird es morgen noch zu sehen sein.

Sven Bussek geht zu seinem BMW, den er aus Bequemlichkeit am Straßenrand geparkt hat. Als er einsteigen will, bemerkt er die Rose. Sie hat einen langen Stiel und die Blüte ein samtiges, tiefes Rot. Baccara? Möglich. Der Stiel klemmt unter dem Scheibenwischer auf der Fahrerseite. Er schaut hinüber zu seinem Haus. Sein Haus. Wenn sich dieser verdammte Aktienmarkt nicht bald erholt ... Wie so oft in den letzten Wochen überkommt ihn ein Angstgefühl. Es fühlt sich an wie eine Faust im Magen, dann steigt es hoch und raubt ihm fast die Luft.

Er nimmt die Rose und steigt in den Wagen, wobei er für einen Moment an die Leasing-Raten für das Fahrzeug denken muß. Wie lange wird er den Wagen noch halten können?

Er reißt sich zusammen und fährt los. Er darf nicht zu spät kommen. Kunden durch Unpünktlichkeit zu verstimmen kann er sich im Moment wirklich nicht leisten.

Die Rose. Sie liegt jetzt neben ihm auf dem ledernen Beifahrersitz. Sandra? Eine stumme Liebeserklärung? Oder will sie ihn damit testen? Er verwirft den Gedanken. Nein, so phantasievoll ist sie nicht. Außerdem lag vor einigen Tagen schon mal eine Rose auf seinem Auto, und an dem Tag war Sandra gewiß nicht in Rosenstimmung gewesen. Sie hatten sich gestritten, wegen seiner Tochter Jennifer. Sie sei boshaft und schlecht erzogen und würde sie hassen, hatte Sandra behauptet. Dabei ist Jenny ein Engel. Sandra fehlt einfach die Erfahrung im Umgang mit Kindern. Aber das wird sich ja bald ändern, wenn das Baby da ist und wenn Jenny ganz bei ihnen wohnen wird. Er ist ein Familienvater. Das Schicksal kann nicht so grausam sein und das alles zerstören. Er wird die Krise durchstehen, er ist doch bis jetzt immer wieder auf die Füße gefallen. Allerdings aus geringerer Höhe.

Von wem aber ist die Rose? Ein dummer Scherz von Linda, seiner Ex-Gattin? Was hätte sie davon? Streit zwischen ihm und Sandra provozieren? So was ist eigentlich nicht Lindas Art. Eine unbekannte Verehrerin aus der Nachbarschaft? Die Ampel ist rot, er nutzt die Gelegenheit, um sich im Rückspiegel zu betrachten. Verstehen könnte man es schon. Blaue Augen, dunkelblondes, fast volles Haar, ebenmäßige, männliche Gesichtszüge. Die paar Falten ... Die Figur stimmt auch noch, dank seines regelmäßigen Trainings im Business Health Club hat der kleine Wulst um seinen Bauch schon abgenommen. Ein kleiner Bauch ist sexy, bei Männern. Im Geist geht er die Frauen der Nachbarschaft durch, denen er in den vergangenen fünfzehn Monaten begegnet ist. Lauter brave, farblose Geschöpfe in den Vierzigern. Keiner von ihnen traut er zu, Rosen an Autos fremder Männer zu klemmen. Rote noch dazu. Obwohl? Man weiß nie. Wenn alte Scheunen brennen ... Es hupt hinter ihm, die Ampel zeigt grün, er legt den Gang ein und fährt mit dezentem Reifenquietschen an.

Antonie stemmt sich gegen die schwere Tür, als der Summer ertönt, und steigt die gebohnerten Holzstufen hoch. Einige knarren. Schon vor der Haustür roch es verführerisch nach Hühnersuppe, aber vor der Tür im ersten Stock ist der Duft am intensivsten, und Antonies Magen reagiert mit heftigem Knurren. Sie hat in Erwartung der kommenden Köstlichkeiten nichts mehr gegessen, seit Romero sie heute morgen angerufen hat.

Vincent Romero erwartet seine ehemalige Kollegin ein Stockwerk höher. Über seinem elfenbeinfarbenen Hemd und der Leinenhose trägt er eine lange weiße Kochschürze, die er nun auszieht und lässig über seine Schulter wirft.

Er reicht ihr die Hand. »Schön, daß du da bist!«

»Ich warne dich. Ich bin ausgehungert wie ein Rudel sibirischer Wölfe.«

Da es weder Jacke noch Mantel abzulegen gibt, führt Romero seinen Gast ins Eßzimmer. Der Tisch ist weiß gedeckt, dazu Kerzenhalter, Messerbänkchen und Serviettenringe aus schwerem Silber. Darüber blitzt ein Kristallüster. Die Flügel der Balkontüre sind geöffnet, der Luftzug bläht die transparenten Gardinen. In Romeros Eßzimmer war Antonie noch nicht oft, bis jetzt fand sie die spontanen, informellen Essen an Romeros kleinem Tisch in der großen Küche immer recht gemütlich. Aber offenbar möchte er sie heute verwöhnen. Jetzt, wo er nicht mehr mein Vorgesetzter ist, könnte man ja ein ganz neues Kapitel ...

»JOSCHKA! RUNTER!« Etwas Sandfarbenes, Wuscheliges springt von einem der Stühle, Krallen klackern auf dem Parkett, als Joschka an ihnen beiden vorbeiläuft. An der Unterseite der Schnauze haftet etwas Schwarzes.

Romero inspiziert ahnungsvoll die Teller. Auf dem von Antonie liegt eine Scheibe Seeteufelterrine mit einem Häubchen Kaviar. Auf Romeros Teller fehlt das Häubchen.

»Zumindest hat er Geschmack«, meint Antonie. »Wem gehört er denn nun eigentlich?«

»Bei schönem Wetter meiner Mutter, bei Regen und wenn er spätabends raus muß, mir. Und wenn Hannah Freitags ihre Hühnersuppe kocht, gehört er auch mir, weil er sie verrückt macht, wenn er ihr an den Hacken klebt. Ob er mich verrückt macht, interessiert keinen.«

»Leg eine Runde Verdi auf und beruhige dich wieder«, schlägt Antonie vor. »Ich gebe dir was von meinem Fisch ab.«

»Kommt nicht in Frage«, antwortet Romero und trägt seinen Teller zurück in die Küche. Wenig später hört man etwas ploppen, Antonie würde jeden Eid schwören, daß es ein Champagnerkorken war.

»Habe ich dir schon gesagt, daß du in diesem roten Kleid ganz bezaubernd aussiehst?« fragt Romero wenig später, als sie sich am Tisch gegenübersitzen. Er hat Antonies Rat befolgt und seinen Lieblingskomponisten aufgelegt, vor ihr spinnt der Champagner feine Fäden aus Luftbläschen im Glas. Das fängt gut an, denkt Antonie und lächelt.

»Nein. Aber so was hört man sich notfalls auch zweimal an.«

Sie prosten sich zu. Dann hält es Antonie nicht länger aus und platzt mit der Frage heraus, die sie schon den ganzen Tag beschäftigt: »Hat Heumann schon herausgefunden, was mit diesem Faber los war?«

Romero schmunzelt. »Hast du noch nicht bei ihm angerufen?«

»Doch, aber er war jedesmal außer Haus.«

Romero nimmt einen Schluck Champagner: »Faber starb an einer Herzrhythmusstörung, die zum Tod durch Ertrinken führte.«

Antonie schweigt nachdenklich, während Romero einen Fenchel-Orangen-Salat mit roten Zwiebelringen aufträgt.

Nach einer Weile fragt Antonie. »Ist es typisch für Herzrhythmusstörungen, sich in den nächstbesten See zu stürzen?«

Romero lächelt. »Wußte ich doch, daß du nicht lockerläßt. Was ich dir jetzt sage, ist noch inoffiziell.« Romero zieht einen Zettel aus seiner Hosentasche, den er mit ausgestreckten Armen vor sich hält. »Man fand in Fabers Blut und Magen Spuren von Scopolamin und Hyoscyamin.«

»Klingt ungesund.«

»Weißt du, was eine Engelstrompete ist?«

»Ja«, antwortet Antonie. »Karola von nebenan hat eine. Das Ding kränkelt so vor sich hin, weil ich immer vergesse, sie zu gießen, wenn sie auf längeren Flügen ist.«

»Sie sind in letzter Zeit in Verruf gekommen, gelten als neue Biodroge. Die Leute essen Blätter oder andere Teile davon, um sich in rauschhafte Zustände zu versetzen. Angeblich reichen schon zwei Blätter für einen gehörigen Trip.«

»Wachsen diese Engelstrompeten am Golfplatz?«

»Mir ist keine aufgefallen. Aber ich bin dort nur ab und zu Gastspieler, ich kenne natürlich nicht jeden Grashalm.«

Antonie legt das Besteck ab und sieht Romero mit gerunzelter Stirn an. »Ich kenne zwar die Sitten auf Golfplätzen nicht, aber es fällt mir schwer, mir vorzustellen, wie Professor Dr. Faber während eurer Partie wie ein hungriger Ziegenbock die Zierpflanzen anfrißt.«

»Nein, das wäre mir in der Tat aufgefallen«, gibt ihr Romero Recht. »Und vor allem meiner Mutter. Es verstieße sicherlich gegen die Platzregeln.«

Sie sehen sich an und müssen beide lachen.

»Wo darf ich die Suppe abstellen?«

Romero und Antonie fahren herum. Hannah balanciert eine weiße Terrine vor dem Bauch. Ihr graues Haar wird von einem Netz zusammengehalten, und sie trägt ein graues Hauskleid, das genauso aus der Mode ist wie das Wort dafür. Antonie hat Zilke Himmelreichs »Mädchen«, das schon weit über siebzig sein muß, noch nie in etwas anderem gesehen.

»Hier, gleich auf den Tisch«, sagt Romero. Er wischt sich die Augen. »Danke Hannah. Das duftet köstlich. Wann wirst du mir endlich das Geheimnis verraten?«

»Ich werde dir das Rezept vererben«, sagt Hannah mit ausdruckslosem Gesicht.

»Fang du nicht auch noch an, vom Sterben zu reden.«

Hannah stellt die Terrine neben die kleine Blumenvase. Erst jetzt bemerkt Antonie, daß Romero die Vase mit drei Engelstrompeten bestück hat. Die Blütenkelche sind am Ansatz gelblichweiß und gehen über in ein zartes Lachsrosa. Sie zieht die Vase zu sich herüber und steckt ihre Nase in einen Blütenkelch. Falls sie überhaupt noch einen Geruch verströmen, hat er gegen die Hühnersuppe keine Chance.

»Wie geht es Frau Himmelreich nach dem gestrigen Erlebnis?« erkundigt sich Antonie.

»Sie ist kaum zu ertragen.«

»Das glaube ich. So was mitansehen zu müssen ...«

»Nein, das ist es nicht«, erklärt Hannah. »Sie hat Muskelkater und gibt es nicht zu. Außerdem jammert sie mir die Ohren voll, weil sie die Golfpartie abbrechen mußte, wo sie doch angeblich so prächtig in Form war und wo sie doch nie weiß, ob es nicht ihre letzte Partie ist. Einen guten Appetit wünsche ich. Soll ich den Hund mit runternehmen?«

»Sei so gut«, antwortet Romero, »er benimmt sich mal wieder gründlich daneben.« Aber wie von Zauberhand ist Joschka plötzlich verschwunden.

»Eine liebe Frau«, meint Antonie, als Hannah gegangen ist, ohne Hund.

»Ja. Sie hat mich mehr oder weniger aufgezogen, damals, als wir in Irland wohnten. Meine Mutter konnte für mich als Kleinkind kein sonderliches Interesse aufbringen, und irische Väter kümmern sich um ihre Söhne erst, wenn sie sie auf den Golfplatz, zum Hunderennen und in die Kneipe mitnehmen können.«

»Wie heißt sie eigentlich mit Nachnamen? Ich weiß nie, wie ich sie ansprechen soll.«

»Mit Hannah. Wie sie sonst noch heißt, weiß längst kein Mensch mehr, wahrscheinlich nicht mal sie selbst.« Romero findet zum Thema zurück: »Laut unserem Freund Dr. Heumann ist die Pflanze noch um ein Vielfaches wirkungsvoller, wenn man Blätter, Blüten und Stengel zu einem Tee aufgießt. Wenn der ordentlich konzentriert ist, dann kann er tödlich wirken, zumal dann, wenn jemand zu Herzrhythmusstörungen neigt. Da in Fabers Magen keine Reste von Blättern gefunden wurden, geht Heumann davon aus, daß Faber das Gift als Tee zu sich genommen hat.«

Etwas Feuchtkaltes stößt gegen Antonies nacktes Knie.

»Wie schnell wirkt so ein Tee?«

»Laut Heumann nach dreißig bis sechzig Minuten. Die Symptome sind extreme Erweiterung der Pupillen und fiebertraumähnliche Visionen. Der Betroffenen kann sehr bald nicht mehr zwischen Halluzination und Realität unterscheiden. Außerdem wird die Haut sehr heiß, insbesondere Hals- und Kopfhaut verfärben sich meistens hochrot.«

»Wie lange wart ihr schon da, ehe er anfing, sich sonderbar zu benehmen?«

»Eine gute Stunde. Und wir haben ziemlich oft etwas getrunken.«

»Was trank Faber?«

»Er hatte eine Flasche bei sich, in der Außentasche seines Golfbags. Eine metallicblaue Aluminiumflasche, wie man sie in Sportgeschäften bekommt.«

Antonie legt ihr Besteck auf den leeren Teller. »Was gibt's sonst noch?«

»Nun, die Suppe, als Hauptgang *Involtini di vitello* und danach Rote Grütze mit Sahne.«

»Vincent!«

Romero zuckt die Schultern. »Mehr weiß ich nicht. Ich bin schließlich nur ein Zeuge. Aber jetzt sollten wir wirklich die Suppe essen.« Er öffnet den Deckel der Terrine. »Ich weiß, sie paßt nicht recht zur Jahreszeit und zum Menü, aber Hannah ist immer sehr gekränkt, wenn ich ihr Kunstwerk verschmähe.«

Antonie nimmt den ersten Löffel. »Köstlich!«

»Ich weiß nicht, was sie reintut. Auf jeden Fall Ingwer. Aber sonst? Ich kriege sie nie so hin wie sie.«

Die feuchten Stupser gegen Antonies Beine werden intensiver.

»Joschka, hör auf, meinen Gast zu belästigen!«

Aber Antonie achtet nicht auf den Hund, in ihrem Kopf arbeitet es. »Faber wird diesen Engelstrompeten-Tee wohl nicht selbst zubereitet und in seine Flasche gefüllt haben, oder?«

»Eher nicht«, gibt ihr Romero recht.

»Also hat ihn jemand vergiftet.«

Romero geht in die Küche und serviert kurz darauf seine *Involtini di vitello,* Kalbfleischröllchen auf gegrilltem Gemüse, während Antonie laut nachdenkt: »Wir müssen also rauskriegen, wer den Tee wann in seine Flasche gefüllt hat. Wenn Faber es nicht selber war, und davon gehe ich mal aus, dann kann es wohl nur jemand aus der Familie gewesen sein, oder?«

»Bei Giftmorden hat man es meistens mit näheren Angehörigen zu tun, schon aus praktischen Gründen.«

»Ich hasse es, wenn ich meine Nase in Familienangelegenheiten stecken muß«, bekennt Antonie. »Da ist mir jeder Mord in der Szene lieber. Weiß dieser Kommissar Peine aus Hanau das mit dem Tee schon?« fragt Antonie.

Romero nickt. »Sicher, von Heumann.«

»Dann hat er die nächsten Tage eine harte Nuß zu knacken, der Ärmste.«

»Oh, ja.« Romero grinst. »Aber leider können wir uns die Morde nicht aussuchen«, fügt er hinzu und korrigiert sich sofort. »Ihr könnt sie euch nicht aussuchen, wollte ich sagen. Ich gehöre ja nicht mehr dazu.«

Antonie wischt sich den Mund mit der gestärkten Leinenserviette ab und sieht ihren Ex-Chef an. »Na, ja«, meint sie schließlich. »Vielleicht kannst du mir ja ab und zu mal unter die Arme greifen, bildlich gesprochen. Natürlich nur, wenn es dein Terminkalender zuläßt.«

»Werde nicht boshaft«, sagt Romero, und seine Stimme klingt melancholisch. »Pensionär sein ist kein Spaß. Besonders, wenn einem Tag und Nacht eine jiddische Mama im Genick sitzt.«

»Sind die schlimmer als andere?«

»Ich will dir ein Beispiel nennen. Meine Mutter hat mir einmal zum Geburtstag zwei Krawatten geschenkt. Natürlich habe ich bei nächster Gelegenheit eine davon angezogen. Und was sagt sie?« Er sieht Antonie erwartungsvoll an: *»Die andere hat dir wohl nicht gefallen?«*

Antonie lacht. Als sie den Nachtisch hinter sich gebracht haben und sie beim Espresso der Qualm einer dicken Monte Christo einhüllt, fragt Romero: »Gibt es diesen Polizeipsychologen aus Holland noch?«

»Daan? Ja, es gibt ihn noch«, murmelt Antonie und errötet. Es war ihr immer schon unangenehm, mit Romero über ihr Liebesleben zu sprechen, sofern es da überhaupt etwas zu besprechen gab.

»Wir verkehren hauptsächlich elektronisch und per Telefon. Entweder ihm kommen die Mörder dazwischen, oder mir.«

Romero nuckelt an seiner Zigarre. »Zwei Polizisten und etliche hundert Kilometer Entfernung, das erfordert einen langen Atem.« Er schaut hinüber zu dem Bild auf der Anrichte. »Katharina hat seinerzeit sehr viel Verständnis aufbringen müssen. Das ist mir erst hinterher klargeworden, daß das nicht selbstverständlich war.«

Antonie richtet ihre Augen auf den Kronleuchter. Sie weiß, wie Romero jetzt lächelt, es ist dieses besondere Lächeln, das er nur hat, wenn er von *ihr* spricht. Sie mag es nicht sehen. Die heilige Katharina. Ob es wohl je eine Frau geben wird, die es mit einer Toten aufnehmen kann? Dieser Gedanke gefällt ihr noch weniger. Sie stürzt ihren Espresso hinunter. Er hinterläßt einen bitteren Nachgeschmack.

Hermione Sievers steht im Türrahmen und lauscht dem Telefongespräch, das ihre Schwiegertochter Brigitte ein Stockwerk tiefer im Flur des Reihenhauses führt.

»Hallo, Anette! Na, habt ihr auch ... Oh, mein Gott! Nein! Aber, er ... Wann war das? ... Auf dem Golfplatz? ... Ach, du lieber Himmel ... Kann ich sonst irgendwas ... Ja, natürlich sage ich es ihr. Wie ... wie nimmt es Moritz auf? ...«

Hermione schlüpft zurück in ihr Zimmer, das eigentlich das Zimmer ihrer Enkelin ist. Sie setzt sich in den Sessel, den man eigens für sie aus dem Wohnzimmer hochgeschleppt hat. Die zwölfjährige Lisa-Marie hat keinen Sessel in ihrem Zimmer, nur das Bett und einen Schreibtischstuhl und ein paar dicke Kissen. Hermione Sievers hat gerade die Quizsendung *Wie werde ich Milliardär?* wieder lauter gestellt, als Brigitte nach kurzem Anklopfen ins Zimmer tritt. Sie hat rote Flecken im Gesicht, und ihre Stimme klingt sehr aufgeregt: »Anette hat gerade angerufen. Es ist was ganz Schreckliches passiert ...«

Eine Welle feuchtwarmer Luft schlägt Sven Bussek entgegen, als er die Tür öffnet. Nur die Spiegelwand mit den Flaschen hinter der Theke ist gut ausgeleuchtet und wirkt auf ihn wie ein magischer Kristall. Der Rest des Raumes versinkt in Schummerlicht, was eine Gnade ist für die abgewetzten Kunstlederbänke und die verschossenen Tapeten. Das *Rue Morgue* in Offenbach war einmal ein Szenetreff, und die Preise der Drinks bewegen sich noch immer auf gehobenem Niveau, was sich von der Einrichtung und dem Publikum inzwischen nicht mehr uneingeschränkt sagen läßt. Eigentlich kann Sven sich die Drinks im *Rue Morgue* im Moment gar nicht leisten, aber es siegt das Bedürfnis, in diesen warmen, dunklen Schoß einzutauchen und die böse Welt für ein, zwei Stündchen draußen zu lassen. Auch wenn Sandra wieder meckern wird, gegen das Lokal kann sie zumindest nichts sagen: Er und Sandra haben sich hier kennengelernt.

Es sind wenig Gäste da. Das *Rue Morgue* wird meist gegen ein Uhr so richtig voll, jetzt ist es kurz nach elf. Sven bestellt einen Mojito. Das Gespräch mit dem Kunden war unerfreulich, aber damit hat er eigentlich schon gerechnet. Der Barmann stellt den Drink vor ihm ab. Früher kippte Sven beim ersten Glas immer die Hälfte des Inhalts auf einmal hinunter, aber diesmal bremst er sich. Wenn er sich die

Sache gut einteilt, kann er vielleicht einen einsparen. Sein Handy piepst und signalisiert eine ankommende SMS-Nachricht. Bestimmt Sandra. Er drückt die Taste, um die Botschaft zu lesen:

Eine Rose ist eine Rose ist eine Rose. ›Die Grüne Fee‹

Sven liest die Nachricht zweimal. Was für ein Blödsinn. Da muß sich jemand in der Nummer geirrt haben, eine grüne Fee zählt nicht zu seinem Bekanntenkreis. Eine Rose? Die Rose an seinem Wagen fällt ihm wieder ein. Ob ihm seine heimliche Verehrerin die Nachricht geschickt hat? Er sieht sich um. Vielleicht ist die Frau ganz in seiner Nähe? Aber hier sind nur drei brave Pärchen und ein einsamer junger Mann. Im hinteren Raum ist niemand, das registriert er, als er zur Toilette geht.

Als er wieder auf seinem Barhocker sitzt, gerät er ins Träumen. Ein Blind Date mit einer Unbekannten wäre endlich wieder ein positiver Kick in seinem Leben.

Erik stellt ihm einen zweiten Mojito hin. »Kommst du am Montag?«

»Wohin?«

»Hierher.«

»Warum, was ist am Montag?«

Der Barmann legt das Messer beiseite, mit dem er eben Limetten für eine Caipirinha zerteilt hat, und schiebt einen grünen Handzettel unter Svens Glas.

Die grüne Stunde ... jeden Montag ab 17.00 Uhr. Stilechte Kleidung erwünscht.

In der Mitte des Flyers ist eine Flasche abgebildet, auf der *Absinth* steht.

»Warum denn diese aberwitzige Uhrzeit?«

»Tradition.« Erik redet selten ein Wort zuviel. Sie kennen sich seit zehn Jahren, als Erik Barmann im *Dorian Gray* war und Sven dort eine Funktion innehatte, die sich *Security* nannte.

»Und was soll das mit den Klamotten?« will Sven wissen.

»So altes Zeug. Jahrhundertwende. Smoking oder ein Frack tun's auch«, meint Erik.

»Ich überleg's mir«, antwortet Sven und steckt den grünen Zettel in seine Hosentasche.

Als Antonie ihr Apartment betritt, blinkt das rote Lämpchen an ihrem Anrufbeantworter. Mit einem unguten Gefühl hört sie die Nachricht ab.

Hallo, ich bin es. Ich kann morgen leider nicht nach Frankfurt kommen, tut mir so leid. Ich bin in einer dringenden Sache gebeten worden, nach Norddeutschland zu kommen, du kannst dir denken, um was es geht.

Das kann sie allerdings. Zwei verschwundene kleine Mädchen, das beherrschende Thema des Sommers. Angesichts dessen darf man noch nicht einmal wütend sein, denkt Antonie und ballt die Hände zu Fäusten. *Ich ruf dich morgen ...*

Sie würgt das Band ab. Auf die Gutenachtwünsche ihres holländischen *Profilers* kann sie jetzt auch noch verzichten. Sie starrt das Lämpchen an, das nun wieder ruhig leuchtet. Bilde ich mir das ein, oder sieht man manchmal schon an der Art des Blinkens, ob die Nachricht gut oder schlecht ist?

Sie verspürt das Bedürfnis, sich zu betrinken, und klingelt nach einer Inspektion ihrer traurigen Alkoholvorräte bei Karola. Durch die Wohnungstür hört man karibische Musik. Erst beim zweiten Klingeln wird geöffnet. Karola scheint hellseherische Fähigkeiten zu besitzen, sie hat die Flasche schon in der Hand. Sie trägt noch einen Teil ihrer Lufthansa-Kluft, allerdings hängt die Bluse aus dem Rock und ihr Haar gleicht einem aufgegebenen Vogelnest.

»Flugkapitäne ...«, sagt Karola zur Begrüßung und setzt die Flasche an den Mund. Karola sagt nie Piloten, sie hat Antonie erklärt, daß die Herren lieber Flugkapitäne genannt werden wollen. Weshalb, hat Antonie vergessen.

»... sind das letzte!«

»Polizisten auch«, stimmt ihr Antonie zu.

»Komm rein.« Karola wankt zurück in ihr Apartment, Antonie folgt ihr. Auf dem Sofa haben sich zwei atemberaubend gutaussehende Kollegen von Karola drapiert. Antonie kennt die Herren, sie wohnen auch im Sonnenring. Auf dem Couchtisch stehen drei Gläser und drei offene Flaschen Rotwein, zwei davon leer, die dritte beinahe. Dazwischen massenweise leere Erdnußtütchen.

»Ah, Damenkränzchen«, stellt Antonie fest.

»Setz dich, *Sweetheart*«, sagt Alex, »wir sind die Experten für gebrochene Frauenherzen«, und Tom verkündet: »Ich mach noch eine Flasche First-Class auf.«

Vincent Romero kann nicht einschlafen. Er wälzt sich von einer Seite auf die andere und grübelt über den Tod von Roman Faber nach. Er hat seinen Freund Jost Heumann gefragt, ob Faber überlebt hätte, wenn er nicht ins Wasser gesprungen wäre. ›Wahrscheinlich schon‹, hat Heumann geantwortet. ›Er war vermutlich nur bewußtlos. Aber im Wasser hatte er keine Chance.‹

War das ganze vielleicht nur ein dummer Scherz, der gründlich danebenging? Hätte Faber gerettet werden können, wenn er und Heumann schneller im Wasser gewesen wären, ihn gleich gefunden hätten?

Wäre, hätte. Den Konjunktiv konnte Romero noch nie leiden. Als er einsieht, daß es mit dem Schlafen nicht funktionieren wird, steht er auf und gießt sich ein Glas Merlot ein. Nur mit Shorts bekleidet setzt er sich in seinen Lieblingssessel mit einem Buch, das ihm seine Mutter empfohlen hat. Ein Roman über Männer und Frauen. Er versucht zu lesen, kann sich aber nicht konzentrieren und legt das Buch nach wenigen Seiten weg. Als ob er nicht selber wüßte, wie kompliziert das alles ist.

Er geht zu seinem Schreibtisch. Seit Monaten liegt dort ein kleines, in schwarzes Leder gebundenes Buch mit leeren Seiten. Ein Tagebuch, hat seine Schwester Franziska erklärt, die es ihm zum sechzigsten Geburtstag geschenkt hat. Was für ein Witz, denkt Romero. Jetzt, wo ich pensioniert bin und nichts mehr erlebe, soll ich Tagebuch führen? Andererseits – früher wäre ihm so etwas erst recht nicht eingefallen, ihm hatten die Berichte und Protokolle im Dienst schon genügt, da mußte man zu Hause nicht auch noch einen Papierkrieg anzetteln. Und jetzt? Was in aller Welt soll ich darin vermerken? Das Wetter? Die Launen meiner Mutter? Meine Gedanken, Gefühle? Um Himmels willen, durchfährt es Romero. Wie peinlich, von solchen Dingen später noch einmal lesen zu müssen. Ihm kommt eine andere Idee: Ich könnte meine Score-Karten einkleben, damit ich immer weiß, wann ich wie schlecht Golf gespielt habe.

Auch nicht das Wahre.

Er streicht über das Leder und riecht an dem Papier. Gut gemeint, aber ein simpler Notizblock wäre vielleicht weniger einschüchternd gewesen.

Ich könnte mit dem gestrigen Vorfall beginnen, ermuntert Romero seinen inneren Schweinehund. Wenn ich alles der Reihe nach aufschreibe, dann fällt mir vielleicht noch etwas ein, woran ich mich jetzt nicht erinnere. Angeblich hat Schreiben ja therapeutische Wirkung. Was man einmal aufgeschrieben hat, das quält einen nicht mehr so sehr, behaupten die Psychologen.

Er schaltet die Lampe ein und zieht die Kappe von seinem schwarzen Füller. Er überlegt lange, ehe er schließlich die Feder auf das Papier senkt. Erst einmal das Datum. Aber das Gerät versagt seinen Dienst. Umständlich schraubt er den Füller auf und zerlegt ihn in Einzelteile. Die Tinte ist eingetrocknet. Er durchsucht seinen Schreibtisch, und allerlei Dinge kommen zum Vorschein: Zwei lang vermißte Zigarrenabschneider, unbeschriftete Disketten, acht Radiergummis, drei Taschenrechner mit leeren Batterien, Joschkas Impfpaß, ein Foto von sich und seiner Schwester vor ihrem Haus in Irland – er selbst ist auf dem Bild etwa sechzehn und Franziska dürfte drei oder vier sein – ein verloren geglaubtes Zippo-Feuerzeug mit dem irischen Wappen, eine Ansichtskarte aus New York von seinem Cousin, Katharinas erster Brief, mit dem sie vor über zwanzig Jahren auf seine Kontaktanzeige geantwortet hat ... Alles, nur keine Tinte.

Tja, da kann man nichts machen. Erleichtert geht Romero zurück ins Bett und schläft schon nach wenigen Sekunden tief und fest bis zum Morgen.

II.

»Toll! Klasse! Man kann beruhigt Urlaub machen, wenn man so eine Vertretung hat.« Antonie weist auf ihren Schreibtisch, der einer Sammelstelle für Altpapier gleicht. »Was hast du hier drin acht Tage lang gemacht? Schönheitsschlaf gehalten, oder was?«

»Sieht man's?« Rolf Geller lehnt sich in seinem Bürosessel zurück und streicht sich über sein gebräuntes Gesicht. »Hätte dir auch gutgetan, du siehst gar nicht erholt aus.«

Er verstummt, denn er hat den Eindruck, daß Antonie ihm gar nicht zuhört. Sie betrachtet das, was einmal ein halbwegs ordentliches Büro war; dutzendweise eingerissene Papierwimpel und geknickte Sonnenschildchen liegen auf dem Fußboden, an der Wand neben dem Heizkörper steht in pink *schwule Scheissbulen*, dazu wurde eine anatomische Zeichnung angefertigt, und über all dem muß ein Gummibärchenhagelschauer niedergegangen sein.

»So ein Saustall.«

Rolf Geller plustert sich auf wie ein Hahn vor dem Morgenkrähen. »Hast du eine Ahnung, was hier los war? Nein, woher denn auch? Madame haben ja klugerweise genau während dieser Scheißaktionswoche freigenommen.«

Antonie verkneift sich ein Grinsen. Ein polizeigrüner Lutscher klebt an der Sitzfläche von Gellers Designerjeans.

»Als ich meinen Urlaub eingetragen habe, hatte ich keine Ahnung davon«, lügt Antonie.

»Mich hier die ganze Woche allein den Affen machen lassen! Karawanen von Leuten mußte ich am Samstag, an diesem Scheißtag der offenen ... Guten Morgen, Herr Hauptkommissar.«

»Morgen, die Herrschaften.« Reinhold Pfeiffer sieht sich um. »Wie sieht es denn hier aus, waren meine Kinder hier?«

»Ich tippe eher auf eine marodierende Waldorfkindergartengruppe.«

»Ah, Frau Bennigsen, auch wieder im Lande? Haben Sie sich gut erholt? Wieder frische Kräfte getankt?«

Antonie bejaht artig und ringt sich ein Lächeln ab. Reinhold Pfeiffer setzt eine wichtige Miene auf. »Es geht um den tragischen Tod von Professor Dr. Roman Faber. Sie wissen ja bereits Bescheid, Frau Bennigsen.«

»Ja, ich war zufällig vor Ort, aber was haben wir mit dem Fall Faber ...«

»Spielen Sie etwa Golf?« unterbricht ihr Vorgesetzter.

»Noch nicht. Aber Sie doch sicherlich, Herr Hauptkommissar?«

Immerhin trägt Reinhold Pfeiffer vorzugsweise karierte Jacketts.

Er ruckelt am Knoten seiner Krawatte. »Ich würde ja gerne. Ich habe neulich einen Schnupperkurs gemacht. Aber meine Frau droht mit Scheidung, falls ich noch weniger zu Hause sein sollte.«

Er sieht aus, als würden ihm gleich die Tränen kommen.

»Das ist sehr bedauerlich«, bestätigt ihm Antonie und schlägt die Augen nieder.

Reinhold Pfeiffer räuspert sich, wirft tapfer seine Schultern zurück und verkündet: »Inzwischen hat es sich leider bestätigt: Der Tod von Professor Dr. Roman Faber war ein Mord.«

Er legt ein Fax auf den Tisch. »Vom LKA. Man hat in der Flasche, die Professor Faber mit sich führte, Reste einer Substanz gefunden, die ...« Pfeiffer zieht einen Zettel aus der Hosentasche, »... sowohl Hyoscyamin als auch – und das in bemerkenswert hoher Konzentration – das hochtoxische Scopolamin enthält.«

»Einen Aufguß aus Engelstrompeten also«, wirft Antonie lässig in die Runde.

»In der Tat.« Der Dienststellenleiter schaut wie ein Kind, dem man einen Zaubertrick vorführt.

»Aber wieso ist das unser Fall?« fragt Antonie noch einmal.

»Der Hanauer Kollege hat um Amtshilfe gebeten, da der Getötete ohnehin näher an Frankfurt wohnt.«

»Im Klartext: Er hat den Fall an uns abgeschoben«, seufzt Antonie und ahnt, wer dahintersteckt.

»Genau. Das auf deinem Schreibtisch sind die Akten, die die Hanauer Kripo in Dr. Fabers Arbeitszimmer beschlagnahmt hat«, erklärt Geller. Er hat soeben den Lutscher entdeckt und reißt ihn sich mit leisem Fluchen vom Hintern. Reinhold Pfeiffer schildert ausführlich Art und Wirkung der Biodroge und endet mit der Frage: »Gibt es ein Vernehmungsprotokoll mit Hauptkomm... ich meine mit den Zeugen Romero, Heumann und Himmelreich?«

»Noch nicht«, antwortet Geller. »Soll ich sie vorladen?«

»Selbstverständlich. Wir halten uns an die übliche Prozedur. Ich will nicht, daß man uns irgendwelche Kungeleien oder Laschheiten nachsagt.«

Antonie verzichtet auf Widerspruch. Sie und Geller werden die Angelegenheit auf dem kleinen Dienstweg lösen. Während Pfeiffer versucht, mit der rechten Schuhspitze ein Gummibärchen von der Sohle seines linken Schuhs zu entfernen, sagt Antonie: »Dann werden Kollege Geller und ich jetzt aufbrechen, um die Familie des Toten zu befragen.«

Pfeiffer kapituliert vor dem Gummibärchen. »Ja, sicher, die Familie. Aber, Frau Bennigsen ...« Er hält die rechte Hand mit dem goldenen Siegelring vor sein bärtiges Gesicht und legt die Fingerkuppen aneinander. »*Fingerspitzengefühl* ist gefragt.«

»Selbstverständlich«, antwortet Antonie.

»Dafür ist sie bekannt«, fügt Geller hinzu.

Pfeiffer läßt seine Hand sinken und schaut Geller und Antonie abwechselnd in die Augen. »Das meine ich ernst, meine Herrschaften. Der Mann ist nicht irgendwer.«

»Natürlich nicht«, antwortet Antonie. »Aber vor allen Dingen ist er tot.«

»Na, Linda, wie läuft das Geschäft?«

Die Frau, die gerade eine neue Lieferung bunter Gummiwaren in ein Regal sortiert, braucht sich nicht umzudrehen, sie kennt die Stimme. Ihr Magen krampft sich zusammen.

»Es flutscht nur so«, antwortet sie. »Daß du dich hier reinwagst? Hast du keine Angst, deine Kundschaft zu treffen?«

Sie hat ihn durchschaut, auch jetzt sieht er sich vorsichtig im Laden um. Aber so früh am Tag ist der Verkaufsraum noch leer, nur ein junger Mann in blauem Monteuranzug stöbert zwischen den Videos herum. Sven würde diesen Ort lieber meiden, aber da ihn Linda, dieses Miststück, nicht mehr in ihre Wohnung läßt und häufig nicht ans Telefon geht, bleibt ihm nichts anderes übrig, als hier mit ihr zu reden.

Sein Blick streift die beiden Bildschirme hinter der Kasse. Sie übertragen in stummem Schwarzweiß, was in den beiden Kinos im Keller in farbiger Großaufnahme und Dolby-Surround läuft. Obwohl es sich um zwei unterschiedliche Filme handelt, gleichen sich die Bilder und vermutlich auch die Geräusche, die man hier oben zum Glück nicht hört.

»Willst du eine Kinokarte?«

Er sieht sie an. Sie ist fünfunddreißig, und ihre Figur ist noch ganz in Ordnung, zumindest in bekleideter Form. Aber sie hat ein paar Falten um die Augen bekommen und sieht jetzt, um elf Uhr morgens, schon müde aus.

»Ich wollte dir sagen, daß ich Jennifer am Samstag abhole. Sie bleibt bis Sonntag bei uns.«

Er will noch anfügen, daß das sein Recht ist, und falls sie das Treffen wieder durch irgendeinen Vorwand vereiteln sollte, dann würde sie ihn aber mal richtig kennenlernen, aber Linda antwortet nur: »Ist in Ordnung.«

Darauf fällt ihm im ersten Moment nichts ein, aber nach einer kleinen Denkpause erscheint ein überlegenes Lächeln in seinem Gesicht.

»Neuer Liebhaber, was? Klar, da ist man froh, wenn man die Kleine mal los ist.«

»Ist noch was?«

Der Blaumann kommt mit einer Videokassette an die Kasse. *Blutjung und schuldig.* Ein unbekleidetes junges Mädchen mit silikonisierten Brüsten – zweifellos die Schuldige – ist mit einer Ankerkette gefesselt, die geeignet wäre, einen Öltanker bei Windstärke zehn zu halten. Verständlich, daß so eine Kette großen Reiz auf einen Mann ausübt, auf dessen Brust *Lohwald – Schlösser, Zäune, Alarmanlagen* steht.

Sven frohlockt. Endlich scheint sie mürbe zu werden. Die Schichtarbeit in diesem unsäglichen Laden hier und dann noch das lebhafte Kind. Vielleicht kann er sich den teuren Prozeß ja sparen ...

»Bring Jenny bitte am Sonntag abend pünktlich um sechs zurück«, sagt Linda, als der Blaumann fort ist.

Eigentlich wäre nun alles gesagt, aber irgendwie ist das heute alles viel zu reibungslos gegangen. Sven hat das vage Gefühl, um etwas betrogen worden zu sein. Er wandert durch den Laden. Eine dieser aufblasbaren Puppen glotzt ihn an.

»Willst du deinem Püppi was mitbringen?«

Na also, da haben wir es: Sie kann es einfach nicht lassen. Wie soll man mit dieser Frau im Guten auskommen? Er macht eine umfassende Handbewegung. »Man sollte die Leute vom Jugendamt mal hierher schicken, damit sie sich ein Bild machen können, wo die Frau arbeitet, die meine Tochter erziehen will.«

»Immerhin verdiene ich hier doppelt so viel wie im Sanitätshaus. Außerdem müßte ich weniger arbeiten, wenn du regelmäßig zahlen würdest. Wo bleibt das Geld für diesen Monat?«

»Schließlich habe ich die Rechnung von diesem Quacksalber bezahlt.«

»Das berechtigt dich nicht, den Unterhalt zu kürzen.« Linda sieht ihren Exgatten aus schmalen Augen an. »Oder ist der feine Herr etwa in Geldnöten?«

Sven verspürt den Drang, Linda eine zu kleben. Aber er besinnt sich rechtzeitig auf die Tatsache, daß der Verkaufsraum videoüberwacht ist. Diese rachsüchtige Person wäre imstande ... Ja, wahrscheinlich legt sie es genau darauf an!

Ehe Sven antworten kann, kommt ein älteres, sonnengegerbtes Pärchen in schrillen Lederklamotten herein. Sie grüßen flüchtig und widmen sich dann dem Sortiment.

Linda ballt die Fäuste unter dem Ladentisch. Sie wollte sich doch beherrschen. Aber damit ist es jedesmal vorbei, wenn bestimmte Worte fallen. *Jugendamt* ist so ein Reizwort. Ein anderes ist *Sorgerecht.*

»Jenny und Sandra haben sich neulich sehr gut verstanden«, berichtet Sven unvermittelt.

»Schön, daß die Kinder sich vertragen.«

Das Swingerpärchen tritt an die Kasse, der Mann legt einen transparenten Gegenstand mit bunten Blockstreifen vor Linda hin. Er erinnert in Form und Farbe an einen Fruchteisriegel, hat jedoch die Größe eines handelsüblichen Baguettes.

Bis der Mann bezahlt und Linda die Neuanschaffung eingepackt hat, wendet sich Sven diskret ab. Als sie wieder allein sind, legt er ein rechteckiges Schächtelchen aus rotem Samt auf den Ladentisch.

»Doch was gefunden?« Linda sieht sich das Produkt an. Chinesische Liebeskugeln. »Weißt du auch, wie man die benutzt?«

»Wir werden's rausfinden.«

Linda tippt den Preis ein: 9,80. Sie schafft es, ruhig zu bleiben.

»Kriegst du eigentlich Provision?« fragt Sven. »Und wie sieht's mit Prozenten aus?«

Reiß dich zusammen Linda. Er will nur, daß du dir eine Blöße gibst.

»Soll ich es als Geschenk einpacken?«

»Danke, es geht so.« Er kramt in seiner Hosentasche und wirft mit lässiger Geste einen Zehnmarkschein auf den Tresen.

»Rest ist für dich.« Er strebt rasch dem Ausgang zu.

»Sven?«

Er verlangsamt seinen Schritt und wappnet sich für einen finalen Schlagabtausch, aber Linda sagt nur: »Du hast was verloren.« Sie reicht ihm den grünen Flyer vom *Rue Morgue*, der ihm beim Bezahlen aus der Hosentasche gefallen sein muß.

»Lieber Gott, ich schwöre, daß ich in meinem nächsten Leben in der Schule nicht so faul sein werde, damit ich Medizin studieren und Professor an der Uni werden kann«, jammert Geller, als er und Antonie langsam durch Buchschlag fahren. »Schau dir diese *Anwesen* an! Diese Auffahrten! Diese Gärten!«

»Jugendstil.« Antonie winkt ab. »Du solltest mal durch Hamburg-Eppendorf gehen, da ist das da nichts dagegen.«

»Und diese Tore! Sicher alle vollautomatisch.«

»Seit wann bist du so materialistisch?« fragt Antonie.

»Seit ich auf der Suche nach einer passenden Bleibe für Claudia und mich bin.«

»Wer ist noch mal Claudia?«

»Hast du Alzheimer? Ich habe dir doch von ihr erzählt. Sie ist die Frau meines Lebens!«

»Schon, aber immerhin hatte ich eine Woche frei.«

»Jetzt stell mich nicht so hin, als ob ich die Frauen wechseln würde, wie die Hemden.«

»Leider nicht«, bemerkt Antonie naserümpfend. »Wollt ihr tatsächlich zusammenziehen?«

»Ja.«

»Donnerwetter. So weit hat's noch keine gebracht.«

Antonie sieht ihren Kollegen von der Seite an. Ein dunkelroter Fleck breitet sich vom Hals her über sein Gesicht aus. Antonie macht eine Vollbremsung. Hinter ihnen wird gehupt und ein Vogel gezeigt.

»Nein!«

»Doch.«

»Du wirst ...« Sie bringt das einzig treffende Wort beim besten Willen nicht über die Lippen. »Du?«

»Das ist aber nicht der Grund, ich meine, wir wollten sowieso früher oder später zusammenziehen. Mit Claudia ist das ganz was anderes.«

Antonie holt tief Luft und fährt wieder los. Die Neuigkeit hat ihr die Sprache verschlagen.

»Wir sind da.« Geller deutet auf ein zartgelb gestrichenes Haus mit weißen Sprossenfenstern in klassizistischem Stil. Es steht in einem weitläufigen Garten, dessen Rasen ziemlich nahe an den eines Golfplatzes herankommt. Ein graphitgraues Eisentor mit spitz aufragenden Stangen trennt den Gehweg von der Auffahrt, die sich elegant bis zu einer Dreifachgarage schlängelt.

Antonie und Geller müssen in einen Kasten sprechen und ihre Dienstausweise vor eine Kamera halten, ehe sich das kleinere Gartentor öffnen läßt, das ebenfalls aus abweisend zugespitzten Eisenstangen gefertigt ist.

Als sie den gewundenen Weg entlanggehen, der von Hortensien und Buchsbaumkugeln gesäumt wird, wispert Antonie: »Siehst du hier einen Engelstrompetenbaum?«

Auf den Treppen zur Eingangstür erwartet sie eine grauhaarige Dame um die Fünfzig. Sie hat ein trauriges Pferdegesicht.

Geller geht auf sie zu und drückt ihr die Hand. »Zuerst einmal mein aufrichtiges Beileid, Frau Dr. Faber.«

Das Pferd lächelt. »Danke schön, junger Mann. Ich bin Frau Meise, die Haushälterin. Frau Faber erwartet Sie auf der Terrasse. Und sie kann es nicht leiden, wenn man sie Frau Doktor nennt.«

»Danke für den Tip.« Sie folgen Frau Meise, die sie um das Haus herumführt.

Die Terrasse befindet sich auf der Westseite des Hauses und ist von Weinreben überrankt. Um diese Uhrzeit ist es hier noch beinahe kühl. Frau Faber steht auf, als die beiden Beamten sich nähern. Sie ist eine zarte Blonde, die außer ihrem Ehering keinen Schmuck trägt. Das Haar hat sie mit einer Silberspange aufgesteckt, was ihren schlanken Hals zur Geltung bringt, ihr Gesicht ist sanft gebräunt. Wie ein Bild von Renoir, denkt Antonie, *Weißes Kleid vor gründämmrigem Schatten* könnte der Titel sein. Sie hat letzte Woche die Ausstellung zu van Gogh und seinen Zeitgenossen im Städel besucht und mußte wegen eines Wolkenbruchs über zwei Stunden bei den Impressionisten ausharren.

Auf einem runden Tisch mit einer Steinplatte liegen ein paar aufgeschlagene Ordner neben einer Glaskaraffe mit honigfarbenem Tee, in dem Zitronenscheiben und Eiswürfel schwimmen. Orientiert man sich gerade über die Vermögensverhältnisse?

»Ich hoffe, Sie sehen mir nach, daß ich Sie nicht in Schwarz empfange«, begrüßt sie die Ankömmlinge. »In manchen Kulturen gilt Weiß als Trauerfarbe.« Antonie und Geller sprechen der Frau ihr Beileid aus. Die eigenwillige Note eines Parfums reizt Antonies Nase, sie muß an weiße Gardenien denken, obwohl sie noch nie wissentlich an diesen Blumen gerochen hat.

»Darf ich Ihnen meine Mutter vorstellen? Hermione Sievers. Mama, das sind Frau Bennigsen und Herr Geller von der Kriminalpolizei.«

Ein weißer Korbsessel, der etwas abseits steht, knistert, und eine weißhaarige Frau in einem dunkelblauen Leinenkleid schält sich aus dem Halbdunkel.

»Bleib doch sitzen, Mama.«

»Ich setze mich lieber zu euch an den Tisch. Sonst müssen die Herrschaften ja herumbrüllen, wenn sie etwas von mir wissen wollen.«

Frau Faber bietet ihnen von dem Eistee in der Karaffe an, was beide gerne annehmen, besonders Rolf Geller, der, seit er die Hausherrin gesehen hat, an einem Krampf der unteren Kiefermuskulatur und Blickstarre leidet.

Wenn man von den Schatten unter ihren Augen absieht, wirkt Anette Faber auf Antonie nicht wie eine Trauernde. Abgeklärtheit und ein Hauch Melancholie sind die passenderen Begriffe für ihre Aura. Da Rolf Geller gerade haltlos in den Schluchten ihres Dekolletes versinkt, beginnt Antonie mit der Befragung: »Frau Faber, können Sie mir sagen, wo Ihr Mann am Morgen des 26. Juli war, ehe er auf den Golfplatz gefahren ist?«

»Nein, das kann ich leider nicht. Wir – mein Sohn und ich – waren auf Mallorca, wir haben dort ein Landhaus. Wir haben erst für Freitag früh einen Rückflug bekommen.«

Frau Faber gießt Tee in zwei Gläser. Geller und Antonie sehen sich an. *Damit haben schon mal zwei Leute ein Alibi.*

»Wäre es denkbar, daß Ihr Mann vor dem Golfen in der Klinik war?«

»Das glaube ich kaum. Er hatte noch Urlaub. Ich nehme an, er stand um acht auf, machte sich Kaffee und las die Zeitung. So machte er es immer, wenn er frei hatte. Diese Ruhe am Morgen war für ihn eine Art Ritual, sozusagen schon Vorbereitung auf das Spiel.«

Die Terrassentür wird von innen geöffnet, ein schmaler, hochgewachsener junger Mann kommt an den Tisch. Frau Fabian stellt ihn vor. »Das ist Moritz, unser Sohn.«

Er hat die großen blauen Augen seiner Mutter, aber sein kurz geschnittenes Haar ist dunkler. Man begrüßt sich. Da kein Stuhl mehr frei ist, setzt sich Moritz in den Korbsessel.

Antonie fährt fort: »Warum war Ihr Mann nicht mit Ihnen auf Mallorca?«

»Das war er, bis zum letzten Wochenende. Er ist am Samstag zurückgeflogen, weil er am Mittwoch einen Vortrag zu halten hatte, auf den er sich noch vorbereiten mußte. Mein Sohn und ich wollten noch eine Woche bleiben.«

»Wo waren Sie am Donnerstag?« wendet sich Antonie an die alte Dame.

»Ich war bis heute morgen bei der Familie meines Sohnes in Fechenheim untergebracht. Ich mag die Hitze auf Mallorca nicht, und ich fliege nicht gerne.«

»Warum sind Sie nicht hier geblieben, bei Ihrem Schwiegersohn?«

Frau Sievers bekommt einen verkniffenen Ausdruck, als sie sagt: »Man ist der Meinung, daß ich ständig umsorgt sein muß. Und da Frau Meise auch mal Urlaub hat und mein Schwiegersohn viel Zeit auf dem Golfplatz verbringt, bin ich solange zu meinem Sohn Ralf gezogen.«

»Frau Meise wohnt also nicht hier«, stellt Geller fest.

»Nein, in Offenbach«, antwortet Frau Fabian. »Sie kommt jeden Tag von neun bis achtzehn Uhr, außer am Wochenende, da kommt sie nur, wenn wir Gäste erwarten.«

Antonie und Geller tauschen einen resignierten Blick und trinken von ihrem Eistee.

»Frau Faber, litt Ihr Mann an Herzrhythmusstörungen?«

»Wenn er sich überanstrengt hat, dann wurde er ganz weiß, bekam Herzrasen und der Schweiß brach ihm aus. Er mußte sich dann hinsetzen, bis sein Kreislauf wieder zur Ruhe kam. Das kam aber nicht oft vor. Nur alle paar Monate einmal.«

»War er in Behandlung, nahm er Medikamente?«

Sie schüttelt langsam den Kopf. »Nein. Er dachte, er hätte alles unter Kontrolle.«

Antonie wechselt das Thema. »Frau Faber, haben Sie in Ihrem Garten oder sonstwo eine Pflanze, die sich Engelstrompete nennt?«

Frau Faber sieht Antonie an, als wäre die nicht ganz bei Sinnen.

Antonie fügt hinzu: »Ein Strauch mit hängenden, weißen oder hellgelben Blüten, die einen süßlichen Duft verströmen. Blüht im Juli, August.«

»Unserer blüht bis in den Oktober«, verkündet Hermione Sievers stolz. »Er ist schon sehr alt, ein richtiger Baum. Er steht neben der Garage. Übrigens duften die Blüten erst ab fünf Uhr nachmittags.«

»Warum interessiert sie unser Trompetenbaum?« fragt Frau Faber.

Antonie übergeht die Frage. »Frau Faber, wer kann gewußt haben, daß ihr Mann am Donnerstag um zehn Uhr Golf spielen ging?«

»Im Prinzip jeder. Erstens ging er, wenn er Urlaub hatte, so gut wie jeden Tag Golf spielen, und zweitens kann man an der Rezeption im Buch nachsehen, wer sich für wann eingetragen hat.«

»Könnte man das auch telefonisch erfragen?«

»Probieren Sie's aus«, rät Frau Faber.

»Spielen Sie auch Golf?«

»Gelegentlich, aber ich bin nicht sehr gut.« Sie zuckt die Schultern. »Ich habe meinem Mann zuliebe damit angefangen. Aber Moritz ist recht gut, nicht wahr?« Sie lächelt ihrem Sohn zu, der verlegen nickt.

»Wären Sie beide nun vielleicht so nett, mir zu verraten, worauf Sie hinauswollen?« Frau Fabers Stimme klingt eine winzige Spur ungehalten.

»Lesen Sie keine Zeitung?« fragt Antonie im selben Tonfall zurück. Obwohl Reinhold Pfeiffer eine Art Nachrichtensperre verhängt hat, titelt der Lokalteil der Bildzeitung heute mit *Tod auf dem Golfplatz – Chefarzt vergiftet.*

Rolf Geller erklärt den Angehörigen in knappen Worten, was es mit dem Tee in der Flasche des Toten auf sich hat.

Daraufhin sehen sich alle drei Familienmitglieder ein paar Sekunden lang stumm an, bis Frau Faber schließlich feststellt: »Mein Mann ist vergiftet worden.«

»Diese blaue Flasche ...«, fragt Rolf Geller. »Besaß er mehrere davon oder nur die eine?«

»Nur die eine«, antwortet diesmal der Sohn des Hauses.

»War sie schon abgenutzt oder noch neu?«

»Sie war älter«, sagt Frau Faber. »Sie hatte Kratzer und Dellen, aber er mochte sie.«

»Das müssen Sie doch wissen, Sie haben sie doch«, meint Moritz Faber.

»Falls die Spurensicherung tatsächlich *diese* Flasche hat«, erwidert Antonie. »Was für ein Getränk war normalerweise darin?«

Anette Faber deutet auf die Glaskaraffe. »Das hier. Grüner Tee mit Zitrone.«

»Frau Faber, wann haben Sie zuletzt mit Ihrem Mann telefoniert?«

»Am Mittwoch abend. Vor seinem Vortrag im Frankfurter Hof hat er bei uns angerufen, kurz nach sieben.« Geller macht sich eine Notiz und fragt: »Sagte er etwas von Besuch, vielleicht vor oder nach dem Vortrag?«

»Nein. Es ist nicht seine Art, spätabends Gäste hierherzubringen, wozu auch? Der Frankfurter Hof hat eine sehr gut sortierte Bar.«

»Wovon handelte der Vortrag?« fragt Geller

Moritz antwortet: »Über die pathogenetische Relevanz von Autoantikörpern bei entzündlichen ZNS-Erkrankungen, insbesondere beim Guillan-Barré-Syndrom.«

»Aha«, sagt Geller.

»Hat Ihr Mann hier im Haus ein Arbeitszimmer?« fragt Antonie.

»Ja.«

Antonie steht auf. »Das würden wir uns gerne ansehen, wenn Sie nichts dagegen haben.«

Auch Frau Faber steht auf, gefolgt von Geller und Moritz, nur die alte Frau Sievers behält Platz. Dafür fragt sie: »War's das schon?«

»Ja, vorerst.«

»Wollen Sie uns gar nicht fragen, ob er Feinde oder eine Geliebte hatte?«

»Mama!« Frau Faber lächelt Antonie entschuldigend zu. »Sie liest am laufenden Band Kriminalromane.«

»Hatte ihr Schwiegersohn Feinde oder eine Geliebte?« fragt Antonie lächelnd.

Anette Faber kommt ihrer Mutter zuvor: »Feinde wohl nicht, aber sicher Neider. Und meines Wissens hatte er keine Geliebte. Aber so etwas erfahren Ehefrauen ja immer zuletzt.«

»Kommen Sie, ich zeige Ihnen sein Arbeitszimmer«, sagt Moritz Faber.

Sie betreten das Haus durch die Terrassentür. Viel leerer Raum zwischen edlen Möbelstücken. Luftig ist das Wort, mit dem Antonie die Atmosphäre beschreiben würde. Ohne Herrn Faber zu kennen, würde sie wetten, daß dieser Teil des Hauses von Anette Faber eingerichtet worden ist. Die ist in Antonies Augen selbst so eine Art Luftwesen.

Ein schwarzer Konzertflügel füllt eine Ecke des Wohnraumes aus.

»Wer spielt auf dem?« fragt Geller.

»Meine Mutter und ich«, antwortet Moritz. »Aber sie ist besser. Sie gibt sogar ab und zu Konzerte.«

Womit die Frage nach der Beschäftigung der Professorengattin auch geklärt wäre, hakt Antonie einen weiteren Punkt auf ihrer imaginären Liste der noch offenen Fragen ab.

Die junge Frau sitzt in einem Café vor der aufgeschlagenen Frankfurter Rundschau und liest den Lokalteil. Man berichtet vom Tod des Universitätsprofessors Dr. Roman Faber. Von Herztod ist die Rede und von *mysteriösen Umständen*, ehe sich der Text den Verdiensten des Vierundfünfzigjährigen zuwendet.

Sie klappt die Zeitung zu und geht eine Treppe hinunter. Vor den Toiletten befindet sich ein öffentliches Telefon. Sie zieht einen Zehnmarkschein aus einem bestimmten Fach ihres Portemonnaies. An seinem Rand steht, mit Bleistift geschrieben, eine Telefonnummer. Sie wirft ein paar Münzen in den Apparat und tippt die Nummer ein. Als abgehoben wird, nennt die Frau eine Zeit und einen Ort und hängt wieder ein. Oben im Café bezahlt sie ihren Kaffee mit dem Schein und verläßt das Lokal.

Das Arbeitszimmer von Roman Faber liegt am anderen Ende des Erdgeschosses und hat nichts Luftiges an sich; vollgestopfte Bücherregale, zwei schwere, braune Ledersessel vor einem niedrigen Glastisch, ein Schreibtisch, breit wie eine Straßensperre, darauf Akten, Fachzeitschriften und ein Bildschirm. Eine Standuhr aus verziertem Eichenholz tickt vor sich hin. An der Wand hängen ein paar Urkunden, und in einer Glasvitrine zeugen Silberpokale in allen Formen und Größen von Roman Fabers Großtaten als Golfspieler. Moritz Faber ist in der Tür stehengeblieben, als halte ihn eine unsichtbare Schranke zurück.

»Sie studieren Medizin?« fragt Antonie.

»Ja.«

»Macht's Spaß?«

Er runzelt die Stirn. »Spaß?«

»Ja, Spaß. Ich zum Beispiel habe mal Jura studiert, weil mein Vater Anwalt war und wollte, daß ich in seine Kanzlei einsteige. Das hat keinen Spaß gemacht. Also habe ich aufgehört damit und bin zur Polizei gegangen.«

»Und Ihr Vater?« will Moritz wissen.

»Ich bin von zu Hause ausgezogen, und ein paar Jahre lang haben wir nur an hohen Feiertagen miteinander gesprochen.«

»Warum erzählen Sie mir das?«

»Nur so. Wie ist das mit Ihnen? Studieren Sie gerne Medizin?«

»Der Spaß hält sich in Grenzen«, antwortet Moritz.

Antonie deutet auf ein Foto, das eine Gruppe junger Männer zeigt, die alle eine Art Uniform tragen. Auf ihren Köpfen sitzen rote, muschelartig geformte Hüte mit einer weißen Feder. Sie winkt Moritz Faber, der noch immer im Türrahmen lehnt, zu sich heran. »Wer sind die da?«

»Die Arminia.«

»Sind Sie auch in einer Burschenschaft.«

»Ja. Auch in der Arminia.« Moritz senkt den Blick.

»Mochten Sie ihren Vater?« fragt Antonie und sieht den Jungen direkt an.

»Natürlich.«

»Ist es das?« gibt Antonie zurück.

Geller schaut aus dem Fenster. Von hier hat man einen schönen Blick auf den Engelstrompetenbaum. Er wächst in einem riesigen Tontopf und ist üppig bestückt mit elfenbeinfarbenen Glocken. An den Rändern sind die Blüten hellorange. An der Grenze zum Nachbargrundstück steht ein geräumiges Gewächshaus.

»Wußten Sie, daß diese Engelstrompeten giftig sind«, fragt er Moritz Faber.

»Ja, klar. Meine Oma hat mich als Kind schon davor gewarnt.«

»Ihre Oma lebt schon lange bei Ihnen?«

»Seit ich denken kann.«

»Ist sie pflegebedürftig?« will Antonie wissen.

»Nicht richtig. Sie darf nur nicht allein sein. Manchmal wird ihr schwindelig und sie fällt in Ohnmacht. Manchmal vergißt sie, wo sie Sachen hingelegt hat. Aber das passiert schließlich jedem mal, oder?«

Antonie nickt. »Wie verstand sie sich mit Ihrem Vater?«

»Fragen Sie sie doch selbst. Sie ist alt genug, sie kann für sich selbst sprechen.«

»Das werde ich«, versichert Antonie. »Haben Sie noch ein Hobby, außer Golfspielen?«

»Ich spiele Klavier, das sagte ich doch schon.« Irgendwo klingelt ein Telefon. »Ich geh ran«, sagt Moritz rasch und offensichtlich erleichtert, das Allerheiligste seines Vaters verlassen zu können.

»Er ist ein großes Talent, ebenso wie seine Mutter.« Hermione Sievers ist leise ins Zimmer getreten. Für ihr Alter hat sie eine untypisch aufrechte Haltung und bewegt sich auch nicht wie eine alte Frau. »Aber was hat das mit dem Tod meines Schwiegersohnes zu tun, wenn ich fragen darf?«

»Wahrscheinlich nichts«, gibt Antonie zu und macht eine weitläufige Handbewegung. »Ein schönes Haus ist das.«

»Ja. Mein Mann und ich haben es nach dem Krieg gekauft. Mein Mann starb schon vor Moritz' Geburt. Roman hat es vergrößert und umgebaut.«

»Haben Sie den Trompetenbaum gepflanzt?«

»Nein, das war mein Mann. Er interessierte sich für Botanik und Aquaristik. Wir hatten eine Apotheke in Langen.« Sie lächelt. »Ich weiß also Bescheid über Gifte und Giftpflanzen, falls Sie mich im Verdacht haben sollten.«

»Leider wissen inzwischen sehr viele Leute, wie giftig diese Pflanzen sind«, antwortet Antonie. »Es ist regelrecht Mode geworden, sich damit zu vergiften.« Antonie hat ihr einsames Wochenende genutzt, um im Internet über Engelstrompeten nachzulesen. »Zum Teekochen braucht man keine pharmazeutischen Fähigkeiten«, fügt sie hinzu.

Hermione Sievers gibt nicht so rasch auf. »Er hat den Tee oft schon am Vortag gemacht. Ich könnte während des Vortrags ins Haus gekommen sein, um den giftigen Tee in die Flasche zu füllen.«

»Das glaube ich nicht.«

»Warum nicht?«

»Lassen Sie mir bis morgen Zeit, dann kann ich's Ihnen sicher sagen.«

Die Augen der alten Dame blitzen lebhaft auf. »Ich erinnere Sie!«

Antonie lächelt über diese eifrige Miss Marple. »Wären Sie so nett, uns den Tee zu zeigen, den ihr Schwiegersohn für gewöhnlich benutzte?«

Die Gruppe bewegt sich in die Küche, wo Frau Meise gerade einen Salat wäscht. Die Küche ist weiß möbliert und mit allen technischen Schikanen ausgestattet. Die Haushälterin zieht sich dezent zurück, als die drei eintreten.

Hermione Sievers zeigt ihnen eine silberne Blechdose. Auf einem Aufkleber steht in Handschrift *Sencha*. Der Inhalt sieht aus, wie grüner Tee im allgemeinen aussieht. »Das ist der, den Sie beide vorhin auch getrunken haben. Merken Sie schon was?« Frau Sievers Gesicht wird von vielen horizontalen Runzeln überzogen, als sie breit lächelt.

»Ich verrate Ihnen noch ein Geheimnis«, mischt sich Moritz Faber ein, der sein Telefonat anscheinend beendet hat. »Wenn mein Vater sich Tee kochte ...«, er nimmt eine grüne Packung aus dem Schrank, »... hat er immer den da genommen.«

»Beuteltee von Aldi«, erkennt Antonie einen alten Bekannten.

»Er hat behauptet, der würde ihm am besten schmecken. Aber es lag wohl eher an seiner Bequemlichkeit.«

»Dann bedanken wir uns bei Ihnen«, sagt Antonie. »Das heißt, eine Bitte hätte ich noch: Darf ich von Ihrem Baum da draußen ein paar Blätter und Blüten abreißen?«

»Wenn sie noch was dranlassen«, sagt die alte Dame. »Wozu brauchen Sie die denn?«

»Nur eine Feldstudie«, antwortet Antonie.

Frau Meise bringt sie zur Tür, von der Dame des Hauses ist nichts mehr zu sehen.

»Frau Meise, wäre es Ihnen möglich, morgen zu mir ins Präsidium zu kommen?«

»Aber morgen ist die Beerdigung.«

»Vielleicht gleich um acht, ehe Ihr Dienst anfängt?«

Frau Meise nickt und sieht Antonie dabei erschrocken an.

»Warum denn aufs Präsidium? Sie können mich doch hier alles fragen.«

»Keine Angst«, antwortet Antonie, »das hat lediglich organisatorische Gründe.«

»Was war das jetzt?« fragt Antonie, als sie und Rolf Geller wieder im Dienstwagen sitzen.

»Was war was?« fragt Geller zurück.

»Die Stimmung war jedenfalls nicht so, wie sie sonst unter Angehörigen eines Ermordeten herrscht, oder siehst du das anders?«

»Das große Aufatmen nach einem Tyrannenmord.«

»Geller!« Antonie starrt ihren Kollegen an. »Du schockierst mich heute schon zum zweiten Mal. Das hätte Romero nicht treffender formulieren können.« Antonie startet den Wagen, Geller lächelt versonnen vor sich hin. »Bisher dachte ich ja immer, Frauen ab vierzig ...«

»... sollten sich am besten erschießen.«

»Das nicht gerade. Wozu gibt's Klöster und Volkshochschulen? Aber diese Witwe in Weiß ... meine Herren!«

»Gott sei Dank, du bist es noch«, seufzt Antonie. »Ich dachte schon, sie hätten dich geklont. Wie alt ist eigentlich deine Claudia?«

»Vierunddreißig.«

»Seit wann zieht's dich zu Erwachsenen hin?« staunt Antonie.

Geller ist zweiunddreißig und wechselt nun lieber das Thema: »Was machen wir jetzt? Die haben alle drei ein ziemlich gutes Alibi.«

»Zuerst müssen wir wissen, ob nur der Tee oder auch die Flasche ausgetauscht worden ist. Wenn es der Tee war, muß es jemand gewesen sein, der im Haus war.«

»Diese Frau Meise? Die hat doch sicher auch einen Schlüssel.«

»Die nehme ich mir morgen früh vor. Wenn's die Flasche war, muß es auf dem Weg vom Haus bis zum Golfplatz passiert sein. Oder auf dem Golfplatz. Ich werde noch mal mit Romero und Heumann reden und mit dem Personal auf dem Platz. Übernimmst du die Klinik? Dann laß ich dich gleich dort raus.«

»Okay, mach ich«, antwortet Geller.

»Übrigens, du hast da was im Gesicht, schon den ganzen Tag.«

»Wo?« Geller klappt erschrocken die Sonnenblende herunter und schaut in den Spiegel.

»Da, um den Mund rum.«

Geller lehnt sich wieder zurück und streicht sich über sein Mäuseschwanzbärtchen. »Antonie, frag doch bitte mal deinen Schwuchtelfriseur, ob es ein Mittel gibt gegen die Haare, die du auf den Zähnen hast!«

Es ist Mittagszeit. Sven Bussek hat sich in das kühle Souterrain-Zimmer zurückgezogen, das er sich als Büro eingerichtet hat, und ist dabei, seine Kontoauszüge zu sichten. Ärger steigt in ihm hoch. Über sechshundert Mark beträgt Sandras Handyrechnung vom letzten Monat. Die Abbuchung eines Schuhgeschäftes von 498 Mark treibt ihm fast das Wasser in die Augen. Dann noch hundert von einem Kosmetikstudio und neunhundert Mark Barabhebungen. So geht das nicht weiter!

Gut, möglicherweise war es ein Fehler von ihm, sich am Anfang so großzügig zu geben: Modebummel in Mailand, essen, wo die Schickeria tafelt... Aber damals sah die Sache auch noch anders aus ... Sein Handy piepst.

Die SMS ist wieder sehr kurz und lautet: *Du hast mich verzaubert. ›Die grüne Fee‹.*

Svens Gesicht glättet sich, er lächelt vor sich hin. Da hat es aber eine hartnäckig auf ihn abgesehen. Wenn man nur antworten könnte. Seit gestern leidet Sven an einem süßen Verfolgungswahn. Er sieht beim Autofahren öfter in den Rückspiegel, er dreht sich auf der Straße abrupt um und mustert die Passanten. Nicht, daß er Angst hätte. Das Gefühl, vielleicht von einer fremden Schönen beobachtet zu werden, löst bei ihm ein angenehmes Prickeln aus. Wer immer diese grüne Fee ist, sie versteht es, ein Rendezvous spannend vorzubereiten. Er legt die Füße auf seinen Schreibtisch, verschränkt seine Hände im Nacken und malt sich eine Begegnung mit der Unbekannten auf alle möglichen Arten aus ...

Irgendwann wird sie sich zu erkennen geben, da ist er ganz sicher. Und das wird bald sein, das hat er im Gefühl.

»Gib's zu. Du wolltest mich vergiften!«

Irina Bulka sieht Antonie mit großen Augen an. »Was hast du? Ich hab ihn gemacht wie immer!«

»Das wird's sein.« Antonie kippt den Rest Kaffee aus dem Becher in die Erde der nächstbesten Topfpflanze, deren Blätter schlapp herunterhängen. »Tut mir leid. In einer Woche entwöhnt man sich doch ganz schön.«

»Ph!« Irina hüllt sich beleidigt in ihren Haarvorhang und hackt auf ihre Tastatur ein.

»Dafür hast du andere Talente, die viel nützlicher sind. Ich wüßte wirklich manchmal nicht, was wir ohne dich machen sollten. Was ist dagegen Kaffee aufsetzen ...«

»Was brauchst du?«

»Kannst du die Passagierlisten der Flüge überprüfen? Theoretisch könnte einer von ihnen am Mittwoch oder früher von Mallorca nach Frankfurt geflogen sein und morgens mit der ersten Maschine zurück.«

»Das wäre ganz schön blöd.«

»Täter sind manchmal blöd, Gott sei Dank, sonst würden wir ja nie einen kriegen.«

»Ich würde das anders machen.« Irina wirft ihre echten Locken mit dem falschen Blond zurück, so daß ihr Augenbrauenpiercing und die zahlreichen Ohrringe aufblitzen.

»Wie würdest du es machen?«

»Mit einem falschen Paß.«

»Es ist zwar nicht auszuschließen«, räumt Antonie ein, »aber die Fabers sehen mir irgendwie nicht danach aus, als ob sie Kontakte zu Leuten pflegen würden, die gefälschte Papiere im Angebot haben.«

»Oder sie haben jemand anderem einen Schlüssel gegeben und die nötigen Anweisungen. Ein bezahlter Giftmörder, sozusagen.«

Wenn es um Mordfälle geht, entwickelt Irina Bulka stets großes Engagement und dazu eine Phantasie, die sich dem Anschein nach aus dem Abendprogramm der Privatsender speist.

»Apropos Geld«, hakt Irina nach. »Soll ich die Bankkonten checken? Außerdem könnte ich sämtliche Anrufe vom Privatanschluß der Fabers innerhalb der letzten vier Wochen vor Fabers Tod überprüfen. Sozusagen auf dem kleinen Dienstweg.«

Mit dem »kleinen Dienstweg« ist Irinas hochentwickelte Fähigkeit im Umgang mit Computern gemeint.

»Nein, das wirst du lassen«, sagt Antonie streng. »Es gibt so etwas wie Datenschutzgesetze. Sie verhindern den gläsernen Menschen, den wir doch alle nicht haben wollen. Nicht alles, was technisch machbar ist, ist auch erlaubt, und wir werden uns hüten, uns strafbar zu machen. Die privaten Konten und die privaten Telefonanschlüsse der Familie Faber sind tabu. Abgesehen davon, daß die Ergebnisse solcher Recherchen ohne eine vorangegangene richterliche Genehmigung vor Gericht ohnehin nicht verwendbar wären.«

Irina sperrt Mund und Augen auf. »Sag mal, hast du was genommen? Du hörst dich an wie Pfeiffer.«

»Ich bin Pfeiffer«, knurrt Antonie. «Genau das sind Pfeiffers Worte, ausgesprochen vor einer Viertelstunde in seinem Büro. Ich fürchte, er kennt uns inzwischen ganz gut. Also laß es sein, wir kriegen sonst Ärger. Vielleicht findet Geller was raus, er ist in der Uniklinik.«

»Das kann ja dauern. Er wird jede Krankenschwester einzeln zum Verhör bitten.«

»Findest du nicht, daß er sich verändert hat?«

»Geller? Wie verändert?«

»Ach, nichts. Und ganz wichtig: So schnell wie möglich brauche ich diese Flasche, in der der giftige Tee war, und den Bericht dazu.«

»In Ordnung.« Irina kritzelt etwas auf ihre Schreibtischunterlage. »Was hast du eigentlich im Urlaub gemacht?«

»Ein Kilo zugenommen, meine Wohnung geputzt und ein Buch gelesen: *Gedächtnistraining in der zweiten Lebenshälfte.* Den Autor habe ich vergessen.«

»Und was macht die Liebe?«

»Das kann man auch vergessen. Weißt du, ich bin jetzt siebenunddreißig, steuere allmählich ruhigere Gewässer an ... he, wo rennst du denn hin?«

»Aufs Klo, kotzen.«

Antonie geht in das Büro, das sie mit Rolf Geller teilt. Seit Romeros Pensionierung spekuliert sie heimlich auf dessen altes Büro, aber Reinhold Pfeiffer benutzt den Raum als Rumpelkammer, um in seinem eigenen Büro, das schräg gegenüber liegt, eine minimalistische Leere nach den Regeln des Feng shui aufrechterhalten zu können. Diese Entweihung von Romeros heiligen Hallen ist etwas, das Antonie ihm persönlich übelnimmt. Unter anderem.

Irgendein guter Geist hat inzwischen die gröbste Unordnung beseitigt, aber der Papierhaufen auf ihrem Schreibtisch scheint eher gewachsen zu sein, und die Platte ist noch immer mit klebrigen Stellen übersät. Antonie spuckt in ein Papiertaschentuch und reibt damit auf der Platte herum, als das Telefon klingelt. Ein Kriminaltechniker aus Wiesbaden ist am Apparat.

»Wegen dieser Flasche …«

»Ja?«

»Die Gebrauchsspuren sind getürkt. Die Flasche ist nagelneu, jemand hat ihr absichtlich ein paar Dellen und Kratzer beigebracht. Aber es fehlt zum Beispiel unten der abgewetzte Rand, den eine ältere Flasche haben muß, außerdem ist innen nicht ein einziger Kratzer von einer Bürste oder ähnlichem zu finden, wir haben das mit dem Mikroskop …«

Während der Kriminaltechniker ins Detail geht, nimmt Antonie eines der Gummibärchen von einer Akte und kaut darauf herum. Es ist steinhart, auch nachdem es eine Minute in Kaffee gebadet hat. Als der Kollege fertig ist mit seinen Ausführungen, ist Antonie klar: Die Flasche wurde ausgetauscht. Das entlastet zunächst einmal die Familienmitglieder. Aber wer hat sie ausgetauscht? Wie? Und warum?

Antonie bedankt sich bei dem Kollegen, legt auf und starrt gedankenverloren auf einen Kaugummi, der an Rolf Gellers Schreibtischunterkante klebt. Was würde Romero jetzt tun?

Sie springt auf.

»Ich bin die nächsten drei Stunden außer Haus«, sagt sie im Vorbeigehen zu Irina.

»Pfeiffer möchte einen Zwischenbericht haben.«

»Erzähl ihm was vom Pferd.«

Linda flucht leise, als sie über ein Dreirad stolpert. Es ist Mittagszeit, Knoblauchdüfte durchziehen den Hausflur. Der Aufzug ist seit Tagen kaputt, aber Linda mag ohnehin keine engen, geschlossenen Räume. Sie steigt die Treppe hinauf in den dritten Stock und stellt ihre Einkäufe auf dem Küchenschrank ab, ehe sie ihre Wohnung noch einmal verläßt und bei ihrer Nachbarin klingelt.

Margarete Stubenrauch begrüßt sie mit: »Jenny hat mit uns gegessen, das ist dir doch recht?«

Linda nickt. Wenn sie ehrlich ist, hätte sie jetzt wenig Lust darauf, eine von Jennys Lieblingsspeisen – Spaghetti, Pfannkuchen oder Milchreis – zu kochen. Sie selbst hat keinen Hunger. Die Unterhaltung mit ihrem Exmann ist ihr auf den Magen geschlagen.

»Entschuldige, daß ich so spät komme ...«, sie wird unterbrochen, als die Kinderzimmertür aufgeht und Jenny auf sie zustürzt, gefolgt von Margaretes Tocher Lisa, die so blond und hellhäutig ist wie ihre Mutter. Jenny hat dünnes, rotes Haar, das sicherlich einmal den kräftigen Tizianton ihrer Mutter annehmen wird, und die blauen Augen von Sven. Was kein Grund ist, sie nicht abgöttisch zu lieben.

»Darf ich noch mit Lisa spielen?« bettelt Jenny. »Lisa hat eine Doktor-Barbie gekriegt. Ich will auch eine Doktor-Barbie.« Doktor-Barbie. Typisch Margarete. Sie und Linda kennen sich seit ihren gemeinsamen Jahren als Lernschwestern, und im geheimen und obwohl Margarete einen Ingenieur geheiratet hat, schwärmt sie noch immer für Ärzte. Linda sieht ihre Tochter an. Der prüfende Blick gilt den Armbeugen. Die Neurodermitis ist besser geworden, seit sie mit Jenny zu diesem Homöopathen geht, den die Kasse nicht bezahlen will.

»Du hast schon drei Barbies«, gibt Linda zu bedenken.

»Aber keine Doktor-Barbie.«

»Mal sehen.«

»Also darf ich noch hierbleiben, bitte, bitte.« Der flehende Tonfall versetzt Linda einen kleinen Stich. Sie weiß, daß Jenny sehr gerne bei den Stubenrauchs ist, und das liegt nicht nur an Lisas Spielzeug. Offensichtlich findet sie hier, in der für vier Personen viel zu engen Wohnung, was Linda ihr nicht geben kann. Eine richtige

Familie. Mit all dem Gezänk, der Unordnung, dem Babygeschrei, aber auch der Wärme und Geborgenheit, die Margarete verbreitet.

»Ich habe frischen Kaffee gemacht«, beendet Margarete das Gequengel und dirigiert die Mädchen ins Kinderzimmer und Linda in die Küche. Der Kaffee duftet. Das Baby scheint zum Glück sein Mittagsschläfchen zu halten. Linda setzt sich und vergräbt das Gesicht für einen Moment in den Händen.

»Was ist los?«

»Sven war heute im Laden.«

Margaretes Gesicht verdüstert sich. Sven Busseks kompetenter Vermögensberatung verdankt die Familie Stubenrauch, daß das über Jahre gesparte Kapital für das Reihenhäuschen im Grünen jetzt nur noch ein Drittel seines ursprünglichen Wertes besitzt. Dabei hätte es sich doch, laut Sven, innerhalb weniger Monate verdoppeln sollen.

»Hoffentlich läßt er sich hier nie mit seinem dicken Schlitten blicken, wenn Peter zu Hause ist«, sagt Margarete und preßt die Lippen aufeinander.

Linda trinkt von ihrem Kaffee und schildert Margarete das Gespräch.

»... und seit er diese Sandra geheiratet hat, meint er, einen auf heile Familie machen und Jenny zu sich holen zu müssen. Er lockt sie mit Spielzeug und allem möglichen, was ich mir nicht leisten kann.«

»Was regst du dich auf, du hast doch das Sorgerecht.«

»Aber er hat Geld. Und dafür kriegt man gewiefte Anwälte, falsche Zeugen ... Sven hatte schon immer gute Beziehungen zu gewissen Kreisen. Irgendwas wird er sich einfallen lassen, um mich beim Jugendamt anzuschwärzen.«

»Du machst dir zu viele Gedanken.«

Linda schneuzt in ein Tuch von der Küchenrolle und sieht ihre Freundin an. »Vielleicht hätte es Jenny auf Dauer wirklich besser bei ihm? Was kann ich ihr schon bieten? Dieses Zweizimmerloch da drüben. Vielleicht bin ich einfach zu egoistisch ...«

»Jetzt mach aber mal 'nen Punkt!« sagt Margarete und haut auf die Tischplatte.

Nach zwei Tassen Kaffee und viel gutem Zureden sieht Linda nicht mehr ganz so schwarz. Zumindest redet sich Margarete das ein.

»Kann ich dir heute abend das Babyphon dalassen?« fragt Linda, als sie geht.

»Ja, kannst du. Hast du ein Rendezvous?«

»Leider nicht. Was Geschäftliches.«

»Jenny kann auch hier schlafen, wenn sie will.«

»Danke. Ich wüßte nicht, was ich ohne dich machen sollte.«

Margarete winkt ab. »Es kommen auch für dich wieder bessere Zeiten, wenn erst dieser Kerl aus deinem Leben verschwunden ist.«

Aus dem Leben verschwunden, wiederholt Linda in Gedanken. Eine schöne Vorstellung.

III.

Das Clubhaus vom Hofgut Trages befindet sich an der Stirnseite der Anlage, die ein offenes Viereck um einen freien Rasenplatz bildet. Am offenen Ende, gleich über dem schmalen Weg, der zur Driving Range führt, steht ein barockes Gebäude mit Sandsteintreppen. Auf einem Schild steht: Standesamt. Ein romantischer Ort, wenn man fürs Gepflegte schwärmt, und außerdem praktisch, findet Antonie. Kann man vor dem großen Ja noch schnell ein paar Löcher spielen.

Im Westflügel sind die Toiletten und Umkleideräume untergebracht. Wenn man durch das Restaurant geht, gelangt man auf eine große Terrasse mit riesigen weißen Leinenschirmen. Von dort aus schaut man nach Süden auf einen Teil des Platzes, bis der Blick schließlich an den Hügeln des Spessarts hängenbleibt. Die Luft ist klarer als in der Stadt, und das ganze Ambiente atmet so viel Ruhe und Harmonie, daß es fast nicht zum Aushalten ist. Die perfekte Welt, für die, die sie sich leisten können. Antonie ist beinahe dankbar für die Hochspannungsleitungen, die den Himmel zerschneiden und einen daran erinnern, daß man noch auf diesem Planeten weilt.

Auf der Terrasse sitzen zwei Vierergruppen von Golfern, die ihre Partie noch einmal bei einem Glas Weizenbier durchdiskutieren, drei junge Frauen, zwei davon mit Kinderwagen an ihrer Seite, die offenbar nur zum Kaffeetrinken hierher gekommen sind, und zwei Herren in Anzügen vor einem silbernen Sektkühler, aus dem ein Flaschenhals ragt.

Antonie bleibt vor dem Restauranteingang im Schatten stehen. Zwei Golfer schieben ihre Wägelchen am Standesamt vorbei in Richtung Driving Range. Drei andere Herrschaften treffen gerade ein. Sie unterhalten sich, während sie am Ostflügel entlang auf die Anmeldung zugehen. Bis jetzt hat niemand von ihr Notiz genommen, nur ein Kellner hat ihr zugenickt.

Die drei Spieler, zwei Männer und eine Frau, betreten die Anmeldung. Ihre Taschen stehen vor der Tür. Antonie schlendert in ihre Richtung. Einer spricht mit Frau Luschinski an der Rezeption, die Golferin sieht sich Blusen an, der andere Mann hat einen Schläger in die Hand genommen und vollführt ein paar Luftschläge. Kein Mensch achtet auf Antonie, die jetzt neben der pinkfarbenen Tasche der Frau steht. Es wäre eine Kleinigkeit, den Reißverschluß zu öffnen. Aber welchen Reißverschluß? Diese Tasche hat drei. Antonie weiß nicht, wie Fabers Tasche aussieht, die Herren von der Kriminaltechnik werden sie erst heute abend zur Lagebesprechung mitbringen. Davon abgesehen muß der Täter Professor Fabers Gewohnheiten entweder genau gekannt oder exakte Instruktionen erhalten haben. Wie man es dreht und wendet: Die Familie bleibt für Antonie verdächtig, Alibis hin oder her. Antonie wartet, bis die kleine Karawane davongezogen ist, dann betritt sie die Anmeldung.

»Frau Luschinski?«

»Ah, Frau ...«

»Oberkommissarin Bennigsen, Kripo Frankfurt. Sie haben mich am Donnerstag netterweise zu der Unglückstelle gebracht.«

»Ja, natürlich, ich erinnere mich«, sagt die Dame. »Ich hatte nur Ihren Namen vergessen.«

»Ich hätte da noch einige Fragen.«

Frau Luschinski nickt. Sie trägt Lacksneakers im selben Babyhellblau wie ihre Bluse. Unter der knackig sitzenden weißen Hose zeichnet sich ein Stringtanga ab.

»Kannten Sie Professor Faber persönlich?«

»So wie man sich halt hier kennt. Vom An- und Abmelden. Die Familie Faber zählt schon lange zu unseren Mitgliedern.«

Antonie läßt sich das Buch zeigen, in dem die Abschlagszeiten reserviert und notiert werden. Am 26. Juli steht bei 10:00 Uhr: *Faber 1 Pers.*

»Dieser Eintrag hier ... hat er sich selbst eingetragen oder angerufen?«

Sie beugt sich kurz über das Buch. Eine Wolke süßlichen Parfums wallt auf.

»Selbst«, antwortet Frau Luschinski. »Das ist nicht meine Schrift. Meistens reservierte Professor Faber am Ende des Spiels für die nächsten Tage. Am Freitag ist er auch eingetragen, auch um zehn Uhr.« Sie blättert eine Seite weiter und deutet auf Fabers Eintrag.

»Wenn ich Sie jetzt anrufen würde und fragen würde, wann ein gewisser Herr oder Frau X sich eingetragen haben, würden Sie mir dann Auskunft geben?«

»Kommt darauf an.«

»Worauf?«

»Es kommt schon vor, daß Mitglieder anrufen und fragen, wer sich wann eingetragen hat, um dann mit dieser Person zusammen zu spielen. Da gebe ich natürlich Auskunft.«

»Und wenn ein Nichtmitglied anruft?«

Sie zögert. »Nun, ja. Im Prinzip kann ja auch jeder hier hereinspazieren und das Buch anschauen. Eine Tee-Time ist schließlich kein Staatsgeheimnis.«

»Tea-Time?«

»Tee. Mit zwei E. Die Abschlagszeit«, erläutert Frau Luschinski den Begriff.

»Wie war das letzten Donnerstag? Beschreiben Sie mir bitte Professor Fabers Ankunft. Jedes Detail, an das Sie sich erinnern.«

»Er kam um zehn Minuten nach zehn an und wirkte ein bißchen abgehetzt.«

»Sagte er, warum er zu spät kam?«

»Nur, daß er aufgehalten worden wäre. Er entschuldigte sich. Daraufhin hat Herr Dr. Heumann Herrn Professor Faber angeboten, bei ihnen mitzuspielen. Die zwei schienen sich zu kennen.«

»Ist Dr. Heumann Mitglied hier?«

»Nein, er kommt aber häufig als Gastspieler.«

»Als Professor Faber hier war, wo war da seine Golftasche?«

»Vor der Tür, denke ich. Kaum einer schleppt das Ding hier herein.«

»Waren alle drei Herrschaften hier im Laden, als Faber hereinkam?«

Die Frau überlegt. »Zuerst ja. Dann ließ sich die alte Dame von einem unserer Pros zu den Elektrocars bringen. Der andere Herr war hier. Er hat sich die Driver angesehen.« Sie deutet auf ein ein Büschel Golfschläger mit großen, runden Köpfen, die in einem Holzgestell stecken. »Ehe sie auf den Platz gingen, sind die drei Herren noch alle im Gänsemarsch hier lang gegangen.« Sie deutet auf den Durchgang zum Restaurant. »Aufs Örtchen. Das ist mir aufgefallen, weil es so komisch aussah. Dr. Heumann sagte noch etwas wie: ›Ist noch Zeit für eine Runde Pinkeln‹.«

»Sonst war niemand im Laden?«

»Nein. An so heißen Tagen ist es hier ruhig.«

»Und während die Herren auf der Toilette waren, standen die Taschen da draußen?«

»Auf die Toilette haben sie sie jedenfalls nicht mitgenommen. Wozu auch? Hier ist noch nie etwas gestohlen worden.« Bei diesen Worten sieht Frau Luschinski Antonie vorwurfsvoll an, als hätte diese behauptet, der Golfclub sei eine Brutstätte des Verbrechens.

»Kamen in der Zeit, als die Herren auf der Toilette waren, Leute hier herein?«

»So weit ich mich erinnere, nicht. Die Leute vom nächsten Flight – also die nächste Gruppe um halb elf – war bereits eingetroffen, die waren auf der Driving Range.«

»Ist Ihnen sonst jemand aufgefallen? Jemand, der vor der Tür herumstand?«

»Ich habe hier gesessen und Rechnungen sortiert. Da schaue ich natürlich nicht dauernd raus. Warum?«

»Ich würde mir gerne noch mal den Ort ansehen, an dem das Unglück geschah.«

»Möchten Sie einen Elektrocar?«

»Nein, ich gehe lieber zu Fuß. Es geht sich so schön auf Golfrasen.«

Frau Luschinski sieht skeptisch drein. »Passen Sie auf, daß Sie nicht getroffen werden. Warten Sie auf jeden Fall, bis die Leute mit dem Abschlagen fertig sind, ehe Sie vorbeigehen. So ein Ball hat ein Mordstempo drauf und wird leicht abgetrieben. Und wenn jemand *Fore* ruft, ziehen Sie den Kopf ein und gehen in Deckung.«

Frau Luschinski drückt ihr einen Plan in die Hand, auf dem Lage und Länge der Spielbahnen eingezeichnet sind. »Damit Sie sich nicht verlaufen. Und halten Sie bitte den Spielbetrieb nicht allzusehr auf.«

Sandra Bussek schaut ihrem Gatten nach, der in seinem BMW davonrauscht. Sie könnte platzen vor Zorn. Sich so aufzuführen wegen einem paar Schuhe und der Handyrechnung. Wenn es um seine Tochter, diese verzogene Göre, geht, ist ihm doch auch kein Geld zu schade! Sogar einen Detektiv hat er mal angeheuert, der irgendwas in Lindas Lebenswandel entdecken sollte, was man vor Gericht gegen sie verwenden könnte. Soweit sie weiß, hat er aber nichts gefunden und nur eine saftige Rechnung an Sven geschickt.

Wir werden eine richtige Familie sein, wir vier.

Eine Familie mit Jenny. Das fehlt mir gerade noch! Sandra schleppt den Liegestuhl aus dem Gartenhaus unter den Walnußbaum und stellt ihn auf. Ehe sie sich darauf niederläßt, geht sie noch einmal in die Küche und mixt sich einen Drink aus allem, was sie finden kann. Sie schaut auf ihr Gesicht, das sich in der Glasscheibe der Mikrowelle spiegelt. Man sieht nichts von der Ohrfeige, sie war nicht sehr fest. Es gab schon andere. Wenn Sven *wirklich* ausrastet, dann hat sie Angst vor ihm.

Dabei lief es während der letzten Wochen so gut. Seit sie ihm nach ihrem Besuch bei der Gynäkologin das Ultraschallbild gezeigt hat, umsorgt und umschmeichelt er sie wie in den allerersten Tagen. Mit dem lästigen Unterschied, daß sie nun anstatt durch Designerboutiquen durch Geschäfte mit Kinderkram pilgern. Das Komische ist: Mit der Zeit findet Sandra sogar Gefallen an diesen winzigen Klamotten und Sächelchen. Es gibt Designermode für ganz kleine Kinder, das hat sie neulich in einer Boutique entdeckt. Einfach süß! Sie hat die Vision, wie sie und ihr niedliches Töchterchen die Goethestraße entlangschlendern. Sie selbst in schicken, engen Hosen, denn natürlich würde sie alles tun, um nach der Geburt ihre Figur wiederzuerlangen, und das Töchterchen, blondlockig und in so einem süßen Hängekleidchen, wie sie es neulich bei Pfüller gesehen hat, tappst in rosafarbenen Lackschühchen neben ihr her. Die Leute drehen sich nach ihnen um, auch Männer. Apropos Männer: Sven kommt in diesem Bild nicht vor.

Vor dem großen Spiegel im Flur zieht sie sich nun aus bis auf den schwarzen Stringtanga. Ihre Figur ist tadellos, allerhöchstens ein, zwei Kilo zuviel. Aber sie muß aufpassen, dieses Hausfrauendasein macht auf die Dauer fett.

Ausgestattet mit ihrem Drink, einer Zigarette, der neuen *Vogue* und dem Handy, begibt sie sich in den Garten und geht barfuß auf dem frisch gemähten Rasen auf und ab, während sie mit Mona telefoniert. Sie kennen sich von der Kosmetikschule. Mona hat es inzwischen zu einem eigenen kleinen Studio gebracht. Keine Kunst, wenn man im richtigen Augenblick einen Typen aufreißt, der vor Geld stinkt. Das tut Sven zwar auch, aber er hält die Hand drauf. Klamotten, Schmuck, ja, aber mehr ist nicht – nicht mal, seit sie verheiratet sind. Sie verabredet mit Mona einen Kosmetiktermin um halb fünf, danach werden sie ausgehen. Erst schick essen, und dann wird man sehen.

»Ich will das Leben noch genießen, bevor ich aussehe wie ein vollgestopfter Sack!«

»Und Sven?« fragt Mona.

»Der ist auf Tour. Was der kann, kann ich schon lange.«

Sandra weiß, wo Sven den Abend verbringen wird. Wie erwartet, hat er sie nicht gefragt, ob sie mitkommen will. Anscheinend ist es ihm peinlich, wenn seine Ehefrau von anderen Gästen des *Rue Morgue* als ehemalige Bardame erkannt wird. Überhaupt: Er tut so, als hätte er sie aus der Gosse gezogen. So weit war es nun auch wieder nicht. Das *Rue Morgue* ist nicht das Ritz, aber es ist auch keine Spelunke. Zugegeben, sie hat Sven nicht gerade während einer Glückssträhne kennengelernt. Der Fiat Punto stand kaputt am Straßenrand vor ihrer Souterrainwohnung, sie war drei Monate mit der Miete im Rückstand, was ihr der Vermieter nur verzieh, weil sie es verstand, ihn auf eine für sie höchst unangenehme Weise über säumige Zahlungen hinwegzutrösten, und sie hatte sich in einer Oben-ohne-Bar vorgestellt. Von solchen Dingen weiß Sven natürlich nichts. Okay, sie schuldet ihm möglicherweise ein bißchen Dank. Aber wer liebt schon seinen Gläubiger?

Als der Gedankenaustausch mit Mona zu Ende ist, legt sich Sandra zufrieden auf den Liegestuhl und streckt sich den milden Strahlen der Spätnachmittagssonne entgegen wie eine Katze auf der Fensterbank. Sie fischt einen Eiswürfel aus ihrem Glas, läßt ihn zwischen ihren Brüsten hindurch auf ihren Bauch rutschen, wo sie ihn langsam verreibt. Wenn Sven mich so sehen könnte, er würde wieder ausrasten. Dabei kann sie wirklich kein Mensch beobachten, die Hecken sind hoch, da müßte einer schon auf eine Leiter steigen. Die einzigen, die theoretisch in den Garten sehen können, sind die Passagiere der Flugzeuge beim Landeanflug und die Bewohner der oberen Wohnungen dieser zwei Hochhäuser da hinten. Aber dazu bräuchte man schon ein sehr, sehr gutes Fernglas.

Genau das hat sich Roland Meerbusch von der letzten Überweisung des Arbeitsamtes besorgt. Genauer gesagt, eine Kamera mit einem leistungsstarken Objektiv. Und dazu ein Stativ. Er hat das Ding gebraucht gekauft, von einem Klatschreporter, einem richtigen Paparazzo, der damit auf Promijagd gegangen ist, ehe er sich eine noch bessere Ausrüstung angeschafft hat. Aber für seine Zwecke tut es dieses Gerät vollkommen. Er benutzt das Objektiv hauptsächlich als Fernrohr, besonders, seit in dem Reihenhaus da hinten dieses kleine, blonde Biest eingezogen ist. Natürlich hat er auch schon mal ein paar Fotos von ihr geschossen. Für einsame Stunden.

Mein lieber Herr Gesangsverein, wie die heute wieder aussieht! Dieses Ding da, das sie um die Hüften trägt, ist noch aufreizender, als wenn sie gleich nackt herumspazieren würde.

Dabei ist ihm auch so schon ordentlich heiß. Er wankt zum Kühlschrank. Ah, ein kaltes Bier! Ohne unnötige Zeitvergeudung pflanzt er sich wieder auf den Küchenstuhl vor dem Wohnzimmerfenster. Bloß nichts verpassen. Er trinkt und schaut, und schaut und trinkt, während die da unten im Gras herumspaziert und telefoniert. Gott, was ein Arsch. Und diese Titten. Er kann kaum noch die Flasche ruhig halten, eine Bierspur läuft ihm über das Kinn, er bemerkt es nicht. Jetzt legt sie sich auf den Liegestuhl. Sein Herz beginnt zu rasen. Diese Eiswürfelnummer, die sie da gerade abzieht! Als täte sie's nur für ihn. Er holt sie sich näher heran und drückt dabei auf den Auslöser. Näher und näher, bis nur noch einzelne, grobkörnige Körperabschnitte auf der Linse zu sehen sind. Echt praktisch, so ein Stativ. Man kann schauen und Bier trinken und hat dann immer noch eine Hand frei.

Daß ein Golfplatz ein gefährliches Terrain sein kann, lernt Antonie ziemlich rasch. Einmal wird sie von einem älteren Herrn angeschnauzt, der Grund ist ihr schleierhaft, an Loch fünf pfeift plötzlich ein Ball über sie hinweg, dessen Herkunft ihr Rätsel aufgibt.

Am nächsten Abschlag steckt ein Herr gerade dieses trichterförmige Hölzchen, von dem Antonie inzwischen gelernt hat, daß es Tee heißt, in den Boden, legt den Ball darauf und stellt sich in Positur. Der Schläger pendelt hin und her, die Körperhaltung hat etwas Entenhaftes, denkt Antonie respektlos.

Der Spieler holt aus. Man hört ein *Pling*, der Ball zischt ab, anders kann man es beim besten Willen nicht nennen, ein kleiner weißer Punkt, der anscheinend überhaupt nicht mehr aufhören will zu fliegen. Aus der Haltung des Mannes ist das Entenhafte verschwunden, jetzt sieht er ausgesprochen elegant aus, wie er mit erhobenem Schläger und eingeknicktem rechten Bein dasteht und die Flugbahn mit konzentriertem Blick verfolgt.

»Warum trägst du keine karierten Hosen?«

»Ich bin kein Schotte«, antwortet Romero, der ganz in marineblau gekleidet ist, ohne sich umzudrehen. »Schade. Den hat es nach links abgetrieben.«

»Das war aber irre weit«, findet Antonie.

»Ja, ganz ordentlich.«

»Was tust du hier?«

»Wonach sieht es denn aus?« Romero dreht sich um. »Und du? Tatortbesichtigung?«

»Erraten. Das habe ich dir zu verdanken.«

»Du mußt verstehen: Wenn vor meinen Augen ein Mitspieler ums Leben kommt, möchte ich, daß der Fall in kompetente Hände gelangt.«

»Vielen Dank.«

»Leistest du mir Gesellschaft beim Spielen?«

»Wenn ich dich nicht störe.«

»Du bist mir lieber als Heumann. Du mußt nur im richtigen Moment den Mund halten.«

»Wann ist der richtige Moment?«

»Beim Abschlag zum Beispiel.«

Romero steckt das eben benutzte Schlagwerkzeug zu den anderen in die Golftasche.

»Ist das ein Driver?«

»Ja«, lächelt Romero. »Den nimmt man für die ganz weiten Schläge.« Sie setzen sich in Bewegung, Romero schiebt seine Tasche vor sich her.

»Weißt du, was ich glaube? Während ihr drei Herren pinkeln wart oder vielleicht sogar als ihr im Laden wart und deine Mutter sich den Wagen besorgte, hat jemand die Flasche ausgetauscht.«

»Könnte sein. Auf auf dem Platz selbst ist es fast nicht möglich, ungesehen an die Taschen zu gelangen«, meint Romero. »Außer für einen Mitspieler.«

»Diese Möglichkeit will ich jetzt mal außer acht lassen.«

»Warum? Wahrscheinlich wollte Heumann mich vergiften und hat die Tasche verwechselt. Faber und ich haben fast dasselbe Modell.«

»Hast du auch so eine blaue Aluflasche?«

»Nein«, gibt Romero zu. »Aber vielleicht will ich, nachdem ich jahrelang Mörder gejagt habe, mal selbst einer sein? Um euch zu testen, wie gut ihr seid.«

»Und was ist mit deiner Mutter? Die macht mir einen hochverdächtigen Eindruck.«

»Ja, die ist zu allem fähig«, bestätigt Romero.

Antonie wird wieder ernst. »Wie viele Außentaschen hat Fabers Tasche? Sie ist nämlich noch bei der Spusi«, fügt sie hinzu.

»Nur eine«, antwortet Romero und deutet auf sein schlichtes, dunkelblaues Golfbag mit den schwarzen Lederapplikationen. »Er hatte das Nachfolgemodell von meiner. Es unterscheidet sich nur durch unwesentliche Details.«

»Also mußte der Mörder die Flasche nicht lange suchen«, folgert Antonie. »Das Blöde an der Sache ist, daß hier auch viele normale Leute im Club-Restaurant verkehren.«

»Was sind denn normale Leute?«

»Nicht-Golfer«, erklärt Antonie. »Was ich meine ist: Jeder könnte da vorbeischlendern und im geeigneten Moment die Flasche austauschen.«

Sie haben den Ball erreicht, er liegt am äußersten Rand des Semi-Roughs. Romero erklärt Antonie, warum er nun welches Eisen zu benutzen gedenkt, und nimmt erneut seine Entenhaltung ein. Er spielt einen steilen, hohen Ball, und die kleine weiße Kugel landet auf dem festen Grün.

Dort angekommen, streicht Antonie mit den Händen über das Gras. »Unglaublich. Dicht wie ein Teppich.«

Romero hält bereits einen Schläger mit einer flachen Kante in der Hand. »Das ist ein Putter«, erklärt er. »Den nimmt man für die sanften Schläge auf dem Grün. Das hier ist ein PAR-4-Loch. Wenn ich jetzt treffe, mit nur drei Schlägen, dann habe ich ein sogenanntes *Birdie* gespielt.«

Antonie nickt. Romero nimmt die Stange mit der Fahne aus dem Loch und visiert den Ball an. Ein dezentes Klick, und der Ball rollt auf das Loch zu, balanciert an der Kante entlang, schafft es gerade noch, nicht abzustürzen, und bleibt zwei Zentimeter daneben liegen.

»Scheiße!«

Romero legt den Finger an den Mund. »Antonie, wir sind hier nicht bei der Eintracht.«

»Tschuldige«, flüstert Antonie. »Aber wie kannst du da ruhig bleiben?«

»Man nennt es Selbstbeherrschung.« Er notiert sein Ergebnis auf der Score-Karte. Sie gehen weiter. Romero erzählt: »Du solltest mal Heumann im Turnier erleben. Flucht wie ein Kutscher. Er hat mal ein Eisen von sich geworfen und einen Baumstamm getroffen. Es sah danach aus wie ein Bumerang. Hier, an diesem Loch fing es übrigens mit Faber an. Er hat dafür sieben Schläge gebraucht. Das passiert einem Mann mit seinem Handicap normalerweise nicht.« Sie haben den Abschlag erreicht. Romero trinkt aus seiner Mineralwasserflasche.

»Auch einen Schluck?«

»Nein, danke.«

»Was genau bedeutet eigentlich Handicap?« fragt Antonie.

»Du siehst doch bei jedem Abschlag diese Tafel hier, auf der die Nummer des Lochs sowie Länge und Form der Spielbahn angegeben sind. Da steht auch die Angabe, Par soundso.«

»Ja. Drei, vier oder fünf steht da immer.«

»Gut aufgepaßt. Insgesamt hast du auf einem 18-Loch Platz wie diesem hier eine Summe von 71. Das heißt, dieser Platz ist mit 71 Schlägen bespielbar. Einer mit Handicap sechs darf dazu 77 Schläge brauchen.«

»Was ist das höchste Handicap?«

»Mit vierundfünfzig fängt man an.«

»Und was ist deines?«

»Achtzehn.«

Antonie nimmt diese Information schweigend hin, und Romero fügt hinzu, als müsse er sich entschuldigen: »Ich bin die letzten dreißig Jahre oft nur am Wochenende zum Spielen gekommen.«

»Demnach muß Faber viel Zeit auf Golfplätzen verbracht haben.«

»Man sagt, das Handicap gibt an, wieviel Stunden einer pro Woche noch arbeitet.«

Romero hat sich für einen Schläger, den er »Holz« nennt, entschieden. Die nächste halbe Stunde sprechen sie wenig, Romero ist ganz bei der Sache. Antonie ist durstig und schwitzt in ihrer Jeans, während sie neben Romero den Fairway entlangtrottet, aber sie möchte dem Sportler nicht sein Wasser wegtrinken.

»Warum setzt du deinen Hut nicht auf?« Antonie weist auf den Strohhut, der an Romeros Golfbag hängt.

»Mich stören Hüte beim Golfen. Und mit Käppi sehe ich albern aus.«

»Warum nimmst du ihn dann mit?«

»Weil er Glück bringt.«

Aberglaube ist ein Zug, den Antonie an Romero noch nicht kennt.

»Willst du ihn aufsetzen?«

»Nein, es geht schon«, wehrt Antonie ab. Sie will nicht schuld sein …

Sie nähern sich dem nächsten Abschlag. Plötzlich kneift Antonie die Augen zusammen und starrt in die Ferne, in Richtung des nur allzu bekannten Wasserhindernisses.

»Verdammt noch mal …«

»Antonie!«

Sie legt Romero die Hand auf den Arm. »Da unten, am See!«

Auf dem Fairway steht eine blonde Frau. Sie hat ein Golfbag neben sich stehen und trägt dunkelblaue Bermudas zur hellblauen, ärmellosen Bluse, aber sie macht nicht den Eindruck, als wäre sie zum Spielen hier. Sie schaut auf den See.

»Das ist die Faber!«

Romero setzt seine Sonnenbrille ab und wieder auf. Ein paar Sekunden beobachten sie schweigend die Frau.

»Was machen wir jetzt?«

»Hingehen?« schlägt Romero vor.

Frau Faber hat sie entdeckt, sie schaut zu ihnen hinauf und dann wieder auf den See. Romero und Antonie setzen sich in Bewegung.

»Guten Tag, Frau Bennigsen.« Anette Faber nickt den beiden zu. Sie trägt ein Strohschild und eine sehr dunkle Sonnenbrille, das Haar ist zusammengebunden.

»Frau Faber, das ist Haupt... das ist Vincent Romero. Er war Zeuge des Vorfalls. Ich habe ihn gebeten, mir nochmals den genauen Ablauf vor Ort zu schildern.«

Antonie ist, als hätte Frau Faber sie und Romero bei etwas Verbotenem ertappt.

»Stehe ich Ihrem Spiel im Weg?« fragt Anette Faber Romero.

»Keineswegs.«

Romero reicht ihr die Hand und spricht der Witwe dabei sein Beileid aus.

»Danke, daß Sie versucht haben, meinen Mann zu retten.«

»Dafür müssen Sie mir nicht danken.«

»Frau Faber, was tun Sie hier?« mischt sich Antonie ein.

»Ich sehe mir den Ort an, an dem mein Mann gestorben ist.« Ihre untere Gesichtshälfte mit dem himbeerfarben geschminkten Mund bleibt bei diesen Worten ausdruckslos wie ein Teller. Die Augen sind hinter den dunklen Brillengläsern nicht zu sehen. Frau Faber wendet sich an Romero. »Herr Romero, wären Sie so nett, mir genau zu schildern, wie es passiert ist?«

Wenig später stapft Antonie über den Rasen, ohne sich um die empörten Rufe der Spieler zu kümmern. Obwohl weder Romero noch Frau Faber mit einem Wort gesagt haben, daß sie ihre Partie lieber zu zweit fortsetzen wollen, war von dem Zeitpunkt, als Romero fragte: *Frau Faber, wäre es für Sie gänzlich unannehmbar, diese Runde mit mir zu Ende zu spielen?* klar, daß hier eine zuviel herumstand.

Herrgott, sei nicht so kindisch, ermahnt sie sich selbst. Es ist der alte Jagdinstinkt, der mit ihm durchgeht. Romero ist noch nicht reif für die Parkbank. Du solltest dankbar sein für jede Hilfe, Frau Oberkommissarin. Etwas Besseres hätte gar nicht passieren können. Wenn einer etwas aus dieser Frau herausbekommt, dann Romero. Dennoch fühlt sie sich – ja, wie eigentlich? Abgeschoben.

Beim Clubhaus angekommen, wendet sie sich erneut an Frau Luschinski:

»Sagen Sie bitte, wer vom Personal war letzten Donnerstag alles hier?«

Frau Luschinski schürzt mißbilligend die Lippen. Anscheinend war das Wort *Personal* wieder mal nicht angemessen.

Sie zählt an den Fingern ab. »Nun, außer mir der Greenkeeper – also der Platzwart – dann die Leute vom Restaurant, Duncan und Mike, zwei von unseren Pros ...«

»Ihren *was*?«

»Professionals. Die Golftrainer, die hier arbeiten.«

»Die beiden möchte ich gerne sprechen.«

»Duncan ist vorhin ins Restaurant gegangen. Mike hat Urlaub. Duncan ist der Trainer von Frau Faber«, setzt Frau Luschinski hinzu.

»Wußten Sie, daß Frau Faber heute hier spielt?«

»Natürlich.« Frau Luschinski weist auf das Buch. »Sie hat sich eingetragen, haben Sie das vorhin nicht gesehen?«

Eigentor. Sie sieht sich den Eintrag an. Auch Romero ist als Gastspieler notiert.

»Wann hat Frau Faber sich eingetragen?«

»Heute morgen hat sie angerufen. Ehrlich gesagt, finde ich es auch ein wenig ...«, sie ringt noch um das richtige Wort, aber Antonie ist egal, wie Frau Luschinski das findet.

»Warum haben Sie mir das nicht gesagt?«

»Sie haben nicht danach gefragt.«

An den Wänden hängen Kinderzeichnungen und ein Plakat, auf dem die einzelnen Bereiche des Gehirns farbig unterschieden und mit lateinischen Namen versehen sind. Kommissar Rolf Geller schaufelt sich mit seinem Notizblock schale Luft ins Gesicht. Er hat sich den Arbeitsplatz eines Professors an einer Universitätsklinik, auf dessen Türschild *Leitender Oberarzt* zu lesen ist, anders vorgestellt. Das Zimmer ist klein, und die Möblierung wirkt zusammengewürfelt. Hier wird offenbar sparsam mit öffentlichen Geldern umgegangen. Aber immerhin hat der Mann ein eigenes Zimmer und muß seinen Arbeitsplatz nicht mit einer launischen Kollegin teilen.

Ein Ergebnis hat die Befragung bereits gebracht. Fabers Verspätung an jenem Vormittag auf dem Golfplatz ist geklärt: Er hat mit Frowein telefoniert, der Rat bei der Behandlung eines Patienten suchte.

»Herr Professor Frowein, was war Professor Faber für ein Mensch?«

Frowein antwortet, ohne zu zögern, den Blick hinter den kleinen Brillengläsern auf einen Punkt schräg hinter Gellers Kopf gerichtet.

»Er war intelligent. Ein bißchen arrogant manchmal, aber fachlich einer der Besten, auch auf internationaler Ebene.«

»Und hier, in der Klinik? Wie war sein Verhältnis zu den Beschäftigten?«

Der Professor lächelt. Er dürfte knapp über vierzig sein, schätzt Geller. Ein kleines, drahtiges Männchen mit beginnender Glatze, ganz so, wie man sich einen Professor vorstellt.

»Seine Leute hatten keinen leichten Stand bei ihm. Er hat sie gefordert bis an ihre Grenzen und darüber hinaus. Aber wenn man es geschafft hat, dann standen einem sehr viele Türen offen.« Bei diesem Stichwort erhebt sich Professor Frowein und reißt das Fenster auf. Ein Schwall warmer Luft dringt ins Zimmer.

»Nützt nicht viel, was?«

Geller schüttelt den Kopf.

»Was ist mit denen, die es nicht schaffen? Gibt es Leute, die an Faber gescheitert sind?« fragt er, als sich der Arzt wieder an seinem Schreibtisch niederläßt.

Frowein überlegt. »Seit ich hier bin – das sind jetzt sechs Jahre – hatten wir vier Doktoranden und eine Habilitandin, die es aufgegeben haben. Letztere wohl hauptsächlich aus familiären Gründen. Die anderen vier haben sich einen anderen Doktorvater gesucht. Von dreien weiß ich, daß sie woanders promoviert haben, der vierte war sowieso ein hoffnungsloser Fall.«

»Wissen Sie, was aus ihm geworden ist?«

»Er hat ein paar Wochenendkurse gemacht und führt jetzt eine homöopathische Praxis in Wiesbaden. Läßt die Leute ihren Urin trinken und fährt einen Porsche Turbo.«

Gellers Kinnlade klappt herunter.

Der Professor grinst. »Irgendwas machen wir falsch, nicht wahr?«

Geller nickt betrübt. »Was ist ihr Forschungsgebiet, Professor Frowein?«

Schon schwirren Geller ein paar Vokabeln um die Ohren, von denen er nicht eine einzige versteht.

»Im großen und ganzen geht es um Altersdemenz«, erklärt Frowein.

»Alzheimer und so was?«

»Das spielt auch eine Rolle, aber nicht nur.«

»Ich verstehe«, sagt Geller, was nicht ganz der Wahrheit entspricht. Er findet Frowein dennoch umgänglich und entscheidet sich für den direkten Weg. Außerdem ist ihm heiß, und er hat Durst.

»Herr Professor, wir alle wissen inzwischen, daß Roman Faber vergiftet worden ist. Deshalb frage ich Sie: Wem hier im Haus nützt sein Tod etwas?«

Professor Frowein streicht sich mit beiden Händen über seine dezent ergrauten Schläfen. »Ich danke Ihnen für Ihre Offenheit«, sagt er. »Ich verstehe, daß Sie an mich zuerst denken. Aber das hier ist nicht die Industrie, wo der Vize für gewöhnlich nachrückt, wenn dem Boß was zustößt. Faber war verbeamteter C4-Professor. Das heißt im Klartext: Die Stelle als Chef der Neurologie wird ausgeschrieben. Das müßten Sie doch kennen, oder?«

»Oh, ja«, seufzt Geller. »Und da gibt es keine Mauscheleien?«

»Die gibt es möglicherweise schon. Aber nicht auf Klinikebene. Es werden sich Professoren aus dem gesamten deutschsprachigen Raum um die Nachfolge bewerben, vielleicht sogar welche aus Europa. Bei der Vergabe dieser Stelle entscheiden mehrere Leute mit, die Sache ist nicht berechenbar. Jedenfalls nicht so, daß ein Mord sich lohnen würde, verstehen Sie?«

»Ja, ich denke schon.«

»Mir selbst nützt sein Tod gar nichts. Im Gegenteil, ich bekomme einen neuen Chef vorgesetzt, ich kann meine Forschungsarbeit vermutlich in den Wind schreiben oder ich muß sie an einer anderen Universität fortsetzen. Das bedeutet, daß meine Familie umziehen muß, meine Kinder … ich darf gar nicht daran denken.« Er seufzt und legt den Kopf für Sekunden in die aufgestützen Hände. »So geht es fast jedem hier in der Neurologie. Die Dame vorhin, auf dem Flur …«

Geller erinnert sich an eine blonde Frau im Arztkittel, die rotverheulte Augen hatte.

»… das war Frau Dr. Heiland. Sie trifft es noch härter. Sie steht kurz vor ihrer Habilitation. Jetzt finden Sie mal auf die schnelle einen anderen Professor, der sich auf Ihrem Spezialgebiet auskennt. Für die Frau kann es das berufliche Aus bedeuten. Oder sie muß komplett neu anfangen, und bis sie dann endlich habilitiert ist, ist sie womöglich schon zu alt für die eine oder andere Stelle. Ähnlich geht es den Doktoranden. Glauben Sie mir, von der Ärzteschaft hier ist niemand glücklich über Fabers Tod.«

Geller nickt. Wir haben nicht nur keine Spur von einem Mörder, denkt er resigniert, wir haben auch nicht die Spur eines Motivs. Etwas Ähnliches hat ihm bereits Fabers Sekretärin erzählt, eine resolute Dame in den Fünfzigern, die nun Angst um ihre Stelle hat.

»Was ist mit den anderen, den Schwestern und …«

»Dem Pflegedienst?« Frowein lehnt sich zurück und lächelt Geller zu. »Ach, wissen Sie, Herr Kommissar. Ein Mann wie Faber ist so weit weg vom Alltag in einer Klinik. Er kommt mit dem Pflegepersonal so gut wie gar nicht mehr in Berührung. Den Mitarbeitern hat er immer eingeschärft, das Pflegepersonal wie rohe Eier zu behandeln. Wenn ihm da was zu Ohren kam, konnte er pampig werden.«

»Arroganz bei anderen duldete er also nicht.«

»Ja, so könnte man es formulieren. Aber die Schwestern haben ihn ohnehin vergöttert, die kannten ihn ja nur von der Schokoladenseite.«

»Gab es Affären?« fragt Geller in seiner unverblümten Art.

»Da weiß ich nichts«, gesteht der Professor. »Ich glaube, dafür war er zu intelligent und karrierebewußt. Andererseits ...« Frowein scheint sich die Sache wirklich gerade erst zu überlegen, »... es wäre auch niemand dagewesen, der ihm hätte ans Bein pinkeln können.« Er macht eine abschließende Geste. »Mir ist in dieser Richtung nichts bekannt, aber wenn Sie auf Klatsch aus sind, müssen Sie sich beim Pflegepersonal und bei den Praktikantinnen umhören.«

»Das werde ich«, versichert Geller, und vor seinem inneren Auge paradiert bereits ein Rudel Schwestern vorbei, eine kurvenreicher als die andere. Aber noch ist er mit Frowein nicht fertig.

»Was ist mit Patienten? Gab es da welche, die Grund hatten, wütend auf Faber zu sein?«

»Wie meinen Sie das?«

»Hat sich jemand beschwert, daß er oder ein Angehöriger von Faber falsch behandelt worden sei, oder etwas in dieser Richtung?«

»Wissen Sie, Herr Kommissar, die Erwartungen an die moderne Medizin sind hoch. Die Presse schürt sie noch, mit Berichten über neue Medikamente und Methoden. Dementsprechend groß sind manchmal die Enttäuschungen.«

»Konkrete Fälle?«

»Selbst wenn es sie gäbe, ich weiß nicht, ob ich darüber Auskunft geben darf«, weicht Frowein aus.

»Herr Professor, kennen Sie Professor Fabers Familie?«

»Die Frau kenne ich flüchtig, von ein paar Empfängen. Der Sohn studiert auch Medizin, nicht wahr?«

»Kennen Sie ihn?«

»Auch nur flüchtig. Er hat einmal seine Großmutter hierher begleitet. Professor Faber wollte, daß ich sie untersuche.«

»Was hatte sie?« fragt Geller und beugt sich gespannt über den Schreibtisch.

»Darüber darf ich Ihnen leider keine Auskunft geben«, antwortet Frowein.

»War es etwas, das Ihr Forschungsgebiet betrifft?«

»Ich bitte Sie, Herr Kommissar.«

»Ich habe die Frau nur einmal gesehen«, denkt Geller laut nach, »auf mich hat sie einen recht vitalen Eindruck gemacht.«

»Manche Krankheiten verlaufen zunächst schleichend oder in Schüben«, erklärt Frowein. »Aber mehr kann ich Ihnen wirklich nicht sagen.«

Froweins Piepser meldet sich, er steht auf. »Sie sehen, ich muß ...«

Während der Professor seine Zimmertür von außen sorgfältig abschließt, sagt Geller: »Nur noch eine Frage, bitte.«

»Ja?«

»Wo ist hier eigentlich die, äh ... die Kinderstation?«

»Welche suchen Sie denn? Die Innere, die Chirurgie ...«

»Nein, nicht die. Ich meine die Abteilung, in der die ganz frischen ...« Gellers Hände deuten die Größe eines Brotlaibes an.

»Sie meinen die Neugeborenen?« lacht Frowein.

Geller errötet. »Ja, die.«

»Das ist ein anderes Gebäude, die Nummern vierzehn und fünfzehn, glaube ich. Fragen Sie am besten unten, an der Pforte, die geben Ihnen einen Lageplan vom Universitätsgelände.«

»Wollen Sie Stunden nehmen, Frau Kommissarin?«

Antonie verneint.

»Sonne oder Schatten?«

»Schatten.«

Der Mann rückt ihr einen Stuhl zurecht. Der Ober überquert die Terrasse. Antonie bestellt ein großes Wasser, der Pro trinkt Weizenbier. Er ist in Antonies Alter und hat kurzgeschorenes, rötliches Haar.

»Sie sind Engländer?«

»Schotte«, sagt er und läßt seine grünen Augen aufblitzen. »Duncan McKenzie, angenehm.«

»Antonie Bennigsen, Kripo Frankfurt. Mr. McKenzie ...«

»Duncan, bitte.«

»Meinetwegen. Seit wann kennen Sie das Ehepaar Faber?«

»Seit vier Jahren, so lange arbeite ich hier. Aber Frau Faber kenne ich besser, sie hat Stunden bei mir genommen.«

»Ist sie begabt?«

»Wenn sie mehr spielen würde, wäre sie sogar sehr gut.«

»Warum spielt sie nicht oft, was meinen Sie? Zeitmangel?«

»Vielleicht lag es an ihrem Mann.« Duncan nimmt einen großen Schluck Bier. »Er hat sich nicht an die Regel gehalten: Keine Kritik auf dem Platz. Das machen leider viele Männer.«

»Mochten Sie Herrn Faber?«

»Er war ein hervorragender Spieler.«

»Das war nicht meine Frage.«

»Ich weiß. Ich habe mir nie Gedanken gemacht, ob ich ihn mag. Aber im nachhinein: eher nicht. Er hatte so was ... wie sagt man, wenn einer alles besser weiß?«

»Klugscheißer.«

Duncan lacht. Er hat schöne Zähne, findet Antonie. Und lustige Sommersprossen auf der Nase. Und einen charmanten Akzent. Und du reißt dich jetzt gefälligst zusammen!

»Ja, manchmal war er so ein Klugscheißer«, bestätigt Duncan und preßt sofort danach die Hand auf seine Lippen. »Oh, Gott. Das hätte ich nicht sagen sollen. Er ist ja tot.« Er nimmt die Hand vom Mund und schlägt hastig ein Kreuz über der Brust.

»Sie sind katholisch?«

»Und abergläubisch. Es heißt doch, über Tote soll man nichts Schlechtes sagen.«

»Wenn es der Wahrheitsfindung dient ...«, räumt Antonie ein. Der Ober bringt das Mineralwasser. Duncan springt auf, schnappt sich die Flasche vom Tablett und gießt ihr ein. »*Cheers!*«

»*Cheers.* Mr. McKenzie ... Duncan, wie würden Sie das Verhältnis der Eheleute Faber beschreiben?«

»Überhaupt nicht. Dafür kenne ich es zuwenig.« Antonie gefällt seine Einstellung, auch wenn sie ihr nicht gerade hilft.

»Sie sagten, er hat ihr die Freude am Golfspiel genommen, durch seine Nörgelei.«

»Das ist nur eine Vermutung von mir.«

»Warum ist sie dann nicht allein gekommen?«

Duncan zuckt die Schultern unter seinem gestreiften Polohemd. »Das weiß ich nicht.«

»Duncan, bitte.« Antonie versucht es nun ihrerseits mit einem Lächeln, was ihr erstaunlicherweise gar nicht schwerfällt. »Sie haben

Frau Faber trainiert. Da fällt doch sicher auch mal ein privates Wort. Sagen Sie mir alles, was Sie wissen.«

Der Trainer verzieht die Mundwinkel. »Einmal habe ich eine Szene beobachtet. Es war auf der Driving Range. Das ist der Platz, auf dem man die Abschläge übt ...«

»Das weiß ich inzwischen.« Offenbar hat es sich schon herumgesprochen, daß sie keine Ahnung von der Materie hat.

»Er hat ständig auf sie eingeredet, so daß sie am Ende die Bälle gar nicht mehr vom Boden wegbekommen hat. Ich habe nicht verstanden, was sie sagten, ich war zu weit weg. Aber auf einmal hat sie ihren Driver genommen, hat ihn auf den Rasen gepfeffert und ist weggerannt, ohne ihr Golfbag. Sie sah sehr wütend aus, ich glaube, sie hat sogar geweint.«

Antonie erinnert sich an ähnliche Szenen zwischen ihren Eltern, als ihre Mutter den Führerschein gemacht hatte.

»Woran denken Sie?«

»Bitte?« Antonies Blick begegnet dem von Duncan, der sie aufmerksam betrachtet.

»Sie waren so weit weg.«

»Ich mußte an meine Mutter denken. Wann haben Sie diese kleine Szene beobachtet?«

»Ungefähr vor einem halben Jahr.«

»Nimmt Frau Faber immer noch Stunden bei Ihnen?«

»Nein, diese Saison hatte sie noch keine.«

»Leben Ihre Eltern noch?« fragt Duncan unvermittelt.

»Ja, in Hamburg«, antwortet Antonie etwas verwirrt. »Dort bin ich aufgewachsen. Ich wohne erst seit fünf Jahren in Frankfurt.« Wer befragt hier eigentlich wen, Frau Kommissarin? Antonie wird wieder dienstlich: »Duncan, wo waren Sie letzten Donnerstag zwischen zehn und elf?«

Er lächelt. »Endlich. Auf die Frage warte ich schon lange. Da war ich mit einem Herrn auf der Driving Range.«

»Ich nehme an, der betreffende Herr kann diese Angabe bestätigen?«

»Das hoffe ich doch sehr.«

Wäre ja auch zu einfach gewesen: Trainer – Liebhaber – Gattenmörder, der Klassiker.

»In Ihrer Heimatstadt habe ich eine Saison gearbeitet, ehe ich hierher kam«, bemerkt Duncan. »Auf Gut Kaden.«

Anscheinend sind eine Menge Landgüter zu Golfplätzen mutiert, denkt Antonie und sagt: »Leider war ich bis heute nie auf einem Golfplatz. Wie wird man eigentlich Golfprofi?«

»Üben, üben, üben.«

»Im Ernst?«

»Man muß erst ein Handicap unter neun haben, dann kann man sich drei Jahre lang ausbilden lassen. Wenn man PGA-Profi ist – PGA heißt *Professional Golf Association* – darf man an internationalen Turnieren teilnehmen und eben auch unterrichten. Es ist ein richtiger Beruf.«

»Das habe ich nicht bezweifelt.«

»Und Sie? Wie wird man Polizistin? Und warum?«

»Ich hatte Sehnsucht nach *action,* wollte werden wie die Kommissare im Fernsehen. Da habe ich mich beworben.«

»Und? Haben Sie nun *action*?«

Antonie lacht. »Ja, manchmal schon. Aber nicht so, wie man es im Fernsehen sieht.«

»Möchten Sie nicht mal eine Trainerstunde bei mir nehmen?« fragt Duncan, als sich Antonie verabschiedet.

»Nein, ich denke nicht. Golf ist nichts für mich. Zu teuer und zu zeitaufwendig.«

»Ich schenke Ihnen eine Schnupperstunde.«

Antonie grinst. »Nur, wenn ich Ihnen auch eine schenken darf. Sie dürfen mich beim nächsten Leichenfund begleiten.«

Duncan reißt für einen Moment Mund und Augen auf, dann sagt er: »Okay, einverstanden.« Er zückt seine Brieftasche und reicht Antonie seine Visitenkarte. »Rufen Sie mich an, wenn's die nächste Leiche gibt.«

Antonie lacht.

Eigentlich wollte sie noch das Personal des Restaurants und den Greenkeeper befragen, aber es wird Zeit, zurückzufahren. Ich werd's morgen nachholen, beschließt sie.

Das Handy auf dem Beifahrersitz klingelt, als sie gerade auf die Autobahn biegt.

»Geller hier, ich wollte dich nur erinnern: Um fünf ist das Meeting mit Pfeiffer, Heumann und der Spurensicherung.«

»Ich bin schon unterwegs.« Seit wann erinnert Geller sie an Meetings? Kaum wiederzuerkennen, der Mann.

»Wie war's in der Klinik, wer ist scharf auf Fabers Job?« fragt sie.

»Antonie, stell dir folgendes vor: Wir bringen Pfeiffer um ...«

»Nette Idee. Wie?«

»Wie du willst.«

»Er ist ein toter Mann. Und weiter?«

»Wer von uns beiden wird der Chef?«

»Höchstwahrscheinlich keiner von uns beiden. Die Stelle wird ausgeschrieben und ... ah, ich verstehe.«

»So ist das mit Faber auch. Menschlich scheint sein Tod kein Riesenverlust zu sein, organisatorisch ist es eine Katastrophe.«

»Und sonst: Affäre, Skandale, Gerüchte?«

»Nichts.«

»Wie viele Schwestern hast du dafür befragen müssen?«

»Dienstgeheimnis. Antonie, sag mal, wußtest du, daß manche Neugeborenen ganz glatt und hübsch aussehen und andere ganz verrunzelt?«

»Wie kommst du denn jetzt darauf?«

»Ach, ich bin ganz zufällig an dieser Station vorbeigekommen und hab da mal reingeschaut.«

»Die hübscheren sind die Mädchen«, antwortet Antonie und legt auf.

Vincent Romero und Anette Faber haben die ersten beiden Bahnen nahezu schweigend hinter sich gebracht. Beide spielen konzentriert, vor allem Romero will sich keine Blöße geben.

»Finden Sie es geschmacklos, daß ich heute hier spiele?« fragt Anette Faber, als sie zum nächsten Abschlag wandern.

»Hätte ich Sie dann gefragt?« gibt Romero zurück.

»Immerhin wird morgen mein Mann beerdigt.«

»Man muß tun, wonach einem ist, gerade in so einer Situation«, antwortet Romero. »Ich denke, ich kann ein wenig nachfühlen, wie

Ihnen zumute ist. Ich habe vor fast sechs Jahren meine Frau bei einem Autounfall verloren.«

Frau Faber quittiert diese Mitteilung mit Schweigen.

»Sind Sie auch Arzt?« fragt sie, als sie beim Herrenabschlag angekommen sind.

»Nein. Ich war Polizist.«

»Sie und Frau Bennigsen kennen sich demnach?«

»Wir waren Kollegen.«

»Sie verdächtigt mich, meinen Mann vergiftet zu haben. Oder es veranlaßt zu haben.«

»Das muß sie.«

»Ich begreife das nicht: Mordverdacht ... so was liest man in Krimis und sieht es im Fernsehen, aber man denkt doch nie, daß es die eigene Familie betrifft.«

«Haben Sie selbst keinen Verdacht?«

Sie sieht ihn an und schüttelt den Kopf. »Nein.«

»Ich weiß, daß ich für die Polizei nicht traurig genug wirke.«

»Ganz so oberflächlich ist Frau Bennigsen nicht.«

»Trauer ist vielleicht nicht das richtige Wort«, sagt Anette Faber. »Wissen Sie, manchmal, wenn wir am Tisch saßen und ich seine Eßgeräusche nicht mehr ertragen konnte, oder seinen Atem neben mir im Bett, da habe ich mir ausgemalt, wie es wäre, wenn er plötzlich tot umfallen würde ... Ich habe es mir nicht gewünscht, nur so vorgestellt. Und jetzt ist es passiert, auf so gräßliche Weise.«

»Was haben Sie sich vorgestellt?« fragt Romero zurück.

»Mein neues Leben.«

Romero setzt seinen Ball auf das Tee und greift zu seinem neuen Driver, den ihm seine Mutter zu Weihnachten geschenkt hat.

Sie schweigt, während er seinen Ball abschlägt.

»Dieser Driver macht ein unschönes Geräusch.«

»Ja, das stimmt. Aber es lohnt sich.« Romeros Ball liegt fast auf dem Grün.

»Und? Was wird sich nun ändern?« fragt Romero.

Sie bewegen sich zum Damenabschlag, Anette Faber steckt ihr Tee in den Boden und plaziert den Ball darauf.

»Mein Sohn wird bald aus dem Haus gehen, und meine Mutter wird irgendwann sterben oder in ein Heim müssen.«

Sie schlägt ab. Ihr Ball liegt auf Linie, allerdings nur knappe hundert Meter entfernt.

»Haben Sie Angst vor dem Alleinsein?«

»Ein bißchen.«

»Aber das war es nicht, was Sie sich ausgemalt haben, oder?«

»Ich habe mir ausgemalt, wie ich eine späte Karriere als Pianistin starte. Was natürlich Unsinn ist.«

»Hat Ihr Mann Sie daran gehindert?«

»Nicht direkt. Es ist die alte Geschichte. Als ich schwanger wurde, habe ich freiwillig und gerne alles aufgegeben, um für die Familie da zu sein. Mein Mann wollte, daß wir ins Haus meiner Mutter ziehen. Das war ein Fehler. Wir beide waren schon immer wie Hund und Katze, und das wurde nicht besser. Wenn ich meinem Sohn etwas verboten habe, hat sie es ihm erlaubt, und umgekehrt. Die zwei sind im Lauf der Jahre Verbündete geworden, wie das oft so ist zwischen Enkeln und Großeltern. Sie hatten ja einen natürlichen Feind: nämlich mich und meinen Mann.«

»Wie stand Ihr Mann zu diesem Problem?«

»Er hat sich rausgehalten. *Das ist deine Mutter, regele du das mit ihr*, pflegte er zu sagen. Genau betrachtet war ich schon vor seinem Tod allein. Ich habe jetzt nur mehr Zeit für mich.«

»Und für Ihre Musik.«

»Spielen Sie ein Instrument?«

»Nein, aber ich liebe italienische Opern.«

»Nächste Woche, am Donnerstag, gebe ich ein kleines Konzert.«

»Wo denn?«

»Im Holzhausenschlößchen. Es wirkt womöglich pietätlos, wenn ich so kurz nach dem Tod meines Mannes ein Konzert gebe. Aber ich sage Ihnen was: Ich habe mich auf dieses Konzert vorbereitet und gefreut wie auf lange nichts mehr. Es ist mir egal, wie es wirkt.«

»Es wirkt bestimmt nicht pietätlos, sondern professionell«, beruhigt sie Romero. »Die Leute werden gerührt sein. Und ein bißchen neugierig natürlich auch. Sie werden viel Publikum haben.«

Sie sind vor Frau Fabers Ball stehen geblieben. Bis zur weißen

Fahne sind es noch gute hundert Meter. Frau Faber zieht ein wenig ratlos einen Schläger nach dem anderen heraus und läßt ihn wieder zurückfallen.

»Welches Eisen soll ich nehmen?« fragt sie Romero.

Romero atmet tief durch und erklärt dann: »Meine Mutter spielt seit dem letzten Jahr wieder Golf. Sie macht so ziemlich alles falsch, was man falsch machen kann, von der Haltung bis zur Schlägerwahl. Daß sie sich nicht mit dem Rücken zur Fahne hinstellt, ist alles. Ich muß mir vor jedem Schlag, den sie macht, auf die Zunge beißen. Aber wundersamerweise spielt sie gar nicht schlecht. Sie spielt Handicap dreißig, das ist bemerkenswert für ihre Vierundachtzig, finde ich. Also halte ich lieber meinen Mund. Folgen Sie Ihrem Gefühl anstatt Ratschlägen von anderen.«

Frau Faber nimmt ihre Sonnenbrille ab und schaut Romero in die Augen, bis der verlegen den Blick abwendet. Sie lächelt und setzt die Brille wieder auf. Mit dem siebener Eisen plaziert sie dann den Ball einen knappen Meter neben die Fahne.

Beinahe hätte Romero vergessen, seinen Mund wieder zu schließen.

Als Sven gegen achtzehn Uhr das *Rue Morgue* betritt, bleibt er einen Moment überwältigt am Eingang stehen. Der Laden ist rappelvoll, die Piaf schmettert aus den Lautsprechern, die Leute sehen karnevalesk aus. Die Männer tragen schwarze Anzüge, Smoking oder Frack, ein paar machen auf Künstler mit farbigen Pluderhosen und Tüchern um den Kopf. Die Frauen! Die müssen den Kostümfundus von Oper und Theater geplündert haben. Es wimmelt von Perücken und komischen Hüten, Röcke schwingen unter atemberaubenden Korsagen, je mehr sich seine Augen an das Dämmerlicht gewöhnen, desto verzückter lächelt er. So viele Dekolletés, die einem da ins Auge springen! Wirklich nett, so eine grüne Stunde.

Er selbst trägt enge, schwarze Hosen mit Kummerbund zu spitz zulaufenden, weißen Schuhen, dazu ein Rüschenhemd und ein frackähnliches Sakko. Ohne das würde er aussehen wie ein Torero. Besonders mit dem Gel in den Haaren. Es macht Spaß, sich zu verkleiden, findet Sven. Vielleicht hätte ich besser Schauspieler werden sollen. Die Ausstattung ist geliehen, sie stammt von einem Kumpel aus den Zeiten seines abgebrochenen BWL-Studiums, der jetzt beim Volkstheater als Techniker arbeitet. Das einzige Detail, das nicht stilecht ist, ist das Handy, das er im Kummerbund stecken hat. Aber das Handy ist wichtig. Es ist das einzige Bindeglied zwischen ihm und der Unbekannten, die anscheinend über jeden seiner Schritte informiert ist. Vor einer Stunde, als er bei seinem Freund die Sachen in Empfang nahm und sich in dessen Wohnung umzog, piepste es wieder. Die SMS lautete: *Willkommen zur grünen Stunde. ›Die grüne Fee‹.*

Er kämpft sich vor bis an die Bar. Die Gäste haben kelchartige Gläser vor sich stehen, mit einer zartgrünen Flüssigkeit darin. Er steht in zweiter Reihe und bestellt das, was alle trinken.

»Zucker?« fragt Erik.

Damit das Gesöff noch mehr reinhaut? »Nein, ohne.«

»Eis?«

»Ja.«

Er nippt an seinem Glas. Es schmeckt wie dieses französische Zeug, Pastis oder Pernod, er verwechselt das immer. Nur viel stärker. Mit dem Absinthglas in der Hand wandert er durch die Bar, soweit das im Gedränge möglich ist. Er mustert die Frauen, achtet darauf, ob ihn eine mit besonderem Blick anschaut, behält den Eingang im Auge. Ein Typ hat sich als van Gogh verkleidet, mit roter Perücke und einem Pinsel hinter dem Ohr.

»He du. Du mußt dir das Ohr abschneiden«, klärt Sven den falschen van Gogh auf. »Sonst bist du nicht ... audendisch, oder wie das heißt.«

Er merkt den Alkohol bereits ein klein wenig, kein Wunder, das Zeug hat siebzig Prozent. Trotzdem ist sein Glas erstaunlich schnell leer. Das nächste wird aber langsamer getrunken, ermahnt er sich, aber da hält ihm einer ein frisches Absinthglas hin. »Das soll ich Ihnen überbringen.«

Sven überlegt nicht lange, er nimmt das Glas an. Sicher von Erik, der Mann weiß, wie man Umsatz macht.

Aber wo bleibt seine Fee? Sven sieht sich um. Etliche Frauen tragen Grün, eine sogar ein ganz grünes Kleid. Oder ist es eher türkis?

Scheiß Puffbeleuchtung hier! Sie lächelt ihn an, als er sie ansieht, und wendet sich dann wieder ihrem Partner zu. Fehlanzeige. Es ist auch wenig Feenhaftes an ihr, findet Sven, oder dürfen Feen zwanzig Kilo Übergewicht haben?

Die Unbekannte scheint Versteckspiele zu mögen. Er nippt an dem Glas. Es schmeckt süßer als das vorige. Wahrscheinlich die gezuckerte Variante. Wenn er nicht aufpaßt, ist er sturzbesoffen, ehe er seine Fee trifft. Ein anderer Stammgast hat ihn erkannt und kommt auf ihn zu, für eine Flucht ist es zu spät, schon beginnt der Kerl, ihn vollzuquatschen. Sven gibt einsilbige Antworten, er hört eigentlich gar nicht zu. Schluck für Schluck schmeckt ihm das süße Zeug besser. Es zeigt bereits erste halluzinogene Wirkungen: Die Frauen werden immer schöner.

An der Bar beobachtet er ein besonderes Ritual. Würfelzucker kommt auf einen Löffel mit kleinen Löchern, sie schütten den Absinth darüber und – wusch – schießt eine Stichflamme in die Höhe. Der geschmolzene Zucker läuft in das Absinthglas. Tolle Sache, das. Der zweite Drink ist auch schon leer. Sven merkt, wie er betrunken wird, aber es ist ihm egal. Er wartet. Wie lange, weiß er nicht, er hat jedes Zeitgefühl verloren. Er trinkt aus einem Glas, er weiß nicht, ob es seines ist oder ein fremdes. Verdammt heiß ist es hier drin! Etwas frische Luft wäre nicht schlecht. Er schleust sich durch die Menge in Richtung Ausgang. Da steht sie plötzlich vor ihm. Sie muß es sein. Grünes Kleid, schwarzes Haar, blasser Teint, ein verführerisches Lächeln auf den feuchten Lippen. Sven bleibt verzückt vor ihr stehen.

»Na?« sagt die Frau.

Sven bekommt keinen Ton heraus, er lächelt nur. Er greift nach ihrer Schulter, aber die Schöne weicht zurück, und er wird am Revers seines Sakkos gepackt.

»He, du. Nimm gefälligst deine Pfoten von meiner Frau.«

Der Mann, der ihn am Kragen hat, hat ein Kreuz wie ein Möbelwagen. Normalerweise ist so etwas kein Problem für Sven, der noch aus seiner *Security*-Zeit weiß, wie man hinlangt. Aber ihm ist auf einmal unerträglich heiß, und er bekommt keine Luft.

»Loslassen«, stößt Sven hervor. »Ich will raus.«

»Gute Idee«, meint der Mann und verhilft ihm zu einer schnelleren Gangart. Sven findet sich auf dem Gehsteig wieder, die Helligkeit des frühen Sommerabends sticht ihm brutal in die Augen. Er zerrt am Kragen seines Rüschenhemdes. Er hat das Gefühl zu brennen, und sein Brustkorb scheint nicht mehr groß genug zu sein. Er spürt das Blut heiß durch seine Adern fließen. Zwei Leute rempeln ihn an. Sie sehen wie Aliens aus, irgendwie durchsichtig. Sven fängt trotz seiner Qualen an zu lachen. Die Aliens schütteln ihn ab und betreten das *Rue Morgue.* Sven folgt ihnen. Das Pack vom anderen Stern weiß offenbar nicht, wie man mit Türen umgeht, schon knallt ihm die Kante an die Stirn, aber das hält ihn nicht auf, auch nicht das Blut, das ihm über die Augen läuft. Sein Hals ist trocken, als hätte er gerade die Sahara durchquert. Er ergreift das nächstbeste Glas, das seinen Blick kreuzt, und stürzt es hinunter. Andere Aliens äußern lautstark ihren Unmut. So, jetzt langt es, er will jetzt zu seiner Fee. Sofort. Und wenn er hier drin alles und jeden kurz und klein schlagen muß.

Womit er dann auch gleich anfängt.

Etwa zur selben Zeit sitzen sich im Restaurant des Main-Tower Vincent Romero und Antonie Bennigsen bei einem Glas Weißwein gegenüber und betrachten den zartrosa Abendhimmel hinter der Skyline. Antonie ist direkt aus dem Büro hierher gekommen. Auf ihre Frage: »Wie war deine Golfpartie?« hat Romero begonnen, ihr den Verlauf der Partie lochweise zu schildern. Jetzt, als er gerade bei Frau Fabers bemerkenswertem Abschlag an Loch siebzehn angekommen ist, hat es mit Antonies Geduld ein Ende: »Das meine ich nicht!« unterbricht sie Romero. »Ich will wissen, was du aus ihr rausbekommen hast!«

»Daß sie gerne musiziert.«

Antonie muß einen Schluck Wein zu sich nehmen, um ruhig bleiben zu können.

»Und sonst?«

»Was, und sonst?« fragt Romero unschuldig.

Antonie setzt ihr Glas ab. »Sag mal, stellst du dich absichtlich so an?«

»Ich wüßte nicht, daß du mir einen Auftrag als privater Ermittler erteilt hättest«, schmunzelt Romero.

»Wozu hast du dann überhaupt mit ihr Golf gespielt?« Ohne es zu wollen, ist ihre Stimme etwas schrill geworden.

»Aus Freude am Spiel, warum sollte man sonst Golf spielen? Außerdem ist sie eine sympathische Person.«

Antonie macht ein Gesicht, als hätte sie gerade Essig getrunken. »Darüber kann man geteilter Meinung sein.«

Romero schneidet sich mit bedächtigen Bewegungen eine Zigarre an.

»Kann es sein, daß du ein wenig voreingenommen bist?«

»Nein, das bin ich nicht. Eher du.«

»Ich darf mir eine eigene Meinung erlauben, ich bin pensioniert«, erinnert Romero seine Exkollegin und zündet die Zigarre an. Antonie schaut aus dem Fenster auf die Skyline in der Abenddämmerung. Der morgige Dienstag wird wieder ein schöner, heißer Tag werden. Wenigstens wird Fabers Beerdigung eine sein, bei der es mal nicht regnet.

»Gut, meinetwegen«, lenkt Antonie ein. »Ich gebe zu, ich kann solche Luxusweibchen wie die Faber nicht besonders leiden. Aber das heißt nicht, daß ich deswegen nicht objektiv sein kann.« Zwei trotzige Furchen graben sich in ihre Stirn. Sie glätten sich erst, als die ersten Schwaden von Romeros Cohiba über den Tisch ziehen und die Gäste am Nachbartisch zu hüsteln beginnen.

»Ach, wie ich diesen Geruch vermisse«, seufzt sie. »Aber jetzt mal im Ernst. Hat sie nichts über ihren Mann verlauten lassen?«

»Was hast du erwartet? Daß sie einen genialen Mordplan vor mir ausbreitet?«

»Du hältst sie also auch für verdächtig?«

»Das habe ich absolut nicht gesagt, das hast du jetzt so interpretiert, weil es gut in dein Meinungsbild paßt: Luxusweibchen läßt Gatten ermorden, um endlich ganz allein ans Vermögen zu gelangen. Oder an die Lebensversicherung. Hatte er eine?«

»Ja, natürlich. So um die Vierhunderttausend, sie wäre nächstes Jahr zur Auszahlung fällig gewesen. Jetzt muß sie sie nicht mit ihm teilen.«

Ein Kellner erscheint, und sie bestellen Tagliatelle mit Meeresfrüchten für Romero und Tomaten mit Mozzarella für Antonie.

»Ist das alles?« fragt Romero, der Antonie einmal als *die Kollegin mit dem besten Appetit, den ich je bei einer Frau beobachtet habe* bezeichnet hat. »Keine Pasta?«

»Nein«, antwortet Antonie grimmig. »Sonst paßt mir morgen das Kostüm nicht mehr.«

»Was ist mit dem Sohn?« fragt Romero, als der Kellner gegangen ist. »Warum verdächtigst du ihn nicht?«

»Das habe ich nicht behauptet.«

»Und die Großmutter? Alte Leute können manchmal skrupellos egoistisch sein.«

»Du denkst dabei aber nicht etwa an deine Frau Mama?« fragt Antonie und lächelt zum ersten Mal an diesem Abend.

»Nicht im entferntesten«, wehrt Romero heftig gestikulierend ab. »Habt ihr das Alibi der alten Dame überprüft? War sie an dem Vormittag wirklich nicht auf dem Golfplatz? Per Taxi vielleicht?«

»Nein, war sie nicht. Die Nachbarn haben sie im Garten herumscharren sehen.« Um Romero aus der Reserve zu locken, erzählt sie ihm von dem Streit der Fabers auf der Driving Range.

»Wenn Nörgelei auf dem Platz ein Mordmotiv wäre, dann läge bereits der Großteil der männlichen Mitglieder unter'm Rasen, und ich hätte Heumann schon vor Jahren mit dem siebener Eisen erschlagen«, meint Romero und bläst einen Rauchring über den Tisch.

»Mit dir ist heute nicht zu reden«, stellt Antonie fest. »Zumindest nicht über diese Frau.«

»Was hast du gegen *diese Frau*?«

»Nichts, gar nichts habe ich gegen sie. Golf zu spielen auf dem Platz, an dem ihr Mann verunglückt ist, ich bitte dich, was ist daran seltsam?«

»Vielleicht wollte sie sich dem Ort so nähern, wie er es tat. Ihm auf diese Weise – wie soll ich sagen – nachspüren.«

Antonie platzt der Kragen. »Verdammt, Vincent, du solltest dich mal hören. *Nachspüren.* Zündest du neuerdings auch Räucherstäbchen an und brummst dazu Ommm?«

»Das Golfspiel hat tatsächlich etwas Meditatives. Aber das verstehen Außenstehende nur sehr schwer.«

»Verzeih, ich vergaß, daß ich nicht zu eurem erlauchten Kreis gehöre.«

»Sie hat ihn nicht umbringen lassen. Sie hat Angst vor dem Alleinsein.«

Antonie rollt die Augen zur Decke. »Mir kommen gleich die Tränen.«

Romero schickt ein paar Rauchzeichen in die Luft und meint versöhnlich: »Laß uns von was anderem reden: Wie war denn das Wochenende mit deinem Holländer?«

Volltreffer.

»Er war nicht da. Er jagt einen Serienmörder, der kleine Mädchen verschleppt«, antwortet Antonie, ehe sie aufsteht und zu den Toiletten hastet, wo sich ihre vorangegangene Ankündigung bewahrheitet.

IV.

Antonie schaut über den Rand ihrer Kaffeetasse hinweg auf die Dame, die ihr gegenüber sitzt und immer wieder ihren Rock glattstreicht, an dem es nichts zu glätten gibt. »Wo ... wo ich war?« stottert Frau Meise.

»Ja. Wo waren Sie an dem Vormittag, an dem Professor Faber starb?« wiederholt Antonie.

»Ich hatte Urlaub.«

»Ja, aber wo waren Sie?« Antonie unterdrückt ein Gähnen.

»Zu Hause. Und später bin ich in die Stadt gefahren. Sie glauben doch nicht ...?«

»Wir glauben gar nichts. Wir halten uns an die Fakten.« Das Wir schließt Rolf Geller mit ein, der an seinem Platz sitzt und in den Unterlagen stöbert, die die Hanauer Kollegen aus Fabers Arbeitszimmer mitgenommen haben.

»Sie haben einen eigenen Hausschlüssel?«

»Ja.« Frau Meise umkrallt ihre Handtasche und starrt auf das Aufnahmegerät, das vor ihr auf dem Tisch liegt.

»Frau Meise, wo haben Sie den Abend vor Professor Fabers Tod verbracht?« will Antonie wissen.

»Auch zu Hause«, flüstert Frau Meise. »Ich lebe allein. Bin ich eine Verdächtige?«

»Sie hatten Zugang zum Haus.« Antonies Miene und ihre Laune passen heute gut zu ihrem Kostüm, das sie im Hinblick auf die Beerdigung aus der hintersten Schrankecke hervorgeholt hat.

Ob Romero wohl sauer auf mich ist?

»Aber warum sollte ich so etwas tun?« ruft Frau Meise.

»Für Geld?« schlägt Antonie vor. Auf Frau Meises Stirn sammeln sich kleine Schweißperlen. Es ist warm im Büro, obwohl die Fenster geöffnet sind.

Antonie stellt ihre Tasse geräuschvoll ab. »Frau Meise. Bis jetzt wurde uns das Rührstück von der heilen Familie vorgespielt. Jetzt will ich wissen, wie es wirklich zuging bei den Fabers. Und zwar von Ihnen. Bedenken Sie: Es geht um ein Kapitalverbrechen.«

Frau Meise schaut Antonie erschrocken an, Geller schüttelt hinter der Deckung eines Aktenordners den Kopf.

»Fangen wir beim Ehepaar Faber an.«

»Die Ehe war gut«, sagt Frau Meise so rasch, als hätte sie den Satz einstudiert.

Antonie verspürt einen Juckreiz am ganzen Körper. Fehlt nur noch der Terminus von der *funktionierenden Ehe*, und die Kommissarin ist wieder vollauf zufrieden mit ihrem Dasein als geschiedener Single.

»So, so. Es war also alles Friede, Freude, Eierkuchen.«

Er könnte mich ruhig mal anrufen.

Frau Meise tupft sich das Gesicht mit einem Stofftaschentuch ab. »Nein, das nicht gerade.«

»Was denn nun?«

»Er war eifersüchtig. Sehr sogar.«

»Wie äußerte sich das?«

»Er hat in ihren Sachen geschnüffelt. Das habe ich öfter beobachtet oder hinterher bemerkt. Er war nicht sehr geschickt, ich glaube, es war ihm egal, ob sie es bemerkt hat oder nicht. Wenn sie telefonierte, hat er oft heimlich an seinem Apparat mitgehört.«

»Hatte er Grund zur Eifersucht?«

»Nicht den geringsten«, versichert Frau Meise. »Ich arbeite seit zwölf Jahren bei den Fabers. Da ist nie etwas vorgefallen. Frau Faber hatte nur ihre Musik. Aber sogar auf die war er eifersüchtig. Er hat ihr nicht erlaubt, daß sie Konzerte in anderen Städten gibt. Sie dagegen mußte ihn überallhin begleiten, auf fast alle Reisen, obwohl sie Angst vor dem Fliegen hat.«

Er wird schon noch anrufen, es ist ja noch früh am Morgen.

»Aber auf Mallorca durften sie und der Sohn Moritz doch alleine bleiben!« hält Antonie dagegen. »Hatte er keine Sorge, daß sie dort eigene Wege geht?«

Frau Meise schüttelt den Kopf. »Sie sollten das Ferienhaus mal sehen. Es ist eine Festung, und sehr abgelegen. Er läßt die Lebensmittel aus der Stadt kommen. Es gibt einen Nachbarn, einen deutschen Rentner, der das Haus versorgt und bewacht, wenn es leersteht. Reese heißt der Kerl. Der ist schlimmer als ein Gestapomann. Herr Faber hat ihm für die ›Verwaltung‹ überdurchschnittlich viel bezahlt ...« Sie schweigt und sieht Antonie mit vielsagendem Blick an.

»Demnach waren Sie öfter mit den Fabers auf Mallorca.«

»Ja, früher schon. Aber die letzten Jahre habe ich mich davor gedrückt.«

Antonie notiert sich den Namen des Gestapo-Rentners.

Spielt der Herr jetzt den Beleidigten, nur weil sie mal nicht seiner Ansicht war?

»Was ist mit Moritz Faber? Gab es mal Krach zwischen Vater und Sohn?«

Frau Meise zuckt die Achseln. »Ich bin ja nicht immer da. Ich gehe für gewöhnlich so gegen sieben nach Hause. Aber Moritz ist einer, der alles in sich hineinfrißt.«

»Was hat er für Interessen?«

»Golf und Klavierspielen. Früher hatte er Terrarien im Gewächshaus, mit Schlangen und Fröschen und so Zeug, aber das hat er Gott sei Dank aufgegeben.«

»Hat Moritz eine Freundin?«

»Zumindest bringt er tagsüber keine mit nach Hause.«

»Frau Meise, wenn man täglich mit Menschen zusammen ist, merkt man doch, wenn sich etwas verändert, oder nicht?«

»Er hat die letzten Wochen, so seit dem Frühjahr, nicht immer zu Hause geschlafen. Das Bett war häufig unbenutzt.«

»Wie häufig?«

»Fast jeden Tag«, wispert sie, als würde sie etwas besonders Schändliches preisgeben.

Ob er sich wohl nach dem Golfen mit ihr verabredet hat?

»Hat er Freunde?«

»Schulkameraden, ja. Aber seit dem Studium ist es ruhig geworden, er muß sehr viel lernen.«

»Kamen auch mal Leute von dieser Burschenschaft?«

»Nein, nie.«

Vom Alter her würden sie ja zusammenpassen.

»Was meinen Sie, Frau Meise, hat Moritz seinen Vater geliebt?«

»Ich denke, er steht seiner Mutter näher und natürlich der Großmutter.«

Im Grunde ist sie doch nur eine dieser faden Business-Class-Tussen, die sich auf Kosten ihrer Männer einen faulen Lenz machen.

»Frau Sievers. Was fällt Ihnen zu ihr ein?«

»Sie kann eine Nervensäge sein«, gesteht Frau Meise. »Aber sie meint es nicht böse. Sie mischt sich gerne in den Haushalt ein. Und früher in Moritz' Erziehung. Da krachte es schon mal, zwischen Mutter und Tochter.«

Jetzt mischt sich Rolf Geller in die Vernehmung. »Frau Meise, ist Ihnen am Verhalten der alten Dame in den letzten Monaten etwas aufgefallen?«

Frau Meise überlegt nicht lange. »Ja. Sie wird langsam tüddelig.«

Aber sie sieht verdammt gut aus. Für ihr Alter.

»Tüddelig?« wiederholt Antonie.

»Sie verlegt Sachen und verdächtigt einen dann, sie entwendet zu haben. So die typischen Dinge, wenn es da oben langsam nachläßt.« Frau Meise tippt sich an die Stirn. »Aber die letzten Wochen über war sie wieder ganz auf dem Damm. Professor Faber hat sie auch mal untersuchen lassen und ihr Tabletten besorgt. Vielleicht haben die ja geholfen.«

»Mochte Frau Sievers ihren Schwiegersohn?«

»Mögen? Wohl nicht so richtig. Sie nahmen einander in Kauf.«

Wahrscheinlich ist sie geliftet.

Antonie lächelt Frau Meise zu. Die hört auf, an ihrem Rock zu zupfen, und trinkt von ihrem Mineralwasser.

»Und Sie?«

Frau Meise setzt das Glas erschrocken ab.

»Was ist mit mir?«

»Mochten Sie Professor Faber?«

»Er war ein angenehmer Arbeitgeber.«

»Und als Mensch?«

»Ging so. Ich fand ihn zu herrisch. Aber das muß wohl so sein, in seinem Beruf. So was prägt den Menschen ja. Zu mir war er immer korrekt und höflich. Manchmal sogar charmant, wenn er gut gelaunt war.«

»Nur noch eine Frage.« Antonie langt in ihre Schublade und zieht einen durchsichtigen Plastikbeutel mit einer blauen Aluminiumflasche hervor. »Kennen Sie die?« Sie reicht Frau Meise den Beutel, den diese mit spitzen Fingern entgegennimmt.

»Das ist Professor Fabers Flasche. Die hat er immer mit zum Golfplatz genommen.«

»Sehen Sie genau hin. Sie dürfen sie anfassen, nur nicht aus dem Beutel nehmen.«

Frau Meise nimmt die Flasche etwas beherzter in die Hand, dreht und wendet sie nach allen Seiten und schielt sogar nach innen.

»Nein, richtig, das ist doch nicht seine Flasche. Sie hat zwar diese Delle da unten, aber sonst ... Professor Fabers Flasche hatte von Anfang an innen am Boden so einen Fleck, der nicht rausging, sah aus wie Rost. Wahrscheinlich ein Fehler in der Beschichtung.«

»Danke, Frau Meise, das war's schon.« Antonie steht auf. »Ich bringe Sie zur Tür.«

Frau Meise erhebt sich und fragt verdattert: »Was passiert jetzt, ich meine, weil ich doch kein Alibi habe.«

»Nichts. Sie haben uns sehr geholfen, Frau Meise.«

Nein, ich werde ihn nicht anrufen!

»Wiedersehen«, sagt Frau Meise und geht mit langen Schritten den Gang hinunter, als könnte sie im letzten Augenblick doch noch festgenommen werden.

Inge Bocholt, stellvertretende pflegerische Leiterin der Intensivstation des Offenbacher Ketteler-Krankenhauses, steht vor dem Bett des Patienten. Er hat eine blutige Schramme an der Stirn und Schnittwunden an den Händen.

»Er ist von der Nachtschicht sediert worden«, erklärt sie der jungen Ärztin. »Daraufhin hat er erst mal aufgehört zu randalieren.«

»ES HAT KEINEN KOPF!!« schreit der Patient.

Galina Petrovicz nimmt ein Lämpchen aus der Tasche ihres Kittels, zieht das Augenlid hoch und leuchtet die Pupille an.

»Wie Untertassen.«

Um das zu erkennen, brauche ich keinen Arzt, denkt Schwester Inge und sagt: »Die Nachtschicht mußte ihn fixieren, er hat immer wieder Krämpfe.«

»ES LEBT!«

Die Ärztin schaut auf den Monitor. »Puls hundertachtzig. Sieht mir nach Horrortrip aus. Crack, würde ich sagen.«

«Ich weiß nicht«, zweifelt Schwester Inge. »Unser Labor hat nichts gefunden, außer 2,8 Promille Alkohol, aber den müßte er ja inzwischen größtenteils abgebaut haben. Er wurde gestern abend um halb neun eingeliefert.«

Galina Petrovicz deutet auf die Schramme an der Stirn. »Vielleicht ein Schädel-Hirn-Trauma. Wurde ein Schädel-CT gemacht?«

»Dafür war er viel zu unruhig.«

Die Ärztin setzt ihr Stethoskop an Svens Brust. »Kein Vitium«, murmelt sie.

»Ich muß wissen, was er eingeworfen hat und womit wir ihn behandeln können, damit er wieder klar wird«, drängt die Schwester. Herrgott, warum ist der Oberarzt nicht da, wenn man ihn braucht? Schwester Inge hält nicht viel von Frauen in der Medizin, schon gar nicht, wenn sie aus Osteuropa stammen und nicht einmal promoviert sind.

»RIAAAH DE RIAAAAH ... SCHÖ NÖ RÖGRET RIAAAH ...«

»Papiere?« fragt die Ärztin.

»Keine. Nur ein Handy.«

»Vielleicht läßt sich auf dem Handy seine eigene Nummer rausfinden?« überlegt Galina Petrovicz laut.

»Möglich, aber das ist nun wirklich nicht mein Job«, versetzt Schwester Inge. »Er trug übrigens recht komische Klamotten.«

»WEG, WEG, WEG!« Der Patient zerrt an den Gurten.

»Komisch?«

»Ein Rüschenhemd und eine Art Frack.«

»Vielleicht kommt er vom Theater?«

»Nein, er kam aus einer Bar.«

»Melden Sie's der Polizei. Wir brauchen einen Kostenträger.«

»Die Polizei hat ihn ja hergebracht. Hat einen anderen Gast verletzt, der liegt auf der Chirurgischen.«

»ICH WILL NICH VERBRENNEN. HELFT MIR. SO HELFT MIR DOCH!« Svens Arme rütteln an den Fixierungen, er keucht, sein Körper zuckt wie ein Hering. Die Infusionsflasche über ihm schwankt.

»Valium«, sagt die russische Ärztin und wendet sich neuen Aufgaben zu. Für Schwester Inge hört es sich an, als hätte sie *Vodka* gesagt.

»Nur Frauen können so brutal sein!«

»Sonst hätte die uns nie was erzählt«, verteidigt sich Antonie.

Geller hat die Vernehmung genutzt, um sich die Kiste mit Professor Fabers Akten vorzunehmen. Nun hält er Antonie drei DIN A4-Seiten hin, die mit je einem Satz aus aneinandergeklebten Zeitungsbuchstaben bestückt sind.

»Was hältst du davon?«

FABer du wirst Auch Verecken!!
FaBEr du Mörder! Ich Kriek dicH!
Bald bist du Tod!

»Das kann nicht wahr sein! Diese stinkfaulen ...« Ehe sich Antonie über die Arbeitsweise der Hanauer Kollegen verbreiten kann, kommt Irina herein, hinter ihr ein junger Mann mit umgedrehter Baseballkappe und einem T-Shirt in den jamaikanischen Landesfarben, dessen Nähte jeden Moment von Muskelmasse gesprengt zu werden drohen. Trotz der stabilen Schönwetterlage bedeckt eine dicke schwarze Lederjacke die Schultern, die sackartige Hose hängt unterhalb der Hüfte und läßt ein Stück Designerunterhose sehen. Befänden sie sich nicht in einem Polizeipräsidium, würde Antonie damit rechnen, gleich ein paar Gramm Crack angeboten zu bekommen.

»Hallo ihr zwei«, zwitschert Irina munter. »Das ist Osman Belek, der neue Kommissar z. A. Das sind Oberkommissarin Bennigsen und Kommissar Geller.«

Antonie und ihr Kollege sehen sich an. Antonies Blick sagt: *Warum weiß ich davon nichts?* Geller, schon etwas geübt im Gedankenlesen, flüstert: »Hab ich ganz vergessen ...«

Geller steht auf und streckt dem Neuankömmling die Hand hin. »Hallo.«

Antonie bleibt sitzen, ein paar zähe Sekunden gehen ins Land, ehe Belek kapiert und in seinen Sneakers auf sie zugeht, wobei Antonie befürchtet, daß er jeden Moment seine Hosen verliert oder über seine offenen Schuhbänder stolpert und sich den Hals bricht.

»Willkommen, Herr Belek.«

»Hi. Man nennt mich Ossi.«

»Nicht *Cal*?« entfährt es Antonie. Ihr Blick hat sich an dem Schriftzug der grauen Unterhose festgesaugt. Der Angesprochene schaut verdutzt an sich hinunter und dann zu Rolf Geller, als erwarte er Hilfe von seinem Geschlechtsgenossen.

Irina preßt ihre Hand vor den Mund und sucht das Weite, wobei sie Laute absondert, als sei sie im Begriff ein Ei zu legen.

Antonie steht auf. Osman Belek muß feststellen, daß sie so groß ist wie er, nämlich einsfünfundsiebzig, sie überragt ihn jedoch um die fünf Zentimeter Absatz ihrer schwarzen Pumps. Wie kann eine Polizistin solche Schuhe tragen? Man muß ja Angst haben, daß sie bei der Verfolgung eines Verdächtigen über ihre Absätze stolpert und sich das Genick bricht.

Ihre sehr hellen Augen betrachten ihn, als stünde er zum Verkauf, ihr Mund ist ein strenger Strich. Mit ihrem marineblauen Kostüm könnte sie ebensogut eine Stabsärztin bei der Musterung eines Rekruten sein. Endlich nimmt sie den Blick von ihm und wendet sich an den Kollegen Geller.

»Hat Pfeiffer gesagt, wo er sitzen soll?«

»Nein, hat er nicht.«

»Hat Hauptkommissar Pfeiffer Sie schon gesehen?« richtet Antonie das Wort an den Kommissar zur Anstellung. Der verneint.

»Rolf, deinen Gürtel.«

»Was?«

»Deinen Gürtel.« Antonie streckt die Hand aus, ohne den Blick von dem eingewebten *Calvin-Klein*-Schriftzug an Osman Beleks Unterhose zu nehmen.

»Der ist von Versace.«

»Das macht nichts, gib ihn her.«

Sie reicht Gellers Gürtel an Belek weiter, der sie unter seinen fast zusammengewachsenen schwarzen Brauen verwirrt anschaut.

»Nehmen Sie den für heute. Und es wäre mir lieber, wenn Sie künftig aus Ihrer Unterwäsche ein kleines Geheimnis machen würden.« Antonie wartet, bis er den Gürtel eingefädelt und geschlossen hat, dann fragt sie: »Können Sie mit einem Camcorder umgehen?«

»Ja, klar.«

»Gut. Dann werden Sie mich nachher begleiten. Ich gehe jetzt zu Pfeiffer und kläre die Sitzordnung. Wenn er glaubt, uns zu dritt in dieses Büro quetschen zu können ...«

Die Tür kracht hinter ihr zu und zittert noch ein wenig im Schloß nach, durch den Korridor hallt das harte Stakkato ihrer Absätze.

Geller und Belek sehen sich an und atmen beide tief aus.

»Ist sie 'ne Lesbe?« flüstert Osman Belek.

»Kann ich Ihnen helfen?« fragt Irina die junge Frau, die auf dem Flur herumsteht und einen hilflosen Eindruck macht.

»Oh, ja, bitte. Ich möchte meinen Mann vermißt melden und ich ... ich habe mich wohl verlaufen ...«

»Möglich. Hier ist die Abteilung für Todesermittlungen.«

Die Blonde gibt ein piepsiges »Huch« von sich.

Wenn ich ihr den Weg beschreibe, wird sie sich hinter der nächsten Ecke wieder verlaufen, vermutet Irina und erbarmt sich: »Kommen Sie mit, ich bringe Sie hin.«

»Oh, das ist lieb.« Die junge Dame trippelt neben Irina her. Die Schuhe sehen teuer aus, die Jeans ist eine Designermarke, dennoch haftet ihr etwas Billiges an, dafür hat Irina einen Blick.

»Wissen Sie, wir haben uns gestern gestritten, und deshalb war ich mit meiner Freundin allein weg, und er ist auch weggegangen. Aber daß er die ganze Nacht nicht nach Hause kommt, das ist noch nie vorgekommen, sooo schlimm war der Streit dann auch wieder nicht. Ich habe wirklich Angst, daß ihm was passiert ist, vielleicht mit dem Auto ...«

»Haben Sie in Ihrem zuständigen Polizeirevier und in den Krankenhäusern angerufen?« unterbricht Irina das Geschnatter.

Die Frau bekommt einen Kälberblick. »Nein. Hätte ich ... denken Sie ...?«

Wie hilflos manche Leute in Krisensituationen sind, denkt Irina halb mitfühlend, halb verächtlich.

»Schon gut. Das erledigt dann am besten der zuständige Kollege für Sie.« Irina bleibt vor einer Tür stehen, klopft kurz an und bugsiert die Frau in das Büro.

»Herr Kollege, die Dame möchte jemanden vermißt melden«, informiert sie den Beamten, der jedoch nicht antworten kann, weil er gerade einen Doppel-Whopper im Gesicht hat.

»Du brauchst dich nicht zu verstecken, Mayer«, grinst Irina und sagt zu der Besucherin: »Nehmen Sie schon mal Platz. Der Kollege Mayer kümmert sich um Sie, sobald er runtergeschluckt hat.«

Irina schließt die Tür von außen. So, denkt sie zufrieden, das war die gute Tat für heute.

»Ist sie verheiratet?«

»Geschieden. Aber du kannst ihr dankbar sein: Wenn Pfeiffer dich so gesehen hätte, wärst du bei dem gleich unten durch.«

»Trotzdem muß ich mich nicht so anzicken lassen«, schmollt Belek.

»Übrigens, ich heiße Rolf.«

»Ossi.«

Belek hält die ausgestreckte Handfläche in die Höhe. Geller schlägt auf gut Glück mit seiner Hand dagegen. Das scheint in Ordnung gewesen zu sein, das Ritual wiederholt sich in umgekehrter Konstellation, dann hakt Ossi die Daumen in Gellers Gürtel und wippt mit dem Kopf, als trüge er einen unsichtbaren Walkman.

»Reichlich konservativer Laden hier.«

»Wo warst du zuletzt?«

»Beim Rauschgift.«

»Ah, ja«, meint Geller, »verstehe. Gute Tarnung. Hinter einem Türken mit so einer Aufmachung vermutet man kaum einen Bullen.«

Osman Belek reißt seine Kappe von seiner Drei-Millimeter-Frisur. »Ey, Mann, sehe ich vielleicht aus, als wäre ich ein Scheißtürke? Ich bin kein Scheißtürke!«

»Schwede?«

»Kurde«, verkündet Belek und wird auf der Stelle ein paar Zentimeter größer.

»Meinetwegen. Trotzdem heißt es *ausländischer Mitbürger türkischer Abstammung* oder *Angehöriger einer ethnischen Minderheit* oder einfach nur *Türke*, aber auf keinen Fall *Scheißtürke*, klar?«

»Klar.« Osman setzt seine Kappe wieder auf. »Und, was geht ab?«

»Wie, was geht ab?« fragt Geller zurück. Ich werde alt, ich verstehe die Jugend nicht mehr. Außerdem sollte ich mal wieder was für meine Figur tun. Gegen den Kerl sehe ich aus wie eine Stabheuschrecke.

»Woran arbeitet ihr gerade?«

»Da gibt es mehrere Fälle. Aber die dringlichste Sache ist …«

Geller ist dabei, Osman Belek über den Fall Faber ins Bild zu setzen, als Antonie ins Zimmer stürmt.

»Auf, auf, ihr Recken! Ihr könnt mir mal helfen, ich ziehe um. Herr Belek, Sie dürfen meinen Platz einnehmen. Räumlich, versteht sich. Wir müssen nur noch einen Stuhl organisieren, meinen nehme ich mit.«

»Wohin?« fragt Geller.

Antonies Gesicht zeigt ein triumphierendes Lächeln. »In Romeros Büro.«

Schwester Inge und Lernschwester Ute kommen von der Mittagspause, als es Inge zu bunt wird. »Paß auf«, sagt sie zu der jungen Schwester, »der Oberarzt Schrägle ist schon wieder auf einem Kongreß und diese Babuschka …« Sie macht eine wegwerfende Handbewegung. »Also: nimm unserem Sängerknaben von heute nacht bitte noch mal Blut und Urin ab und schick es ans Labor der Gerichtsmedizin. Irgendwas ist da faul.«

Schwester Ute ist im Begriff, die nötigen Hilfsmittel herbeizuschaffen, als eine junge Frau die Intensivstation betritt und sich umsieht.

»Mein Mann! Wo ist mein Mann?«

»Was hast du inzwischen wegen der Flüge rausgefunden?« fragt Antonie, während sie die Metallregale mit Fensterputzmittel einsprüht und abwischt. »Mensch, ist das verdreckt. Und hier fehlen doch zwei Regale. Da waren doch schon wieder die Geier am Werk!«

Irina, die einer dieser Geier ist, antwortet: »Die Flüge? Da ist nichts rausgekommen, wie zu erwarten war. Das Haus gehört übrigens der alten Frau Sievers und Herrn und Frau Faber zu je einem Drittel. Das steht im Grundbuch, da kann jeder ganz legal dran!« setzt sie im Tonfall der Verteidigung hinzu.

»Hab ich was gesagt?«

»Aber was auffällig ist: Faber hat von seinem Dienstapparat in der Klinik öfter mit einem Haus Schönberg telefoniert. Das ist ein Altersheim der gehobenen Klasse.«

»Irina!«

»Du hast nur vom Privatanschluß der Fabers gesprochen. Wo sollen diese Ordner hin?«

»Hierher, ins unterste Fach.« Antonie schüttelt den Kopf. »Soso, Haus Schönberg, das ist ja interessant. Bin gespannt, was Frau Sievers dazu sagt.«

»Sag mal, wozu brauchst du zwölf Radiergummis?«

»Ich schenk dir die Hälfte.«

»Schau mal, was ich in der Schublade gefunden habe!« Irina hält Antonie eine Zigarre hin.

»Schade, jetzt ist sie vertrocknet.«

»Sonst hättest du sie geraucht, oder was?« fragt Irina, aber Antonie antwortet nicht. Romero hat noch immer nicht angerufen. Sie schaut auf die Uhr.

»Was, schon eins? Ich muß los!«

»Die Beerdigung ist doch erst um drei.«

»Ja, aber vorher muß ich noch was erledigen. Sag dem Neuen, ich hole ihn um halb drei unten im Hof ab. Mit der Kamera.« Sie wirft den Lappen hin. »Du kommst hier doch alleine klar, mein Goldstück?«

»Von wegen!« Irina läßt augenblicklich einen Stoß Akten wieder zurück in die Kiste fallen. »Ich muß noch das Vernehmungsprotokoll der Haushälterin tippen, und außerdem habe ich meine gute Tat heute schon hinter mir. Wenn ich so weitermache, habe ich heute abend einen Heiligenschein, und mit so was lassen sie einen bestimmt in keine Disco.«

»Gianni, ich brauche was Solides.«

»Meine Rede, liebe Antonie. Eine Frau ohne Mann ist wie ...«

»Quatsch nicht rum, ich muß gleich zu einer Beerdigung.«

»Sollen wir sie schwarz färben?«

»Übertreib's nicht. Ich dachte an Spitzen schneiden und die Tönung, bei der wir zuletzt stehengeblieben waren. Du hast doch heute noch nichts von diesem grünen Zeug getrunken, oder?«

»Nein, aber gestern. Ich war auf einer Absinthfete.«

»Zeig mir deine Hände!«

Gianni streckt ihr die Hände hin. »Zittern kein bißchen.«

»Na, dann los.«

Als sie mit gewaschenem Haar auf dem Stuhl sitzt und zusieht, wie Gianni die äußersten Enden ihrer Haarspitzen abschneidet, hakt sie nach: »Was ist eine Absinthfete?«

»Eine Veranstaltung, auf der Absinth getrunken wird. Macht das *Rue Morgue* jetzt öfter. Es fängt montags um fünf an ...«

»Am hellichten Nachmittag? Wer geht da schon in die Kneipe?«

»Du würdest staunen, wie voll es ist. Die grüne Stunde, so nannte man das früher. Heute heißt es *After-work-Party.* Nur, daß man sich zu einer Absinthfete möglichst authentisch anzieht.«

»Karneval im Sommer.«

»Sozusagen.«

»Was hattest du an?«

Gianni lächelt sich selbstverliebt im Spiegel zu. »Du hättest mich sehen sollen. *Che bellezza!* Einen engen schwarzen Anzug, der meine athletische Figur so richtig zur Geltung gebracht hat.« Gianni fährt über seine Hüften, Antonie verdreht die Augen.

»Erst wollte ich ja als van Gogh gehen, aber dann war ich froh, daß ich es nicht getan habe.«

»Warum? Hast du was gegen rote Haare?«

»Nein, aber der, der sich als van Gogh verkleidet hat, hat den Laden tatsächlich mit nur noch einem Ohr verlassen.«

»Was?«

»Ein Typ ist durchgedreht und hat sich das Obstmesser von der Theke gegriffen und ihm damit das Ohr durchgesäbelt.«

»Ihhh! War es ganz ab?«

»Nein. Es hing noch so halb dran. Ich denke, sie konnten es wieder annähen. Heute nähen die doch alles wieder an, sogar ...«

»Und der Typ?« fragt Antonie, ehe Gianni seine Detailkenntnisse auf dem Gebiet der Wiederherstellungschirurgie loswerden kann.

»Den hat der Barmann k.o. geschlagen, und dann, als er wieder zu sich kam, waren die Grünen ... Verzeihung ... deine uniformierten Kollegen schon da.« Gianni lacht, als er weitererzählt: »Der Kerl war plötzlich lammfromm, ist dem jungen Polizisten entgegengeschwebt und hat gerufen ›Endlich kommt meine grüne Fee!‹«

»Scheint was los zu sein, bei diesen Absinthfeten.«

»Tja«, meint Gianni und wedelt mit dem Handtuch Antonies mikroskopisch winzige Haarschnipsel vom schwarzen Umhang. »Wo ich bin, da tobt das Leben!«

Die blankpolierte Spitze von Romeros rechtem Budapester trommelt auf das Parkett, was Joschka in Unruhe versetzt. Winselnd dreht er eine Runde durch die Wohnung, um dann die Schärfe seiner Krallen an der geschlossenen Schlafzimmertür seiner Herrin zu erproben.

»Bist du bald fertig?« Romero klopft zart gegen das altweiß lackierte Holz. Joschka benimmt sich daraufhin wie ein Berserker.

»Allmächtiger, was für eine Randale da draußen! Wie soll ich mich zurechtmachen, wenn ein Trubel herrscht wie auf der Kirmes?« ertönt Zilke Himmelreichs kräftiges Organ.

»Es ist keine Modenschau, es ist eine Beerdigung«, ruft Romero zurück und flüstert Joschka zu: »Wenn du mich anpinkelst, bist du ein toter Hund!«

»Soll ich etwa in Fetzen gehen?« kommt es theatralisch aus dem Schlafzimmer.

»Das Taxi wartet jetzt schon zehn Minuten, das kostet ein Vermögen!«

Augenblicklich wird die Tür aufgerissen. »Sag das doch gleich.«

Eingehüllt in eine Wolke Uralt Lavendel steht Zilke Himmelreich abfahrbereit da. Sie trägt ein schwarzes, hochgeschlossenes Seidenkleid ohne Ärmel und dazu einen kurzärmeligen Bolero, ebenfalls aus Seide. »Wie sehe ich aus?«

»Viel zu schön, um auf den Friedhof zu gehen.«

»Das trug ich 1956 zur Hochzeit meiner Kusine Hadassa in Brooklyn und anno '89 zu ihrer Beerdigung auch. Ist aber keinem aufgefallen. Es sitzt noch tadellos, oder?«

Das Kleid ist ein wenig zu weit, und die Brustabnäher sind nicht mehr an der Stelle, an der sie gebraucht werden, aber Romero hütet sich, das zu erwähnen. In letzter Zeit häufen sich bei seiner wohlhabenden Mutter solche Anflüge von übertriebener Sparsamkeit, jedoch kann es am nächsten Tag passieren, daß sie eine haarsträubende Summe für irgendein Handtäschchen oder so ein schwarzes Tütü ausgibt, wie sie es nun auf dem Kopf trägt: Es hat einen Schleier, der bis über die Augen reicht und unter dem ihre Nase hervorsticht wie ein Schiffsbug. Bei flüchtigem Hinsehen sieht es aus, als hätten sich in den Fadenkreuzen Mücken verfangen, und dem Make-up nach könnte sie auch auf dem Weg in die Oper sein. Oder in der Oper mitspielen.

»Warum ein Taxi? Warum nehmen wir nicht den Mercedes?« nörgelt seine Mutter.

»Weil es voraussichtlich eine sehr gut besuchte Beerdigung werden wird, und ich habe keine Lust auf Parkplatzsuche und einen halbstündigen Anmarsch bei dieser Hitze.«

»Hat das Taxi eine Klimaanlage?«

»Das weiß ich nicht.«

»Hast du keins mit Klimaanlage bestellt?«

»Nein. Ich weiß nicht mal, ob man das kann.«

»Wir werden zerfließen in so einem stinkigen, heißen Wagen.«

»Mama, ich bitte dich, sei doch *einmal* in deinem Leben optimistisch! Vielleicht hat der Wagen ja Klimaanlage, duftet nach Rosen, und der Fahrer zitiert am laufenden Band Rilke.«

»Spinner!«

Sie verabschieden sich von Hannah, die es vorzieht, bei geschlossenen Jalousien das Silber zu polieren.

Das Taxi wird von einem Italiener in Romeros Alter chauffiert, der nach Pitralon duftet und am laufenden Band in seiner Muttersprache vor sich hin flucht, was sich für Romeros Ohren sehr melodisch anhört. Es verfügt zum Glück aber wenigstens über eine leistungsstarke Klimaanlage. Als sie sich durch die Einbahnstraßen des Frankfurter Westends fädeln, fragt Romero: »Dir ist nichts aufgefallen, als wir am Donnerstag zu der Golfpartie aufgebrochen sind, oder?«

»Was hätte mir denn auffallen sollen?«

»Jemand, der sich an den Golfbags zu schaffen machte oder sich in der Nähe herumtrieb.«

»Warum fragst du das?«

Romero senkt seine Stimme. »Weil Fabers Trinkflasche ausgetauscht wurde gegen eine mit giftigem Tee. Das kann eigentlich nur passiert sein, als wir im Clubhaus waren.«

»Mir ist diese Frau aufgefallen«, bemerkt Zilke, und ihr Blick wandert betont gleichgültig an der Glasfassade der Deutschen Bank hinauf.

»Welche Frau?«

»Eine Frau eben. Sie stand vor dem Eingang herum, als wüßte sie nicht recht, wohin sie will. Ich dachte erst, sie gehört zu diesem Faber.«

»Kannst du sie beschreiben?«

»Sie trug dunkelblaue, knielange Hosen und eine weiße Bluse und hatte rötliches Haar, hinten zusammengesteckt.«

»Golfschuhe?«

»Eher so modische *Sneakers*. Sie hatte eine Handtasche dabei.«

»Wie alt war sie?«

»Jünger.«

»Was heißt jünger?«

»Jünger als ich.«

»Geht's nicht ein bißchen genauer?«

»Ich bitte dich! Sie trug einen Strohhut und eine Sonnenbrille, ich konnte das Gesicht auf die Entfernung nicht so gut sehen. Der Gestalt nach war sie eher jung. Das Haar war gefärbt.«

»Du weißt nicht, ob sie zwanzig oder vierzig war, aber du weißt, daß das Haar gefärbt war?« staunt Romero.

»Es hatte schon von weitem diesen künstlichen Glanz.«

Romero sieht seine Mutter streng an: »Warum in aller Welt hast du mir nichts davon gesagt?! Oder wenigstens Antonie Bennigsen angerufen?«

»Ich wurde weder von dir danach gefragt, noch von Frau Bennigsen als Zeugin geladen«, versetzt Zilke Himmelreich und schaut wieder demonstrativ aus dem Wagenfenster. »Offenbar kann man auf die Aussagen einer alten Frau gut verzichten.«

»Oh, Gott!« stöhnt Romero und läßt sich tief in seinen Sitz sinken.

»Offiziell weiß ich erst seit einer Minute, daß der Mann vergiftet wurde«, bemerkt Zilke spitz.

»Ich bitte dich«, braust Romero auf. »Du liest doch den ganzen Tag Zeitung!«

»Ich hätte es aber lieber von dir erfahren. Und jetzt setz dich gerade hin, sonst sieht dein Jackett nachher aus, als hättest du drin geschlafen.«

»Geile Frisur«, bemerkt Osman Belek, als er zu Antonie in den Dienstwagen steigt.

Sie wollte diesen Zickzackscheitel nicht unbedingt haben, aber Gianni hat darauf bestanden, ebenso auf den zwei schwarzen Strähnen, die ihr Gesicht nun umrahmen wie eine Trauerkarte.

»Passend zum Anlaß«, meint Antonie und mustert Belek von der Seite. »Darf ich dich was fragen?«

»Klar.«

»Warum rasierst du dir den Kopf? Bald werden Zeiten anbrechen, wo du um jedes Haar dankbar sein wirst.«

»Meckerst du immer am Aussehen deiner Kollegen rum?« fragt Belek zurück, und erst jetzt fällt Antonie auf, daß sie beide zum Du übergegangen sind.

»Nur wenn es nötig ist. Mit den Knasthosen hättest du auf dieser Beerdigung unnötiges Aufsehen erregt.«

»Das konnte ich ja nicht riechen.«

»Kommst du wirklich mit der Kamera zurecht?«

»Logo. Hab erst neulich mit so einem Ding die Hochzeit meiner Schwester gefilmt.«

»Wie alt ist deine Schwester?«

»Neunzehn.«

»Lieber Himmel. Und du?«

»Vierundzwanzig, ledig, deutscher Staatsangehöriger kurdischer Abstammung, Schuhgröße 42.«

»Und wo wohnst du?«

»In Bornheim.«

»Bei deinen Eltern?«

»Bin letztes Jahr ausgezogen.«

Antonie rechnet damit, daß er nun ihr Fragen zur Person stellen wird, aber er fragt:

»Wie alt ist Rolf Geller eigentlich?«

»Zweiunddreißig.«

»In festen Händen?« Ob er Geller vorhin über sie ausgefragt hat? Ist das seine Taktik?

»Zur Zeit, ja«, antwortet Antonie und bemerkt den Widerspruch in ihrer Aussage. »Hat Geller noch was zu den Drohbriefen gesagt?«

»Die Buchstaben sind aus der Bildzeitung. Ich habe Kopien gemacht, und dieses Mädchen ...«

»Irina.«

»Die schickt die Originale an die Spurensicherung, wegen Fingerabdrücken. Werden wir die Angehörigen dazu befragen?« fragt Belek.

»Ja. Aber nicht auf der Beerdigung.« Insgeheim ist Antonie froh, mit den Drohbriefen etwas in der Hand zu haben, weswegen sie die Familienmitglieder noch einmal vorladen kann.

»Was tun wir da?« fragt Belek.

»Schauen, ob uns irgendwas oder irgendwer auffällt. Und das Video erstellen. So was kann später immer mal nützlich sein.«

»Du meinst, der Mörder kommt zur Beerdigung?«

Antonie zuckt die Schultern. »Es könnte ja verdächtig sein, wenn er fehlt.«

Romero hat recht behalten, die oberen Zehntausend treffen sich heute auf dem Hauptfriedhof, und nicht nur die, auch einige Reporter schwirren herum. Romero geht ihnen aus dem Weg.

Sie verharren vor dem pompösen grellweißen Eingangsgebäude mit den dorischen Säulen, von dem Romero findet, daß es in der falschen Stadt steht. Von weitem sieht er Antonie herankommen. Neben ihr geht ein seltsam gekleideter junger Mann mit einer Kamera. Fraternisiert sie neuerdings mit der Presse?

Romero stellt sich mit seiner Mutter in den Schatten. Antonie wendet sich an ihren Begleiter: »Du mußt nicht mitkommen in die Trauerhalle, es könnte stören, wenn du dort filmst. Du gehst zum Grab und sicherst dir einen guten Platz. Am besten filmst du zu Beginn, wenn alle von der Trauerhalle kommen und ums Grab herumstehen, und am Ende, wenn sie an den Sarg treten. Die Rede vom Pfarrer brauchen wir nicht. Und bitte dezent, ja?«

»Klar. Ich werde praktisch unsichtbar sein.«

»Hast du eine Ersatzkassette dabei?«

»Alles am Mann.« Er klopft sich auf die Brust.

Als Belek gegangen ist, winkt Antonie Romero über einige Köpfe hinweg vorsichtig zu. Sie weiß nicht so recht, wie sie ihm nach dem gestrigen Abend im Main-Tower begegnen soll. Soll sie sich für ihr Benehmen bei ihm entschuldigen? Oder wäre es mal an ihm, sich zu entschuldigen? Oder es entschuldigt sich gar keiner, und man tut, als hätte es den Abend nicht gegeben. Verdammt, warum ist unser Verhältnis auf einmal so kompliziert geworden?

Sie will sich gerade einen Weg zu ihrem Ex-Vorgesetzten bahnen, als sich eine Hand sachte auf ihre Schulter legt.

»Sie?« Der Professional trägt einen Nadelstreifenanzug und sieht darin elegant, aber auch irgendwie fremd aus. Quatsch! Wie kann einer fremd aussehen, den ich erst einmal gesehen habe?

»Darf ich mich Ihnen anschließen?« fragt Duncan.

»Sicher«, antwortet Antonie und überlegt, wie sie es anstellen soll, Romero dennoch von den Drohbriefen zu erzählen.

Indessen bedrängt Zilke Himmelreich ihren Sohn. »Warum stehen wir hier herum wie die Wegelagerer? Ich würde jetzt wirklich gerne in die Trauerhalle gehen, da ist es wenigstens kühl.«

Antonie sieht Romero und seine Mutter den Weg entlanggehen, davongetragen von der Menschenmenge, in der alle dasselbe Ziel zu haben scheinen. Sie verspürt den Impuls, ihm nachzueilen, aber es sind zu viele Menschen zwischen ihnen, und außerdem klebt ihr Duncan am Hintern.

Nein, nachlaufen werde ich ihm nicht. Notfalls kann ich ihn ja anrufen.

»Ich habe auf Ihren Anruf gewartet«, sagt Duncan, als sie sich nun ebenfalls langsam vorwärts bewegen. Antonie überläßt sich dem Herdentrieb.

»Welchen Anruf?«

»Sie haben mir die nächste Leiche versprochen.«

»Seien Sie nicht makaber.«

»Das war mein Ernst«, beteuert Duncan.

Antonie schüttelt den Kopf. »Meiner nicht. Das wäre nicht integer. Auch Tote haben eine Menschenwürde. Was würden Sie sagen, wenn einem Angehörigen etwas zustößt und die Polizei schleppt schaulustige Freunde an?«

»Bin ich das?« fragt Duncan.

»Schaulustig? In gewisser Weise schon, oder?«

»Nein, ein Freund.«

Antonie lächelt. »*Ein* Freund? Warum nicht? Freunde kann man immer brauchen.«

»Ich habe wahrscheinlich schon mehr Tote gesehen als Sie.«

Wo, rätselt Antonie. Auf dem Golfplatz? Im Golfkrieg?

Sie sind vor der Trauerhalle angekommen. Es sind bestimmt an die zweihundert Leute hier. Diese winzigen Schleierhütchen scheinen der Beerdigungsrenner der Saison zu sein. Aber auch Männer tragen Hüte. Ein gutes Dutzend von ihnen sogar exakt die gleichen. Antonie mustert die Abgesandten der Burschenschaft Arminia. Zwei von ihnen waren wohl eher Studienkollegen von Faber senior, der Rest sind Jungen in Moritz Fabers Alter. Hoffentlich singen sie nicht oder schießen Salut oder führen sonst ein martialisches Ritual durch.

Von der Seite naht Dr. Heumann und begrüßt sie, wie immer, mit viel Palaver und dem obligaten Handkuß.

»Ach, Frau Bennigsen, das wird Sie vielleicht interessieren: Im Labor hatten sie heute schon wieder einen Fall von Vergiftung mit Engelstrompeten.«

»Vergiftung?«

Dr. Heumann hebt abwehrend die Hand. »Vergiftung im medizinischen Sinn. Ob das Zeug freiwillig eingenommen wurde oder nicht, das kümmert das Labor nicht. Es war aber keine letale Dosis. Die Probe kam aus dem Offenbacher Ketteler-Krankenhaus, wenn Sie neugierig sind, müssen Sie da nachfragen.«

»Danke«, sagt Antonie und denkt: Ich werde mir freiwillig noch mehr Arbeit aufhalsen!

Der Rechtsmediziner wird nun seinerseits von einigen Medizinerkollegen begrüßt. Händeschütteln, Smalltalk. Eigentlich fehlen nur die Schampusgläser, findet Antonie. Die Drohbriefe fallen ihr ein. Ja, das ist eine Idee. Ich werde nach der Beerdigung zu Romero gehen und ihm von den Drohbriefen erzählen. Das ist ein unverfängliches Thema. Danach wird man weitersehen.

An der Grabstelle verteilen sich die Trauergäste wie Ameisen über sämtliche Nachbargänge. Romero ist eingekeilt zwischen dem transpirierenden Dr. Heumann und seiner Mutter und muß sich zusammenreißen, um nicht unentwegt die Witwe anzusehen. Ihr Haar verschwindet bis auf wenige Strähnen unter einem leichten schwarzen Strohhut mit breiter Krempe. Sie sieht blaß und ätherisch aus in ihrem schwarzen Kleid. *Lilienweiße Haut* geht es Romero durch den Kopf. Wie komme ich jetzt auf diesen kitschigen Ausdruck? Sicher habe ich ihn irgendwo gelesen. Wahrscheinlich in einem Schundroman. Lieber Himmel, wenn Antonie meine Gedanken lesen könnte, würde sie zu Recht sagen, der Alte hat sie nicht mehr alle beisammen.

Vorhin, als sich die Trauergemeinde um die Grabstelle formiert hat, war ihm, als ob Frau Faber seinen Blick kurz erwidert hätte. Nun ist ihr Gesicht unbewegt wie ein Portrait. Sie weint nicht. Ihre Mutter steht rechts von ihr, der Sohn Moritz links, neben ihm Ralf Sievers, der Schwager des Toten mit Frau und Tochter. Während Moritz Faber angestrengt die Spitzen seiner Schuhe betrachtet, läßt seine Großmutter ihre Augen prüfend über die Trauergemeinde schweifen, als würde sie heimlich eine Anwesenheitsliste abhaken. Der Geistliche lobt Roman Faber gerade als Menschen, der sich nie vor der Verantwortung für andere gedrückt hat. Romero muß an Katharinas Beerdigung denken. Damals, vor all den Leuten, konnte er auch nicht weinen. Als der Sarg hinuntergelassen wird und die Männer mit den komischen roten Hüten *Ich hatt' einen Kameraden* singen, zieht er es vor, ein paar fedrige Sommerwölkchen zu betrachten, und wundert sich, woher bei diesem Wetter der Tropfen kommt, der ihm plötzlich auf den Handrücken klatscht.

Antonie Bennigsen überlegt gerade, wie sie sich nach der Beerdigung elegant an Romero heranpirschen könnte, als in der Brusttasche ihrer Kostümjacke ihr Handy zu klingeln beginnt. Mit geranienrotem Kopf pflügt sie rückwärts durch die Menge.

»Unverschämtheit!« »Einfach rücksichtslos!« »Unmöglich.«

Antonie flieht in einen weiter entfernt liegenden Gang und nimmt den Anruf hinter einer schmerzvoll hingegossenen Marmormadonna entgegen.

»Ich bin's, Irina. Es gibt einen Leichenfund in Schwanheim ...«

»Warum schickst du Geller nicht?«

»Ich erreiche ihn nicht.«

»Der hat sich bestimmt wieder ins Solarium abgesetzt. Gut, ich fahre hin.«

Sie läßt sich von Irina die Adresse geben und sieht sich um. Wo ist Belek, damit sie ihm Bescheid sagen kann? Sie kann ihn nirgends entdecken, er scheint sich tatsächlich unsichtbar gemacht zu haben. Antonie entfernt sich rasch. Ihre Schritte auf dem Kies kommen ihr so laut vor, als säße sie hoch zu Roß, bis sie nach einigen Metern merkt, daß es nicht nur ihre eigenen sind.

»Duncan, warum bleiben Sie nicht hier? Ich muß zu einem Leichenfundort.«

Seine Augen leuchten auf. »Wir können doch so tun, als ob ich ein Kollege wäre.«

Gut, bitteschön, wenn er so große Lust auf eine Sommerleiche hat ...

»Meinetwegen.«

Erst, als die ersten Schaufeln der trockenen Erde auf den Sarg prasseln, nimmt Romero seine Umgebung wieder wahr. Anette Faber und Moritz verharren vor dem Blumenmeer um sie herum. Die Parade ist lang, Romero hat keine Lust, Schlange zu stehen, um Erde in das Grab eines fast Fremden zu werfen. In der Todesanzeige wurde gebeten, auf Beileidsbezeugungen am Grab zu verzichten, aber einige vermutlich sehr enge Freunde oder Leute, die sich dafür halten, schütteln den Hinterbliebenen dennoch die Hände oder umarmen sie.

Dr. Heumann tupft sich seine Glatze trocken und scharrt mit dem Fuß wie ein nervöses Rind.

»Laß uns gehen«, sagt Romero und faßt Zilke sacht am Ellbogen, aber Zilke wischt Vincents Hand weg, als sei sie ein Insekt, das es wagt, sie zu belästigen. Sie reckt den Hals. In ihrer Generation galt sie stets als Bohnenstange, nun kommt ihr das zugute, sie kann über die gramgebeugten Köpfe und sogar über die Hüte hinweg einigermaßen gut nach vorne sehen und die Geschehnisse am Grab beobachten.

»Laß uns gehen, Mama.«

»Hör auf zu quengeln, Vincent. Das ist die Frau.«

»Ich weiß, daß das Fabers Frau ist«, antwortet Romero.

»Ich rede von der Frau am Golfplatz«, antwortet Zilke und faßt jetzt doch nach Romeros Arm, weil sie sich auf die Zehenspitzen stellen muß.

»Welche Frau?« fragt Heumann, der bei dem Wort ›Golfplatz‹ hellhörig geworden ist.

»Wo? Wer?« Romero macht nun ebenfalls einen langen Hals, und auch Dr. Heumann fährt sein Dreifachkinn aus, so daß sie dastehen wie drei Brontosaurier.

»Die Rothaarige, die bei der älteren Dame steht. Sie hat ihr was zugeflüstert. Die alte Dame hat ziemlich erschrocken ausgesehen. Aber jetzt sehe ich die Frau nicht mehr.«

»Was hatte sie an?«

»Was Schwarzes.«

»Mama, bitte! Vielleicht erwische ich sie noch, oder Antonie ...« Er sieht sich um, kann aber seine Exkollegin nirgends entdecken.

»Sie hat einen schwarzen Strohhut mit Schleier auf und trägt ein langärmeliges Kleid mit Pailletten am Ausschnitt, ziemlich unpassend, finde ich, für eine ... Vincent, wo willst du denn hin, du kannst mich doch nicht hierlassen!«

Aber Romero hastet bereits davon. Auf gut Glück strebt er dem Haupteingang zu. Er fühlt Schweiß über seine Schläfen perlen. Warum kann es auf dieser Beerdigung nicht regnen, wie in den Filmen immer? Er hat das Torgebäude passiert und schaut sich um. Knapp fünfzig Meter vor ihm geht eine Frau, auf die die Beschreibung seiner Mutter einigermaßen paßt, allerdings kann Romero von hinten nicht erkennen, was sie am Ausschnitt trägt. Sie scheint es eilig zu haben. Romero setzt sich in Trab. Als hätte die Frau ein Zeichen von irgendwoher erhalten, dreht sie sich in diesem Moment um. Ihr Gesicht liegt im Schatten des breitkrempigen Hutes, aber am Halsausschnitt blitzt etwas auf. Romero verlangsamt seinen Schritt und schaut in eine andere Richtung, aber sie scheint etwas zu ahnen. Sie geht noch schneller, läuft die Adickesallee entlang in Richtung Westen. Vor dem riesigen grauen Würfel des neuen Polizeipräsidiums, das inzwischen von außen fertig zu sein scheint, verschluckt sie der Zugang zur U-Bahn. Romero rennt los, den Bauzaun entlang, die Treppe hinunter. Und dann kommt es doch so wie in den einschlägigen Filmen. Als er auf dem Bahnsteig ankommt, steht der Zug schon da. Romero schafft es in letzter Sekunde, in die U-Bahn zu springen. Die Türen schließen sich. Als die Bahn anfährt, sieht er die Frau ohne Hast die Treppe hinaufgehen.

Romero läßt sich auf einen Sitz fallen. Zum Teufel, was mache ich hier eigentlich? Verdächtige verfolgen ist Sache der Polizei, und ich bin nicht mehr die Polizei. Fahrkarte habe ich auch keine. Er wischt sich mit einem gebügelten Stofftaschentuch das Gesicht ab, zieht sein Mobiltelefon aus der Tasche und ruft Antonie an.

»Wann haben Sie so viele Tote gesehen?« fragt Antonie den *Teaching-Pro.*

»Als Kind.«

»Wie schrecklich. Wo denn?«

»Bei uns im Keller.«

Antonie sieht ihn von der Seite an, so lange es der Verkehr eben zuläßt. Sie fahren gerade am Niederräder Ufer entlang, als ihr Handy anfängt, *La donna è mobile* zu intonieren.

Ihr Herz macht einen Satz. Sicher will er sich mit ihr aussprechen.

Als Romero seinen Bericht beendet hat, antwortet Antonie: »Das macht nichts. Ossi hat die Beerdigung gefilmt, vielleicht haben wir sie drauf.«

»Wer ist Ossi?«

»Ein neuer Kollege. Ich muß so bald wie möglich deine Mutter sprechen. Am besten, wir sehen uns später im Präsidium zusammen den Film an.«

»Ich werde es ihr ausrichten.«

Es klackt, er hat aufgelegt.

»Mein Vater hat ein Bestattungsunternehmen«, sagt Duncan in die Stille.

»Der Patient wurde unmittelbar nach der Einlieferung um 20:45 Uhr mit 5 mg Midazolam sediert und mit 8 mg Norcuron relaxiert. Als Erstmaßnahme wurde mit 500 mg Thiopental und 100 mg Succinylochin eine Narkose eingeleitet und eine orotracheale Crushintubation durchgeführt. Seine Vitalparameter zeigten eine Sinustachykardie von 132/min, einen Blutdruck von 120/80 mm Hg, Sauerstoffsättigung 98% bei 3 l Sauerstoff über eine Nasensonde sowie einen Blutzucker von 92mg/dl. Der Patient zeigte unverändert maximal weite lichtstarre Pupillen und eine auffällige Gesichtsröte aufgrund einer für derlei Vergiftungen typischen Hyperthermie, hervorgerufen durch die vagolytische Sekretionshemmung. Zusätzlich traten spontane Myoklonien im Gesicht und an den Unterarmen auf. Nach Bekanntwerden des Gesamtbefundes, nämlich einer Intoxikation mit Scopolamin und Hyoscyamin aus der Datura suaveolens, genannt Engelstrompete, und der anhaltenden deliranten Symptomatik wurden dem Patienten 160 mg Physostigmin als Antidot intravenös verabreicht. Der Patient ist jedoch auch nach der Gabe dieses Anticholiums komatös und halluziniert …«

Galina Petrovicz drückt die Stopptaste ihres Diktiergerätes und überlegt. Noch was? Nein. So ist die Sachlage. Schwester Inge, dieser Trampel, hat ihr heute mittag das Fax der Gerichtsmedizin triumphierend unter die Nase gehalten. Klar, daß der Oberarzt Dr. Schrägle gleich morgen über den Fall informiert werden wird, respektive darüber, daß sie, Galina, diese Art der Vergiftung nicht sofort diagnostiziert hat.

Engelstrompeten. So einen Fall hatte sie noch nie, wie hätte sie auf Anhieb darauf kommen sollen? Vor ihr liegt ein Artikel, den ihr ein Studienkollege aus Erlangen gefaxt hat.

Die wenigen bisher berichteten Todesfälle durch Intoxikation mit Datura suaveolens *wurden aber nicht durch die unmittelbare Giftwir-*

kung hervorgerufen, sondern waren vielmehr Folge der Hyperthermie und des psychotischen Kontrollverlustes. Die Mundtrockenheit und das Hitzegefühl ziehen die Patienten zu stehenden oder fließenden Gewässern. Die Gefahr, die selbst von einfachen Wasserlachen ausgeht, wird nicht realisiert, so daß viele Patienten ertrinken.

Man wird darauf achten müssen, daß er nicht im Putzeimer ersäuft. Galina Petrovicz steht auf, sie hat jetzt Feierabend. Sollen die anderen entscheiden, was mit dem Mann geschehen soll, falls das Physostigmin zu keiner positiven Veränderung führt. Vorhin brüllte der arme Kerl jedenfalls noch etwas von Spinnen, die ihn fressen wollen.

Galina nimmt die Kassette aus dem Diktiergerät. Anscheinend weiß man in der Klinik noch immer nicht, wie der Mann heißt, jedenfalls hat man ihr nichts gemeldet, nur sein Mobiltelefon hat auf wundersame Weise den Weg auf ihren Schreibtisch gefunden. Sicher würde es Dr. Schrägle begrüßen, wenn wenigstens der Name des Patienten und damit der Kostenträger festgestellt werden könnten, überlegt die Ärztin.

Das Ding ist eingeschaltet, aber der Akku ist bereits bedenklich leer. Sie drückt ein paar Tasten und erhält eine Liste mit Namen. Zwei Frauennamen stehen da: Linda und Sandra. Sandra ist eine Handynummer, Linda eine Frankfurter Nummer im Festnetz. Sie wählt Linda. Nach dem dritten Klingelzeichen wird abgehoben. »Ja?« fragt eine Frauenstimme.

Galina Petrovicz stellt sich vor. »Mit wem spreche ich, bitte?«

»Linda Bussek.«

»Frau Bussek, bei uns wurde gestern abend ein Mann eingeliefert: Etwa vierzig Jahre alt, dunkelblondes Haar, circa einsachtzig groß, etwa 80 Kilo ... Der Mann liegt im Koma, wir haben Ihre Nummer auf seinem ...«

»Was ist mit ihm?«

»Sie kennen den Mann?« Galina fällt ein Stein vom Herzen. »Wie heißt er, wo ist er krankenversichert?«

»Er heißt Sven Bussek und ist privat versichert.«

Das ist erfreulich.

»Was ist denn passiert?«

»Sind Sie seine Frau?«

»Nein.«

»Tja, wissen Sie, wir dürfen ...«

»Ich bin seine Schwester«, sagt die Frau rasch. »Bitte, sagen Sie mir, was passiert ist.« Jetzt eben klang die Stimme aufgeregt und flehend, wie es sich für eine nahe Verwandte gehört. Galina Petrovicz erteilt detailliert Auskunft.

Der Geruch von sich zersetzenden Eiweißverbindungen, abgestandenem Rauch und schalem Bier schlägt Antonie und ihrem Begleiter schon an der Wohnungstür entgegen. Duncan und Antonie betreten den Raum mit angehaltenem Atem.

Roland Meerbusch ist noch nie ein besonders gutaussehender Mann gewesen, und der Tod, der ihn vierundzwanzig Stunden zuvor ereilt hat, sowie die Hochsommersonne, die den ganzen Tag durch das Wohnzimmerfenster brannte, haben daran nichts verbessert.

Der Körper, der um die einsachtzig groß ist und gute zwei Zentner wiegen dürfte, liegt auf der rechten Seite, das Gesicht zeigt alle Schattierungen von Blau. Der Kopf weist in die Zimmerecke, in der das Telefon auf einem abgewetzten Sofa steht, neben einer Yuccapalme und einem Stapel Zeitschriften, deren Titelfotos viel pralle Haut zeigen. Er trägt ein T-Shirt, die Trainingshose ringelt sich um die Knie, die Unterhose ist heruntergelassen.

»Den hat's beim Wichsen derbröselt«, mutmaßt ein uniformierter Polizist mit bayerischem Akzent.

»Sehen Sie das auch so?« fragt Antonie den Notarzt.

Der junge Mann errötet. »Herzversagen, tippe ich.«

»Tippen Sie oder wissen Sie?«

»Hundertprozentig kann man das nach der ersten Leichenschau natürlich nie sagen.«

»Gut. Oder besser: nicht gut. Wir haben also eine ungeklärte Todesursache?«

Der andere der beiden Streifenpolizisten gesellt sich zu ihnen. »Das war ein stadtbekannter Alki. Wir sind mindestens einmal die Woche angerückt, weil es Beschwerden über ihn gab. Wenn der zu viel intus hatte, hat er auf dem Balkon rumgebrüllt und Sachen runtergeworfen. Flaschen und so.«

Der Arzt schaut verunsichert von einem zum anderen.

»Keine Sorge, ich gehöre nicht zu den Polizisten, die den Ärzten einen Totenschein abnötigen, mit dem sie am wenigsten Arbeit haben«, sagt Antonie.

»Ja, es ist eine ungeklärte Todesursache«, bestätigt der Mediziner. »Wenn auch höchstwahrscheinlich Herzversagen dabei rauskommen wird.«

Sie tritt an das Fenster, wo ein Stativ mit einer Kamera aufgebaut ist. Auf der Fensterbank stinken ein voller Aschenbecher und etliche leere Bierflaschen vor sich hin, davor steht ein hölzerner Klappstuhl. Antonie setzt sich darauf und schaut durch das Objektiv. Es ist auf einen gepflegten Garten gerichtet, in dem ein leerer Liegestuhl unter einem Nußbaum steht.

Ein Kichern hinter ihr läßt sie herumfahren. Die zwei Uniformierten ergötzen sich an Fotografien, die sie zwischen den Heftchen gefunden haben.

»Darf ich die auch mal sehen?«

Die Bilder zeigen ein blondes Mädchen in jenem Garten, den sie eben durch die Kamera gesehen hat. Sie ist auf eine plakative Art hübsch. Gellers Kragenweite, denkt Antonie und fügt im stillen hinzu: zumindest bis vor kurzem.

Die Aufnahmen müssen an verschiedenen Tagen gemacht worden sein, denn die spärlichen Kleidungsstücke, die das Mädchen trägt, wechseln, ebenso der Hintergrund und die Position des Liegestuhls. Auf ein paar Bildern geht oder steht die Frau halbnackt herum, einmal hat sie ein Telefon in der Hand, oft ein Glas oder eine Zigarette oder beides. Manche Aufnahmen zeigen nur bestimmte Körperteile. Antonie wirft einen grimmigen Blick auf die Leiche und verkneift sich einen Kommentar. Sie versucht sich einzuprägen, wo das Haus mit dem Nußbaum im Garten liegt. Es ist gut zu erkennen, es hat eine große Satellitenschüssel auf dem Dach.

»Schoafe Kamera. Gell, für so Zeig ham die Assis dann doch wieder Geld gnuag«, sagt der süddeutsche Kollege.

Duncan schielt dem anderen Beamten über die Schulter, um ebenfalls einen Blick auf das Bildmaterial zu werfen. Er hat noch kein Wort gesagt, seit er hier ist, und Antonie hat darauf verzichtet, ihn vorzustellen.

Sie macht noch einen Rundgang durch die Zweizimmerwohnung. Außer gewissen Anzeichen fortgeschrittener Verwahrlosung fällt ihr nichts auf. Die Bleibe eines Menschen, der auf dem absteigenden Ast ist. Sie hat schon viele solcher Wohnungen gesehen und viele tote Meerbuschs.

»Brauch mer die Spuansicherung?«

»Noch nicht«, antwortet Antonie. »Es genügt, wenn Sie die Wohnung versiegeln, bis das Ergebnis der amtlichen Leichenschau vorliegt.«

Sie macht Duncan ein Zeichen, und Sie verlassen die Wohnung mit der Kamera und den Fotos.

»Das ist also dein Job«, sagt Duncan, als sie im Wagen sitzen, und lächelt ein wenig dünn.

»Du bist blaß, ist dir nicht gut?«

»Es geht schon.«

»Aber du bist das doch gewohnt, hast du gesagt.«

»Schon. Aber einen Toten in seinem Zuhause zu sehen, ist was anderes.«

»Der war aber noch harmlos«, meint Antonie. »Ich könnte dir Sachen erzählen ...«

Sie hält den BMW vor einem Reihenhaus an und läßt die Scheibe auf der Beifahrerseite herunter. »Streck mal deine Nase aus dem Fenster.«

»Mir ist nicht schlecht.«

»Ich will wissen, ob das Haus eine große Schüssel auf dem Dach hat.«

»Ja, hat es. Was hast du jetzt vor?«

»Eine präventive Maßnahme. Ich will die Bewohnerin darüber in Kenntnis setzen, daß sie fotografiert worden ist und sich in Zukunft vielleicht etwas vorsichtiger verhält.«

»Warum? Der Kerl ist doch tot.«

»Weiß man, was er vorhatte? Es gibt Studien über Serienmörder und Triebtäter, und die bestätigen die alte Regel: Gelegenheit macht Diebe. Oder weckt die Triebe, in dem Fall.«

Ihre Sensibilität auf diesem Gebiet ist ein Ergebnis ihrer Beziehung zu Daan. Sie muß schon wieder an ihn denken, das ist heute bestimmt schon das hundertste Mal. Vielleicht sollte ich doch mal ans Telefon gehen, wenn er wieder anruft.

Duncan bleibt beim Wagen stehen, und Antonie drückt auf die Klingel neben dem blitzblanken Türschild mit der Aufschrift: *Sven + Sandra Bussek.* Im Nachbargarten schnurrt ein Rasenmäher. Es öffnet niemand. Antonie notiert sich den Namen. Eigentlich genügt es ja auch, die Leute anzurufen. Oder sie wird Belek morgen noch mal vorbeischicken. Es wird ohnehin Zeit, zum Präsidium zu fahren und sich um die rätselhafte Rothaarige zu kümmern, die Romero abgehängt hat. Apropos abgehängt. Der Gedanke an Daan hat bei Antonie plötzlich das Bedürfnis geweckt, Duncan möglichst rasch loszuwerden. Er ist zwar ein netter Kerl, aber Daan kann er nicht das Wasser reichen. Und für eine Trotzaffäre ist sie im Moment nicht in der richtigen Stimmung.

»BELEK!«

Antonie kann sich nicht erinnern, jemals einen Kollegen angebrüllt und ihm Tiernamen gegeben zu haben. Gut, Geller vielleicht, aber höchstens ein, zwei Mal in der Woche. Als sie jetzt das Videoband sieht, das ihr der Kollege Osman Belek voller Stolz vorführt, bricht es aus ihr heraus:

»DU ... DU ... RIESENRINDVIEH!«

Belek steht zieht den Kopf ein. »Und ich habe mich schon gewundert ...«

Antonie plumpst in einen Sessel des Besprechungszimmers. »In einer Viertelstunde kommen Romero und seine Mutter, um sich das Band anzusehen. Die werden Augen machen.«

Vom Gebrüll angelockt, erscheinen Rolf Geller und Irina Bulka auf der Bildfläche.

»Was ist denn los?« fragt Geller.

»Was los ist? ER HAT DIE FALSCHE BEERDIGUNG GEFILMT!«

Geller und Irina sehen sich an und kämpfen um ein ernstes Gesicht.

»Und ich habe mir noch gedacht, wo bleiben Sie denn ...«, erklärt

Belek, der vor Zerknirschung wieder angefangen hat, Antonie zu siezen.

»Ist doch nicht so schlimm«, beschwichtigt Geller. »Das kann jedem mal passieren.«

»So was darf einfach nicht passieren!«

»Gut, er hat einen Fehler gemacht.« Rolf Geller zwinkert dem Unglücksraben zu. »Er ist den ersten Tag da. Hast du während der Ausbildung nie Fehler gemacht?«

»Solche nicht.«

»Sag, Antonie, wann fängst du an, übers Wasser zu gehen?«

Antonie stöckelt aus dem Raum. »Männer!« schnaubt sie. »Haltet nur immer schön zusammen.«

»Danke«, sagt Osman Belek und schaut Geller an wie ein Dackel, der gerade den Fängen eines Rottweilers entrissen worden ist.

»Schon gut«, winkt Geller ab, und Irina tröstet: »Mach dir keine Gedanken, bis morgen hat sie sich wieder eingekriegt.«

Aber auf dem Weg zurück an ihren Arbeitsplatz kichert sie vor sich hin: »Die falsche Beerdigung. Ich halt's nicht aus! Filmt die falsche Beerdigung!«

V.

»Ich geh noch mit Joschka runter«, informiert Romero seine Mutter. »Es kann länger dauern, ich brauche ein bißchen frische Luft, also mach dir keine Sorgen.«

»Du bist volljährig«, kommt es aus dem Salon, und Romero weiß genau: Hätte er nichts gesagt, würde er später zu hören bekommen, wie krank vor Sorge sie gewesen sei und wie rücksichtslos er doch wäre.

Er nimmt Joschka an die Leine und geht die Treppe hinunter. Vor der Tür schaut er noch einmal an der Gründerzeitfassade hoch, ehe er um die Ecke verschwindet, wo sein alter Mercedes parkt. Er verfrachtet Joschka auf die Rückbank. Sie ist seit kurzem mit einem Lammfell bezogen, das seine Mutter gekauft hat, damit Joschka es bequem hat.

»Platz!«

Davon kann keine Rede sein. Autofahrten um diese Uhrzeit ist der Hund nicht gewohnt, er hüpft im Wagen herum wie eine Flipperkugel und gibt erst Ruhe, nachdem Romero ihn angebrüllt hat.

Es dämmert. Ein paar Wolken strecken sich träge am orangeroten Horizont, es wird wieder nicht regnen. Die Stadt kocht seit Tagen, die Gullis fangen an zu stinken, der Main ist eine trübe Brühe, die Menschen sind aufgekratzt und aggressiv. Einen so heißen Sommer hat es schon seit Jahren nicht mehr gegeben, findet Romero. Oder habe ich es früher nur nicht bemerkt, weil ich zu beschäftigt war?

Die Fahrt in gemächlichem Tempo bei weit geöffneten Scheiben und einer CD mit Verdi-Arien von Andrea Bocelli dauert etwa zwanzig Minuten, dann stellt Romero den Wagen in einem gediegenen Wohnviertel ab. Kaum geht die Tür auf, springt Joschka wie ein Schachtelteufel aus dem Auto und läßt seiner Erregung an der

Leichtmetallfelge eines Jaguars freien Lauf. Auch Romero ist aufgeregt. Nur äußerlich gelassen, schlendert er die Straße entlang und betrachtet die alten Villen mit ihren geräumigen Gärten. Das Haus seiner Mutter im Westend ist ein Stadthaus mit einem kaum nennenswerten Hinterhofgärtchen, in das wenig Sonne dringt. Das ist hier, an der Peripherie, schon anders. Die Luft ist ein paar angenehme Grade kühler, und es riecht nach frisch gemähtem Gras. Irgendwo bellt ein Hund, ansonsten ist alles still. Antonie hat nicht übertrieben, das Haus der Fabers macht etwas her, vor allem jetzt, im letzten Abendlicht. Er geht die Straße auf und ab. Zweimal, dreimal. Joschka beginnt sich zu langweilen, er markiert die Bäume inzwischen nur noch symbolisch. Diese extrem langsame Gangart ist der temperamentvolle Hund nicht gewohnt, seine Herrin hat ein zügigeres Tempo drauf, außerdem ist sie mit ihm noch nie fünfmal dieselbe Straße auf und ab gegangen.

Inzwischen ist es dunkel. Abgesehen von zwei älteren Damen mit ihren Hunden ist Romero niemandem begegnet. Den Hunden geht Romero aus dem Weg, denn an der Leine zettelt Joschka gerne Streit an.

Immer wieder schaut er zu Fabers Haus hinüber. Das Erdgeschoß ist größtenteils erleuchtet, im oberen Stock brennt Licht in zwei Fenstern, aber es ist niemand zu sehen. Warum wirken Häuser mit erleuchteten Fenstern von außen immer auf so eine melancholische Art heimelig, sinniert Romero. Ein archaischer Höhleninstinkt? Das Fenster zur vorderen Terrasse muß offen sein, denn plötzlich hört er Klaviermusik. Das Stück kommt ihm bekannt vor, aber er kann nicht mit Gewißheit sagen, was es ist. Nichts Klassisches auf jeden Fall, eher Musik, die man sonst in Hotelbars zu hören bekommt. Er bleibt unter einer Zierkirsche stehen und horcht. *A kiss is just a kiss …*

Joschka kratzt sich verdrossen mit der Hinterpfote am Halsband. Er würde jetzt lieber auf dem Sofa hinter dem großen Seidenkissen liegen und ein Schläfchen halten. Was machen wir bloß hier?

Was mache ich eigentlich hier? fragt sich unterdessen Romero. Wäre er noch im Dienst, wäre das etwas anderes. Er könnte sich einreden, er observiere das Haus von verdächtigen Personen. *Am lieb-*

sten würde ich die Familie rund um die Uhr observieren lassen, aber Pfeiffer will davon nichts hören, und wir hätten ohnehin kein Personal dafür, hat Antonie heute nachmittag geklagt, nachdem sie sich die Aussage seiner Mutter über die unbekannte Frau auf dem Friedhof angehört hat.

Romero versucht sich einzureden, er leiste der versteckten Bitte seiner Exkollegin Folge, aber es will nicht so recht klappen mit der Überzeugungsarbeit. Er überlegt, wieviel Tage er anstandshalber verstreichen lassen muß, ehe er Anette Faber zu einem Glas Wein einladen kann, ohne pietätlos und aufdringlich zu wirken, als plötzlich das Licht vor der Garage angeht und den vorderen Teil des Gartens und die Zufahrt erhellt. Romero weicht zurück, in den Schatten einer Eibe. Das Garagentor hebt sich. Ein schwarzer Audi A4 – aus alter Gewohnheit merkt sich Romero sofort das Kennzeichen – wird herausgefahren. Einen 5er oder 7er BMW, vermutlich Roman Fabers Wagen, und ein kleines Triumph-Cabrio kann Romero noch in der Garage ausmachen. Ein Rumpeln nicht weit von ihnen veranlaßt Joschka zu einem erschrockenen »Wäff«. Die beiden Flügel des Gartentors öffnen sich wie von Zauberhand.

»Pscht! Wirst du wohl still sein?« Romero ruckelt ungehalten an der Leine.

Der schwarze Audi bewegt sich die Einfahrt entlang, wobei die Reifen auf dem Kies knirschen, und das Tor der Dreifachgarage schließt sich wieder. Romero duckt sich. Nicht auszudenken, wenn man ihn hier herumlungern sähe wie einen streunenden Kater.

Am Steuer des Wagens sitzt Moritz Faber. Wohin fährt der junge Mann, jetzt, um zehn nach elf am Tag der Beerdigung seines Vaters? Vielleicht hat er Nachtdienst während irgendeines Praktikums, vielleicht hat er eine Freundin?

Das Tor fängt wieder an zu rumpeln. Hinterher weiß Romero nicht mehr, was ihn zu seiner spontanen, in seinen Augen völlig hirnlosen Tat bewegt hat, aber als sich die Eisenflügel des Zufahrtstors langsam wieder aufeinander zubewegen, macht Romero einen Satz und schlüpft samt Joschka durch den Spalt. Im selben Moment wartet er auf das Geräusch einer Alarmanlage oder das Aufleuchten eines Scheinwerfers, doch nichts dergleichen geschieht. Die Lichter vor der Garage und entlang der Einfahrt sind wieder ausgegangen, der Garten liegt im Dunkeln.

Die Takte von *New York, New York* tönen dezent durch die Sommernacht.

Joschka beginnt an der Leine zu ziehen, es gilt neues Terrain zu erobern.

Auf dem kurzen Rasen geht es sich fast wie auf einem Golfplatz, so leise und weich. Das Klirren der Hundemarke an Joschkas Halsband tönt in Romeros Ohren wie eine Kuhglocke. Aber Anette Faber würde selbst eine Domglocke nicht wahrnehmen, ihr Spiel hat an Intensität zugenommen, die Musik hat jetzt nichts Verspieltes mehr, sondern klingt aufgewühlt, ein zorniger, zerrissener Jazz. Romero bleibt vor einem Rosenbeet stehen und hält den Atem an. Jetzt kann er sie am Flügel sitzen sehen, sie trägt ein weißes Kleid, ihre Hände flattern über die Tasten. Noch ein, zwei wütende Akkorde, dann hört sie auf, ihre Arme fallen müde herunter.

Die plötzliche Stille läßt Romero zusammenfahren. Die Frau am Flügel ist aufgestanden und aus dem Zimmer gegangen. Plötzlich hört Romero ein Zischeln im Gras, dem ein wütendes Jaulen folgt.

Zwei Dinge kann Joschka nicht leiden: Zum einen wären da Katzen. Wo immer eins von diesen Biestern seinen Weg kreuzt, muß es bis zur Erschöpfung gejagt werden. Das andere ist: Wasser. Der Cairn-Terrier schwimmt nicht gern und stakst um jede Wasserlache herum wie ein Lipizzaner. Nach einem Spaziergang im Regen braucht sein dickes Fell Stunden, um wieder trocken zu werden. Und jetzt regnet es völlig unerwartet, und zwar nicht nur von oben, wie sonst, sondern von allen Seiten gleichzeitig. Auch Romero findet das nicht angenehm. In geduckter Haltung – was wenig Sinn macht, aber in Notsituationen dominieren die Reflexe häufig den Verstand – rennt er über den Rasen. Er will versuchen, die Hinterseite des Hauses zu erreichen, um von dort in einen der Nachbargärten zu entkommen. Romero hastet an der weinumrankten Terrasse auf der Westseite des Hauses entlang und zerrt den nassen Hund hinter sich her, der hysterisch kläfft. Wahrscheinlich ist schon die ganze Nachbarschaft auf den Beinen, denkt Romero, als ihn der Lichtstrahl im Gesicht trifft. Er hört das Klicken eines Schalters, dann wird es hell auf der Terrasse, diesmal kommt das Licht von einer Außenlampe an der Hauswand. Es dauert ein paar Sekunden, ehe Romeros Augen wieder in der Lage sind, etwas anderes als weiße Sterne zu sehen. Dann erkennt er Anette Faber, die vor ihm steht, die große Mag-Lite wie zum Schlag erhoben. Immerhin hat Joschka aufgehört zu bellen. Er wedelt die Hausherrin an und schüttelt sich.

Bisher hat sich Romero nie Gedanken über die Redensart *Am liebsten wäre ich vor Scham im Boden versunken* gemacht, aber in diesem Augenblick wird ihm die tiefe Bedeutung dieses Satzes bewußt. Nichts auf der Welt wünscht er sich mehr, als hier, auf Frau Fabers Terrasse, im Boden zu versinken, sich in gasförmige Materie umzuwandeln, tot umzufallen oder zumindest ohnmächtig zu werden. Aber seine robuste Konstitution verwehrt ihm diese Gnade.

»Herr Romero«, stellt die Dame des Hauses eher sachlich als erschrocken fest und läßt die Stablampe sinken. »Guten Abend. Sie haben mich ein wenig erschreckt.« Das cremeweiße Kleid läßt sie viel strahlender aussehen, als das Friedhofsschwarz es tat. Ihr Haar ist locker zusammengebunden und glänzt im Schein der Lampe.

»Ich wollte nicht ... ich meine, ich wollte nur ... es ist unverzeihlich, ich werde mich sofort entfernen und Sie nie wieder ...«

»So können Sie nicht gehen, Sie sind ja ganz naß« unterbricht Frau Faber das Gestammel.

Romero sieht an sich hinunter. Sie hat recht.

»Und der Hund auch. Wie heißt er überhaupt?« Frau Faber zeigt auf Romeros Begleiter, der sich in einer Tour verärgert schüttelt.

»Joschka. Aber das ist nicht meine Schuld. Er gehörte vorher einer Bekannten meiner Mutter, einer linken jüdischen Literatin.«

Wortlos nimmt Anette Faber Romero die Hundeleine aus der Hand und führt Joschka ins Haus. Romero bleibt nichts anderes übrig, als seine schmutzigen Schuhe auszuziehen und den Pfotenspuren seines Hundes zu folgen.

Eine Tür geht auf. Gelbgrünes Licht fällt auf sein Gesicht. Er sieht sich um. Weißes Bettzeug, weiße Wände. Das da, neben ihm, sieht aus wie ein häßlicher Duschvorhang, das kann er erkennen, trotz der Dunkelheit. Obwohl alles gespenstisch aussieht, weiß er: *Das* ist

Realität. Nicht die Riesenspinnen, nicht die Gestalt, die sich mit Tentakeln auf seinem Kopf festkrallte und ihm die Augen aussaugen wollte. Das liegt hinter ihm, das weiß er. Er spürt seinen Atem, der ihm vorhin noch die Lungen verbrannte. Nun fühlt er sich frisch und kräftig an, wie Licht, das durch seinen Körper flutet. Sein Körper. Er spürt sein Herz, hört das Blut durch die Adern rauschen, fühlt seine trockenen Lippen. Kein Schmerz mehr, nur noch ein leichter Druck auf der Brust. Er will sich die Hände auf die Brust legen, um seinen Körper zu fühlen. Er kann die Arme nicht bewegen.

Jetzt sieht er die Flaschen, die über seinem Kopf baumeln, und die Schläuche, die unter seine Bettdecke führen. Er versucht, sich aufzurichten, vergeblich, er will rufen, aber es kommt nur ein Krächzen aus seinem Hals. Jetzt hört er leise Schritte auf Gummisohlen. Zwei junge Frauen in weißen Gewändern nähern sich. Sie sprechen ihn mit seinem Namen an und fragen:

»Sind Sie wach?«

»Durst.«

Etwas bewegt sich in seinem Rücken, er liegt jetzt nicht mehr so flach da. Die Schwestern – denn daß er in einem Krankenhausbett liegt, hat Sven inzwischen realisiert – halten ihm zwei Plastikgefäße an die Lippen. Sie bewegen sich absolut synchron, was ihm lächerlich vorkommt.

Er kichert. »Was ist das?«

»Tee.«

Er trinkt gierig ein paar Schlucke und muß husten. Er will sich den Mund abwischen.

»Meine Hände! Warum bin ich gefesselt?«

»Tut mir leid, wir mußten Sie fixieren. Sie hatten Halluzinationen und haben um sich geschlagen«, erklären die jungen Frauen, die absolut gleich aussehen und mit einer Stimme sprechen.

»Was ist passiert?«

»Sie haben eine Vergiftung.«

Sven versteht kein Wort, was auch an dem Rauschen in seinem Ohr liegt, als würde man ihm eine große Muschel ans Ohr halten. Er hatte mal so eine, als Kind, und die Erwachsenen haben ihm erzählt, man höre darin noch immer das Meer rauschen. »Das Meer ...«

»Noch mehr Tee?

»Bloß nicht. Könnte eine von euch Hübschen mich jetzt mal losmachen? Ich will mir was Anständiges zu trinken besorgen.«

Die beiden zögern. »Das darf ich nicht, da muß ich erst den diensthabenden Arzt rufen. Ich bin die Lernschwester. Ute ist mein Name.«

»Und die andere?«

»Welche andere?«

»Holt den Arzt.«

Ein Telefon klingelt.

»Ich bin sofort wieder da«, versichern die siamesischen Lernschwestern und verschwinden.

Sven, den das Teetrinken ermüdet hat, läßt sich in die Kissen zurücksinken. Es ist dämmrig auf der Station, nur die zwei schwachen Nachtlichter sind an. Hinter dem Duschvorhang, dessen Falten ein verwirrendes, flirrendes Muster bilden, hört er ab und zu ein Röcheln, das durch das Meeresrauschen dringt. Ein Tier? Unsinn. In einem Krankenhaus gibt es keine Tiere.

Ich darf nicht einschlafen, sonst sind sie wieder da, meine Quälgeister. Nur, die Augen sind so schwer. Nur einen Moment ... er weiß nicht, wie lange er gedöst hat, als er neben seinem Bett eine Bewegung wahrnimmt. Das müssen die Ärzte sein, diese zwei grünen Gestalten. Tatsächlich, grün von oben bis unten. Die grüne Fee ... Grüne Fee? Was war mit dieser Fee? Die grünen Gestalten bewegen sich wie eine. Verrückter Laden hier. Vier flinke, weiße Hände. Etwas Silbriges blitzt auf, Schläuche wuseln durch sein Blickfeld, dann heben sich die Masken ein wenig, die grünen Wesen halten die Schläuche dorthin, wo sich bei normalen Menschen der Mund befindet.

Blutsauger! Vampire! Und dabei war er sich eben noch so sicher, daß er diesmal den Weg zurück in die reale Welt gefunden hat.

Da er diesem Durcheinander nicht länger gewachsen ist, schließt er die Augen und überläßt sich dem Meeresrauschen und der nächsten Welle, die ihn fortträgt.

Es hätte schlimmer kommen können, denkt Romero, der in einem gestreiften Bademantel vor dem Kamin sitzt und das Feuer beobachtet. Fehlt nur noch eine Zigarre.

»Sie können ihn ruhig anziehen, solange Ihre Sachen trocknen. Er ist noch ganz neu«, hat ihm Anette Faber versichert. »Ein Geschenk meiner Mutter an Roman. Er hat ihn nie getragen.«

Das kann Romero dem Verstorbenen nicht verdenken. Das Streifenmuster erinnert an die Krawatten seines Dienstnachfolgers Pfeiffer, aber Romero ist begreiflicherweise nicht wählerisch, er hätte auch ein Nachthemd der Großmutter angezogen, um hier zu sitzen. Seine nassen Sachen hängen auf einem Küchenstuhl, den Anette Faber neben den Kamin gestellt hat. Seine Unterhose und die Socken hat er angelassen, irgendwo hat die Vertraulichkeit dann doch ihre Grenzen.

»Es ist zwar albern, bei diesen Temperaturen ein Feuer anzumachen, aber ich befürchte, wenn ich Ihre Leinenhose in den Wäschetrockner werfe, dann paßt sie Ihnen hinterher nicht mehr«, hat Anette Faber argumentiert und im Handumdrehen ein paar Holzscheite aufgeschichtet und zum Brennen gebracht.

»Es ist wunderschön. Ich wollte schon immer einen Kamin einbauen lassen, aber meine Mutter – sie wohnt unter mir – hat Angst, ich würde ihr das Dach über dem Kopf anzünden.«

»Ja, Mütter«, meint Anette Faber. »Es ist manchmal nicht einfach mit ihnen.«

»Wo ist Ihre Mutter heute?«

»Sie spielt Bridge. Ich habe sie dazu überredet. Ich wollte heute lieber allein sein.«

»Und Ihr Sohn?«

»Oben, in seinem Zimmer.«

»Tatsächlich? Ich meine, ich habe ihn vorhin wegfahren sehen.«

Sie zieht überrascht die Augenbrauen hoch. »Dann wird er meine Mutter abholen. Möchten Sie ein Glas Wein?«

Selbstverständlich will er das. Anette Faber verschwindet, um sich, wie sie sagt, im Weinkeller umzusehen. Das kleinere Kaminzimmer schließt sich an den großen Raum mit dem Flügel an, es beherbergt ein wandfüllendes Bücherregal mit alten, ledergebundenen Bänden, die vermutlich einen rein dekorativen Zweck erfüllen, an den freien Wänden hängen insgesamt vier Drucke von Paula Modersohn-Becker. Den Kamin umrahmen ein kleines Ledersofa und ein Sessel mit einem niedrigen Tisch davor. Es liegt nichts herum, was von Alltagsleben in diesem Raum zeugt. Leider auch keine Zigarren.

Romero schmiegt sich in den Sessel und starrt in die Flammen, denn ihm wurde aufgetragen, das Feuer zu bewachen. Joschka grunzt zufrieden. Er liegt auf einem Badehandtuch und streckt seinen Bauch der Wärme entgegen.

Schade, denkt Romero, wenn dies nicht der Tag von Fabers Beerdigung wäre, könnte es ein sehr romantischer Abend werden.

Anette Faber kommt zurück, eine staubige Flasche Wein in der einen Hand, zwei langstielige, bauchige Gläser in der anderen.

»Würden Sie sie öffnen?« fragt sie und reicht Romero die Flasche und den Korkenzieher, wobei sich ihre Hände ganz leicht berühren. Romero gießt den Wein langsam in die Gläser, es ist ein schwerer, samtroter Burgunder. Sie setzt sich ihm gegenüber und zündet eine Kerze an. Ihr Haar sprüht im Schein des Feuers Funken. Sie heben die Gläser. Sein Blick begegnet ihren Augen. Mein Gott, dieses Blau! Er setzt das Glas an den Mund, aber kaum hat er einen Schluck getrunken, steht sie auf und kommt auf ihn zu. Unter ihrem weißen Kleid zeichnen sich im Feuerschein die Konturen ihres Körpers ab. Sie nimmt ihm das Glas aus der Hand, dann faßt sie nach seinen Händen. Ihre Zunge fährt zart über seine Lippen, den Hals, er spürt die feuchte Wärme ihres Körpers auf seiner nackten Brust und den animalischen Geruch, der von ihr aufsteigt, als sie flüstert ...

»Verzeihung? Darf ich fragen, wer Sie sind?«

Romero fährt wie angestochen in die Höhe. Joschka stößt sich von seiner Brust ab und knurrt Moritz Faber an.

»Ich bin ... ich wollte ...« Wenn Romero abrupt aus dem Schlaf gerissen wird, ist er nicht gerade ein Muster an Schlagfertigkeit. Aber der junge Mann muß ebenfalls einen Riesenschrecken bekommen haben, denn während er Romero anstarrt, verknoten sich seine Hände in allen Variationen ineinander, als führten sie ein Eigenleben, und seine Unterlippe zittert.

Zum Glück erscheint in diesem Moment Anette Faber mit einer Weinflasche und zwei schlichten Gläsern, wie man sie in italienischen Landgasthöfen bekommt.

»Tut mir leid, daß es so lange gedauert hat, ich kenne mich offenbar in meinem eigenen Keller nicht aus. Ah, Moritz.«

Frau Faber sieht erst ihren Sohn an, dann Romero, der unter ihrem Blick errötet bis auf die Knochen. Er ist froh, daß er sich um Joschka kümmern muß. Der Hund hat sich hinter seinen bloßen Waden verschanzt, von dort aus beäugt er den Eindringling mißtrauisch und knurrt dazu.

»Joschka, Platz!« befiehlt Romero scharf und setzt den Hund energisch zurück auf das Handtuch. »Wir sprechen uns noch, Freund«, murmelt er und wischt sich verstohlen mit dem Ärmel über die Lippen.

Frau Faber moderiert die Situation mit der ihr eigenen Nonchalance. Sie stellt die beiden einander vor, und sie schütteln sich kurz die Hände. Die von Moritz Faber ist schweißnaß und kalt.

»Ich wollte mit Herrn Romero sprechen. Er ist ein Zeuge des Unglücks. Es gab ein Malheur mit dem Rasensprenger, als ich Herrn Romero den Garten zeigen wollte.« Anette Faber deutet auf die Beweisstücke über dem Küchenstuhl. »Wo kommst du denn jetzt her?« fragt sie ihren Sohn, der etwas nuschelt, das sich für Romero anhört wie »War noch kurz im Armenhaus«.

»Möchtest du auch ein Glas Wein? Oder fährst du noch Oma abholen?«

»Sie hat gesagt, sie nimmt sich ein Taxi«, antwortet Moritz. »Ich gehe nach oben. Gute Nacht, zusammen.« Täuscht sich Romero, oder klang das letzte Wort ein wenig süffisant?

Der junge Mann geht aus dem Zimmer. Sein T-Shirt ist am Rücken komplett durchgeschwitzt. Kann es sein, daß der schicke, kleine Audi keine Klimaanlage hat?

Romero nimmt der Dame des Hauses die Weinflasche aus der Hand, die bereits entkorkt ist, und füllt die Gläser. Es ist ein 97er Chianti. Von oben hört man Schritte. Offenbar befindet sich das Zimmer von Moritz über ihnen.

Anette Faber setzt sich. Joschka nimmt neben ihr auf dem Sofa Platz und ignoriert nicht nur Romeros grimmigen Blick, sondern legt mit provozierender Selbstverständlichkeit seine Schnauze auf Anette Fabers Oberschenkel ab.

»Ich hätte immer gerne einen Hund gehabt, aber mein Mann mochte keine Tiere.« Bis auf diese Aussage wird das Thema Roman Faber und dessen Tod großräumig umschifft. Romero erzählt Anette Faber von dem Schwindel mit den Namen. Denn genaugenommen würde er Vincent Romer heißen, nach seinem irischen Vater Ian Romer, der starb, als Romero siebzehn war. Als seine Witwe wieder in ihre alte Heimatstadt Frankfurt zog und ebenso unbürokratisch wie inoffiziell wieder ihren Mädchennamen Himmelreich annahm, brachte es Vincent irgendwie fertig, in seinen neuen Papieren ein O ans Ende seines Namens zu mogeln. Zu der Zeit war seine Liebe zu Italien durch diverse Reisen mit seiner Mutter längst gefestigt worden, und er fand das O an seinem Namen nicht nur wohlklingend, sondern auch gerechtfertigt.

»Wie starb Ihr Vater?« will Anette Faber wissen.

»Er wurde von einem Auto überfahren, als er im Suff die Landstraße entlangwankte, weil er zuvor mit seinem eigenen Wagen aus der Kurve geflogen war«, antwortet Romero wahrheitsgemäß.

»Das hört sich an, als ob Sie Ihren Vater nicht besonders mochten.«

»Er war ein kleiner Gauner, der meine Mutter schlecht behandelt hat. Ich war nicht sehr traurig, als er starb, das muß ich zugeben.«

»Tut es Ihnen inzwischen leid, daß er so früh starb?«

»Nein, gewiß nicht.«

»Vielleicht ist er zu früh gestorben«, meint Frau Faber.

Romero schüttelt den Kopf. »Es war schon gut so.«

»Sie waren in dem Alter, in dem es Söhne und Väter schwer haben. Später hätten Sie sich vielleicht ausgesöhnt und dächten jetzt anders darüber.«

Von dieser Warte hat Romero die Angelegenheit noch nie betrachtet. Er steht auf und legt ein großes Scheit Holz nach. »Kann schon sein«, räumt er ein. »Ein interessanter Gedanke. Wie ist das mit Moritz und Ihrem Mann? Wie kamen die miteinander zurecht?«

»In letzter Zeit leider auch nicht so gut«, seufzt Anette Faber.

»Gab es dafür einen Grund?«

Anette Faber zuckt die Schultern. »Mein Mann hatte so seine Vorstellungen, was das beste für Moritz sei. Aber inzwischen weiß ich selbst nicht ...« Sie verstummt. Über ihnen hört man ein Poltern und Scheppern.

Romero und Frau Faber stehen auf und eilen nach oben.

Moritz Faber liegt lang ausgestreckt mitten in seinem Zimmer. Seine Mutter beugt sich mit einem kleinen Schrei zu ihm hinab. Romero fühlt dem jungen Mann den Puls an der Halsschlagader und stellt dann den umgestürzten Bürosessel wieder hin.

»Er ist ohnmächtig. Ich hole einen kalten Lappen. Wo ist das Bad?«

»Rechts den Flur runter, die Tür an der Stirnseite.«

Romero registriert nur flüchtig die schlichte und teure Eleganz des ganz in Weiß gehaltenen Badezimmers, aber immerhin nutzt er die Gelegenheit, um sich dort, wo ihn Joschka abgeleckt hat, zu waschen.

Mit einem nassen Gästehandtuch kommt er zurück. Frau Faber hat ihrem Sohn ein Kissen unter den Kopf geschoben und legt ihm nun das Handtuch auf die Stirn. Sein Gesicht hat das fahle Beige des Berberteppichs angenommen.

»Wären Sie so nett, bei ihm zu bleiben, während ich unseren Hausarzt anrufe?«

Romero nickt. Er faltet die dünne Sommerbettdecke und schiebt sie dem Bewußtlosen unter die Beine. Dann sieht er sich im Zimmer um. Ein großer Schreibtisch über Eck mit einem Computer darauf. Sehr viele medizinische Fachbücher in metallenen Regalen, dazu ein paar Bände über Amphibien. Außer einem Kalender mit Drucken von Max Beckmann gibt es als Wandschmuck nur noch die berühmte Zeichnung des *Uomo Vitruviano* von Leonardo da Vinci. Nach Romeros bisherigem Eindruck scheinen es die Bewohner dieses Hauses zu verstehen, hier zu leben, ohne individuelle Spuren zu hinterlassen, als wären sie Hotelgäste. Eine Tür an der Seitenwand führt in einen begehbaren Kleiderschrank, in dem auch eine Golftasche steht. Romero macht die Kammer rasch wieder zu. Auf dem Schreibtisch liegt ein Handy, auf dem Display ist eine SMS zu lesen: *Ihr seid dran!* Kein Absender. Hat ihn diese Nachricht so aufgeregt?

Von unten hört Romero Anette Fabers Stimme: »... es war zuviel für ihn. Die Beerdigung bei dieser Hitze … hat den ganzen Tag nichts gegessen …«

Er nutzt die Gelegenheit, um einen Blick in das Zimmer nebenan zu werfen. Es ist größer als das von Moritz und hat zwei Fenster, die auf den Garten weisen. In die Wand, die an das Nachbarzimmer grenzt, ist ein grüner Kachelofen eingelassen. Der Raum ist an drei Wänden von deckenhohen Regalen aus dunklem Holz umgeben, die vor Büchern überquellen. Das meiste ist Kriminalliteratur.

Ein verschnörkelter Sekretär, ein Sessel mit braunem Cordsamtbezug und Schondeckchen auf den Armlehnen, ein Fernsehschrank, eine Leselampe mit Pergamentschirm. Hinter einem blaßgelben Chintzvorhang steht ein Bett mit einer hohen Bettlade, züchtig bedeckt von einer Tagesdecke mit Rosenmuster, auf einem Frisiertisch reihen sich Familienfotos in polierten Silberrahmen: ein Brautpaar in Sepia, sicherlich die alte Frau Sievers und ihr Mann. Zwei Kinder in Schwarzweiß vor einem VW, offensichtlich Anette und ihr Bruder, ein kleines Mädchen auf einer Schaukel in Farbe, das Kind ihres Sohnes Ralf und dessen Frau Brigitte. Ein Hochzeitsfoto von Ralf und Brigitte. Keines von Roman und Anette Faber. Ein weiteres Farbfoto zeigt einen brav gescheitelten Jungen mit Schultüte, der Ähnlichkeit hat mit dem jungen Mann, der eine Tür weiter auf dem Boden liegt. Was Romero daran erinnert, daß er sich hier schon wieder zur falschen Zeit am falschen Ort aufhält. Er kehrt dem Zimmer den Rücken und sieht schleunigst zu, daß er wieder ins Nebenzimmer kommt. Von unten hört man Joschka, der im Kaminzimmer eingeschlossen ist, zornig bellen.

»Dieser Quacksalber meint, wir sollen seine Beine hochlegen und ihn nochmal anrufen, falls er in den nächsten zehn Minuten noch nicht zu sich gekommen ist«, ruft Anette Faber, während sie die Treppe heraufkommt. Ihre Augen sind schmal vor Zorn und ihre Wangen rot wie Nikolausäpfel. Als hätte Moritz Faber die Worte des fernen Hausarztes verstanden, schlägt er in diesem Moment tatsächlich die Augen auf, stützt sich auf die Ellbogen und sieht sich erstaunt um, ehe er rasch und verlegen aufsteht.

Nun ist es an Moritz und Romero, Anette Faber zu beruhigen und ihr zu versichern, daß man wirklich keinen Arzt braucht. Es kehrt erst wieder Ruhe ein, als Anette Faber ihren Sohn fürsorglich wie einen Vierjährigen ins Bett gebracht hat.

»Sag Oma nichts davon«, bittet Moritz.

Romero hat sich in der Zwischenzeit wieder seine eigenen Sachen angezogen und hält es für das beste zu gehen, aber seine Gastgeberin ist anderer Meinung: »Ich könnte jetzt wirklich noch ein Glas Wein und etwas Gesellschaft gebrauchen. Bis ich mich wieder ein wenig gefangen habe«, fügt sie lächelnd hinzu.

Also nehmen Romero und Joschka ihre Plätze wieder ein. Das Feuer wird neu angefacht, und sie führen eine gepflegte Unterhaltung über Gott und die Welt, der es, Romeros Empfinden nach, ein wenig an Tiefgang mangelt. Anscheinend hat der Schwächeanfall ihres Sohnes Anette Faber an ihren Status »trauernde Witwe« erinnert. Oder hat sie meine aufdringliche Fragerei von vorhin mißtrauisch gemacht? quält sich Romero. Er könnte sich dafür im nachhinein ohrfeigen. Anscheinend ist an dem dummen Spruch »einmal Bulle, immer Bulle« doch etwas dran.

Kurz nach Mitternacht verabschiedet sich Romero, und auf der Heimfahrt pfeift und singt er mit Andrea Bocelli um die Wette, denn beim Abschied hat Anette Faber zu ihm gesagt: »Das nächste Mal klingeln Sie bitte ganz normal an der Tür.«

»Heißt das, ich darf wiederkommen?«

Sie hat nicht geantwortet. Nur gelächelt.

VI.

»*Wie war's auf dem Friedhof?*«

»Sie sollten hier nicht anrufen.«

»*Das interessiert mich nicht. Wir haben eine Abmachung.*«

»Keine Panik jetzt.«

»*Ich kann nicht warten.*«

»Wir müssen. Im Moment ist es zu riskant.«

»*Kein Mensch ahnt etwas.*«

»Nur die Polizei.«

»*Dieses Mal muß man es eben anders machen.*«

»Seien Sie vernünftig. Die Polizei ist mißtrauisch, wir werden sicherlich beobachtet. Womöglich wird das Telefon abgehört.«

»*Ich werde nicht warten. Ich bestehe auf unserer Abmachung, sonst ...*«

»Sonst ... was?«

Antonie hat ihre Füße auf dem Schreibtisch abgelegt, die Hände hinter dem Kopf verschränkt, und seufzt tief auf. Endlich ein eigenes Büro. Endlich kann man ungestört ...

»Ich sehe, dir gefällt's in deinem neuen Stall.«

»Morgen, Irina. Wie wär's mit Anklopfen?« Antonie nimmt träge die Füße herunter.

»Tschuldigung. Da ist das Fax von Dr. Heumann. Dieser Roland Meerbusch starb eines natürlichen Todes. Hinterwandinfarkt.«

»Schön, daß es so was in dieser Stadt auch noch gibt.«

»Infarkte?«

»Natürliche Todesursachen. Ist noch was?«

»Allerdings. Draußen hat sich der Faber-Clan zusammengerottet. Mit Anwalt.«

»Ja, die habe ich hergebeten.«

»Willst du sie einzeln oder im Set?« fragt Irina.

»Einzeln«, knurrt Antonie. »Man darf es Anwälten nicht zu einfach machen.«

»Übrigens, ich habe läuten hören, daß Moritz Faber vor ein paar Wochen zum zweiten Mal durchs Physikum gerauscht ist. Jetzt hat er nur noch eine Chance.«

»Woher weißt du das?«

»Willst du das wirklich wissen?«

»Lieber nicht«, entscheidet Antonie. »Wenn du so weitermachst, kann ich bald den Verkehr regeln.«

Erneut geht die Tür auf, ohne daß geklopft worden ist, diesmal ist es Rolf Geller, eskortiert von Osman Belek, der einen Haufen Bretter vor sich her trägt.

»Antonie, ich habe noch ein Regal bei mir im Keller gefunden«, verkündet Geller.

»Hier ist kein Zwischenlager für Sperrmüll.«

»Du hast doch gesagt, du brauchst noch eines.«

Sei wann kümmert sich Rolf Geller um ihre Bedürfnisse?

»Das ist Kiefernholz«, stellt Antonie fest.

»Ja, und?«

»Das paßt doch nicht zu den Metallregalen.«

»Du kannst natürlich auch eines bei der Verwaltung beantragen, das wirst du aber vor dem großen Umzug ins neue Präsidium nicht mehr bekommen,« meint Irina.

»Na, gut«, gibt Antonie nach. »Ossi, stell die Bretter da drüben an die Wand, bevor du mir hier zusammenbrichst.«

»Zusammenbrechen? Ich? Die könnte ich noch stundenlang halten.«

»Das wäre sicher sehr dekorativ, aber im Augenblick unpassend, ich bekomme gleich Besuch. Irina, sei so lieb und biete den Herrschaften da draußen etwas von deinem köstlichen Kaffee an, und bitte die alte Dame zuerst zu mir, damit sie nicht so lange rumsitzen und warten muß. Wir sind ja keine Unmenschen.«

»Na ja«, meint Irina vage im Hinausgehen.

»Apropos«, wendet sich Antonie an ihren Kollegen Geller. »Was macht eigentlich unser kleiner Sonnenkönig die ganze Zeit?«

»Pfeiffer ist schwer aktiv«, verteidigt Geller den Dienstgruppenleiter. »Er hat die ganzen Professoren abgeklappert, die am Abend vor Fabers Tod dessen Vortrag im Frankfurter Hof gehört haben.«

»Mit Doktoren hat er's ja«, bemerkt Antonie. »Ich nehme an, es ist nichts dabei herausgekommen, sonst stünde er schon in Siegerpose auf der Matte.«

»Wirst du mit dem Faber-Clan alleine fertig?« fragt Geller. »Dann würde ich noch mal in die Uniklinik gehen und ein paar Leuten die Drohbriefe zeigen.«

»Du gehst zur Zeit gerne in die Klinik.«

»Ich interessiere mich für Anatomie.«

»Und was soll ich machen?« fragt Osman Belek voller Tatendrang.

»Das Regal zusammenschrauben.« Antonies Vorschlag scheint Ossi nicht ganz so gut zu gefallen, aber in Gedenken an die gestrige Panne nickt er ergeben.

»Aber später«, sagt Antonie. »Jetzt würde das doch ein wenig stören.«

»Du kannst in diesem Arminenhaus vorbeischauen«, schlägt Rolf Geller vor.

»Wo?«

»Arminenhaus. Das ist der Sitz der Burschenschaft Arminia«, erklärt Geller.

Osman Belek schnappt nach Luft wie ein Karpfen. »Und was, bitteschön, soll *ich* da?«

»Dich ein wenig umsehen und nach Moritz Faber erkundigen«, sagt Antonie. Ossi zieht seine Augenbrauen zusammen, daß sie eine dicke schwarze Linie bilden.

»Das ist nicht euer Ernst, oder? Ihr verarscht mich.«

»Nur keine Vorurteile«, meint Rolf Geller.

»Schön. Sag das mal den Glatzen dort!«

Antonie kann es sich nicht länger verkneifen: »Wenn du gestern auf der richtigen Beerdigung gewesen wärst, dann hättest du sehen können, daß die gar keine Glatzen haben. Sie tragen, im Gegenteil, hübsche rote Käppis.«

Und Rolf Geller stichelt: »Du hast doch nicht etwa Schiß?«

Osman Belek wirft sich in die Brust. »Ich? Schiß? Wie kommt ihr denn darauf?«

Antonie streckt Ossi ein paar in Folie eingeschweißte Blätter hin. »Sei so nett und mach mir in Irinas Büro noch rasch ein paar Kopien von den Drohbriefen, ich brauche sie für die Vernehmung.«

»Sag mal, Rolf...«, beginnt Antonie, als Ossi ihr Büro verlassen hat, »... bei aller Rücksicht auf deinen Hang zur Anatomie – aber sollten wir das nicht lieber umgekehrt machen? Ossi geht in die Klinik und du ermittelst bei dieser Bruderschaft?«

»Aber er sieht doch heute richtig adrett aus.«

Tatsächlich ist Oman Belek heute deutlich angepaßter gekleidet als gestern.

»Er sieht wie ein adretter Türke aus.«

»Meinst du wirklich, die tun ihm was?« fragt Geller.

»Unsinn. Aber ich bezweifle, ob sie ihm gegenüber...«

Jemand klopft an die Tür.

»Herein«, ruft Geller, ehe Antonie den Mund aufmachen kann.

Hermione Sievers steht im Türrahmen, hinter ihr Irina.

»Macht, was ihr wollt«, sagt Antonie zu Geller, der sich an der alten Dame vorbei nach draußen verdrückt.

Sven Bussek blinzelt. Seine Lider sind schwer wie Kanaldeckel. Durch einen Tanz von mindestens sieben Schleiern sieht er die Schwester an.

»Wer sind Sie?«

»Ich bin Schwester Inge.«

»Wo sind die anderen?«

»Die Nachtschwester? Die hat jetzt frei.«

»Was macht ihr mit mir?«

»Wir verlegen Sie auf die Station, Herr Bussek. Sie sind außer Lebensgefahr.«

Svens Mund ist eine Wüste.

»Allerdings sollten Sie noch ein, zwei Tage zur Beobachtung hierbleiben. Man weiß nie, was das Gift noch alles bewirkt, möglicherweise ist Ihre Leber...«

»Gift?«

»Sie haben Engelstrompeten zu sich genommen, wissen Sie das nicht mehr? Seien Sie froh, daß Sie es überlebt haben.«

Sven Bussek richtet sich auf. »Engels-was? Ich habe Absinth gesoffen, sonst nichts!«

»Wie Sie meinen«, antwortet die Schwester, der jetzt offenbar vorrangig daran gelegen ist, den Patienten loszuwerden. Während sie an seiner Infusionsflasche hantiert, fällt ihm etwas ein:

»Sagen Sie, Schwester, was geschieht, wenn man in so einen Schlauch da reinbläst?«

»Das sollte man besser seinlassen.«

»Was passiert denn?«

»Der, der am anderen Ende hängt, bekommt eine Embolie. Luftblasen wandern durchs Blut, und wenn sie im Herzen ankommen, dann ...« Schwester Inge macht ein Kreuz über Svens Bett, was dieser aber nicht witzig findet. Er fährt ruckartig in die Höhe. »Ich will meine Frau anrufen! Ich muß sofort hier raus! Mir geht's gut, ich kann aufstehen.«

»Damit würde ich noch einen winzigen Moment warten«, meint die Schwester. »Sie werden es sonst bereuen.«

»Wieso?«

Schwester Inge lächelt, während sie die Bettdecke zurückschlägt und zielsicher unter das Krankenhausnachthemd greift. »Sie hängen noch am Blasenkatheter.«

»Guten Morgen, Frau Sievers.« Antonie deutet auf die zwei Besucherstühle vor ihrem Schreibtisch. »Nehmen Sie Platz. Kommt Ihr Anwalt nicht mit?«

Die alte Dame winkt ab. »Er ist nicht mein Anwalt. Er hat gesagt, daß man nichts sagen muß, was einen selbst oder seine Familienangehörigen belastet.«

»Das hätte ich Ihnen auch gesagt.«

»Das weiß ich selbst, dazu brauche ich diesen winkligen Advokaten nicht. Haben Sie meine Theorie überprüft?« Frau Sievers sieht Antonie gespannt an.

»Welche Theorie?«

»Worüber wir am Montag sprachen«, sagt die alte Dame, entrüstet über Antonies Vergeßlichkeit. »Daß ich den Tee in die Flasche gefüllt haben könnte, als mein Schwiegersohn auf dem Vortrag war.«

»Ach so. Diese Theorie ist leider nur Theorie. Jemand hat die ganze Flasche samt Inhalt ausgetauscht. Vermutlich auf dem Golfplatz. Sie waren den ganzen Vormittag im Haus Ihrer Schwiegertochter?«

»Ja. Aber allein, ohne Zeugen. Brigitte und Ralf waren arbeiten.«

»Trotzdem waren Sie nicht auf dem Golfplatz.«

»Warum nicht?« fragt Frau Sievers. Für sie scheint das alles ein Spiel zu sein. Ihre Trauer hält sich jedenfalls in Grenzen.

»Erstens haben Nachbarn Sie im Garten gesehen, zweitens gab es in ganz Frankfurt keine Taxifahrt zum Golfplatz an diesem Tag, und wie hätten Sie sonst dorthin kommen sollen? Sie haben weder ein Auto noch einen Führerschein. Außerdem hätte Ihr Schwiegersohn Sie womöglich gesehen und sich gewundert, was Sie dort zu suchen haben.«

»Tja, dann bin ich wohl aus dem Rennen«, seufzt die alte Dame. Antonie legt die Drohbriefe vor Frau Sievers auf den Tisch.

»Kennen Sie die?«

Frau Sievers öffnet ihre Handtasche. Sie ist schwarz, wie ihr Alte-Damen-Kostüm, unter dem sie eine weiße Bluse trägt. Sie setzt eine Brille auf und studiert die drei Blätter. »*Ich kriek dich. Bald bist du Tod!*« zitiert sie. »Mit der Rechtschreibung ist es heutzutage wirklich ein Elend.« Sie packt die Brille wieder weg. »Nein, diese Briefe kannte ich bis jetzt nicht.«

»Oder hat Ihr Schwiegersohn mal etwas darüber erzählt?«

»Mir nicht.«

»Und den anderen?«

»Das weiß ich nicht. Wo waren diese Briefe?«

»Zwischen seinen Sachen im Arbeitszimmer. Haben Sie eine Idee, von wem sie sein könnten?«

»Nur eine Theorie«, verkündet die alte Dame mit wichtiger Miene.

»Und die wäre?«

»Ich an Ihrer Stelle würde in der Klinik nachforschen. Bei den Todesfällen unter den Patienten der letzten Monate oder Jahre. Hier: *Faber du wirst auch verecken.* Das stammt mit Sicherheit von einem verzweifelten Angehörigen. Außerdem fehlen ein R und ein Komma. Sehen Sie, Frau Kommissarin, der Verfasser dieser Briefe ist nicht sehr gebildet und nur mäßig intelligent. Das ist die Tat eines einfachen Menschen, der seine Enttäuschung und seine Wut loswerden mußte.«

»Sie wären eine gute Polizistin geworden«, lobt Antonie ihr Gegenüber. »Dann hätte ich nur noch eine Frage: Auf der Beerdigung wurden Sie gegen Ende, am Grab, von einer jüngeren Frau mit roten Haaren angesprochen. Können Sie mir sagen, wer die Frau war?«

Frau Sievers muß einige Sekunden nachdenken. »Eine jüngere, rothaarige Frau? Nein, beim besten Willen ... an so jemand kann ich mich nicht erinnern. Da waren so viele Leute, die ich nicht kannte.«

»Die Frau sagte ein paar Worte zu Ihnen.«

»Ich weiß es nicht mehr. Ich war ziemlich durcheinander an dem Tag. Ich habe nicht darauf geachtet, wer alles ans Grab kam und was sie sagten.«

»Mir schienen Sie aber ganz bei sich zu sein«, widerspricht Antonie.

»Was, Sie waren auch da?« fragt die alte Dame zurück.

»Allerdings«, antwortet Antonie, die das Gefühl hat, verschaukelt zu werden.

»Da sehen Sie es!« Frau Sievers hebt die Hände in einer Geste des Bedauerns. »Sie habe ich auch nicht bemerkt. So durcheinander war ich.«

»Bitte denken Sie noch einmal darüber nach. Es wäre sehr wichtig.«

»Das werde ich«, nickt Frau Sievers. »Wenn es so wichtig ist.«

»Sie können dann gehen, Frau Sievers. Schicken Sie mir bitte Ihre Tochter herein.« Die alte Dame steht auf. Ihr Bewegungsapparat läßt nicht ahnen, daß sie zweiundsiebzig ist.

»Ach, Frau Sievers, nur noch eins ...«

Die Angesprochene die schon fast an der Tür ist, bleibt stehen. »Diese Marotte haben Sie sich wohl bei Colombo abgeschaut?«

»Frau Sievers, sagt Ihnen der Name Haus Schönberg etwas?«

Sie schüttelt den Kopf. »Klingt nach Altersheim. Nein, so ein Haus kenne ich nicht«, sagt sie und geht ohne Gruß hinaus.

Romero tigert durch seine Wohnung, rückt hier ein Bild gerade, entfernt dort ein nicht vorhandenes Stäubchen. Immer wieder führt ihn sein Weg an den Schreibtisch, zum Telefon. Er nimmt den Hörer auf, fängt an, die Nummer zu wählen, die auf einem Zettel neben dem Apparat notiert ist – überflüssig, denn Romero kennt sie längst auswendig – und legt mittendrin wieder auf. Nein. Nein, es ist zu früh. Ich will nicht aufdringlich sein. In ein paar Tagen vielleicht ... Andererseits kann ich mich doch für den netten Abend bedanken. Aber das macht man doch nur, wenn man eingeladen war, oder? Ganz bestimmt nicht, wenn man, wie ich, quasi Hausfriedensbruch begangen hat. Blumen. Ich könnte Blumen schicken, als Entschuldigung wegen gestern ... Kann man einer so frisch verwitweten Frau Blumen schicken, ohne daß es geschmacklos erscheint? Außerdem hat sie im Moment garantiert die Nase voll von Blumen. Er geht zum Fenster. Der Himmel ist dunstig, man kann die Luft über dem gegenüberliegenden Hausdach flirren sehen. Er beobachtet mit mäßigem Interesse ein knutschendes Pärchen, das an einem Baumstamm lehnt, und eine alte Frau mit einem Einkaufswägelchen, die sich den Gehsteig entlangquält. Verdammt, Romero! Als nächstes wirst du noch die Falschparker aufschreiben. Er will sich gerade beschämt umdrehen, als er seine Mutter aus der Haustür kommen sieht.

»Mama? Wohin gehst du?«

Zilke legt die Hand an die Augen und blinzelt gegen die Mittagssonne zum Fenster ihres Sohnes hinauf.

»Spionierst du mir nach?«

Ausgerechnet sie, denkt Romero grimmig und erinnert sich an das Kreuzverhör, dem er sich gestern abend unterziehen mußte, als er Joschka zurückbrachte.

»Ich stand zufällig am Fenster. So was soll vorkommen.«

»Ich gehe Freunde besuchen.«

»Kann ich dich wohin fahren?«

»Nein, danke. Zum Hauptfriedhof komme ich mit dem Bus am besten.«

Romero schließt das Fenster und geht ins Bad, um sich zu rasieren. Er fühlt sich alt, überflüssig und müde, es ist eine Müdigkeit, gegen die kein Schlaf hilft.

Die Befragung der Witwe und des Sohnes beginnt jeweils damit, daß sich der Anwalt vor seinen Mandanten aufplustert wie ein Auerhahn auf der Balz und erklärt, was sie alles nicht zu beantworten brauchen und wozu die Polizei kein Recht hat.

Anette Faber im korrekten schwarzen Kostüm – fast so konservativ wie das ihrer Mutter – ist höflich-distanziert und zeigt sich entsetzt über die Briefe. Auf die Rothaarige vom Friedhof angesprochen, weiß sie immerhin: »Ja, da war eine Dame, die mit meiner Mutter sprach. Ich kannte sie nicht. Als ich meine Mutter zu Hause nach der Frau fragte, wußte sie aber nicht mehr, von wem die Rede war.«

»Wie alt war die Frau?«

»Ende Zwanzig. Vielleicht auch Anfang Dreißig. Sie war stark geschminkt und trug einen Hut mit Schleier, der das halbe Gesicht verdeckte. Ich habe leider nicht so sehr darauf geachtet. Sie fiel mir nur auf, weil ihre Aufmachung ein wenig ... billig und theatralisch wirkte.«

»Frau Faber, leidet Ihre Mutter an Alzheimer?«

Anette Faber scheint von der Frage überrumpelt zu sein, ihre Blicke wandern unsicher zwischen Antonie und ihrem Anwalt hin und her.

»Das müssen Sie nicht beantworten«, sagt der Anwalt, ein gewisser Herr Dr. Ebbers.

»Sie hat eine schwache Form von Altersdemenz«, sagt Anette Faber. »Warum fragen Sie?«

»Es geht mir nur um die Zuverlässigkeit der Aussagen Ihrer Mutter. Sie war wegen dieser Demenz bei einem Kollegen Ihres Mannes in Behandlung?«

»Ja. Wenn man rechtzeitig gegensteuert, kann man solche Prozesse stark verlangsamen. Das haben wir natürlich versucht. Gibt es daran etwas auszusetzen?«

Da ist er wieder, dieser verhalten aggressive Unterton. Antonie muß sich erneut eingestehen: Sie kann diese Frau nicht leiden. Umgekehrt verhält es sich vermutlich genauso.

»Nicht das geringste«, versichert Antonie. »Frau Faber, sagt Ihnen der Name Haus Schönberg etwas?«

»Das ist ein Altersheim. Mein Mann und ich haben es einmal besichtigt. Wir dachten, vielleicht – in ein paar Jahren – wäre es etwas für meine Mutter.«

»Und? Ist es etwas für Ihre Mutter?«

»Ich ... wir sind bis zum Tod meines Mannes zu keinem Ergebnis gekommen.«

»Ihre Mutter weiß von Ihren Erkundigungen?« fragt Antonie.

»Natürlich nicht. Sie hätte das bestimmt falsch verstanden.«

»Wie hätte sie es denn verstanden?« Der Anwalt fühlt sich nun bemüßigt, zu fragen: »Frau Kommissarin, was bezwecken Sie mit diesen doch sehr persönlichen Fragen, die meiner Ansicht nach nichts mit dem Tod von Herrn Professor Faber zu tun haben?«

»Das war's schon. Ich bedanke mich für das Gespräch«, antwortet Antonie knapp.

Der Anwalt geleitet seine Mandantin mit übertriebener Höflichkeit zur Tür.

Moritz Faber wird hereingebeten. Er ist blaß wie ein Ziegenkäse, seine Hände hinterlassen auf den Plastikumschlägen der Briefe feuchte Flecken. Auch er will nichts von den Drohbriefen gewußt haben, und an eine rothaarige Frau auf dem Friedhof kann sich Moritz Faber angeblich nicht erinnern.

»Herr Faber, wußten Sie, daß Ihre Eltern planten, Ihre Großmutter in ein Altersheim zu geben?«

In Moritz Fabers Gesicht zuckt es.

»Herr Faber, darauf antworten Sie nicht«, ordnet der Anwalt an. »Frau Bennigsen, ich muß gegen diese Form der Befragung energisch protestieren.«

»Tun Sie das, Herr Dr. Ebbers. Herr Faber, Sie sind in diesem Frühjahr zum zweiten Mal durchs Physikum gefallen, stimmt das?«

Wieder geht ein Zucken über das zarte Gesicht des jungen Mannes, als hätte er am laufenden Band Attacken von Zahnschmerzen zu parieren.

»Frau Kommissarin, ich weiß nicht ...«

»Stimmt das?« fragt Antonie und sieht Moritz Faber eindringlich an.

»Ja«, haucht der junge Mann und senkt die Lider über seine großen, graublauen Augen.

»Wir reagierte Ihr Vater darauf?«

Der Anwalt holt Atem, Antonie kommt ihm zuvor.

»Er war bestimmt sehr, sehr wütend, oder etwa nicht?«

»Ja«, preßt Moritz Faber hervor.

An dieser Stelle fährt der Anwalt dazwischen und wünscht eine Besprechung unter vier Augen mit seinem Mandanten, woraufhin Antonie die Befragung für beendet erklärt. Ihr Magen knurrt. Kein Wunder, es ist schon fast zwölf. Sehnsüchtig denkt sie an die Zeiten, als sie und Romero ab und zu mittags in ein Restaurant gegangen sind.

Als sie allein ist, legt sie für einen Moment das Gesicht in ihre Hände. Sie ist müde. Sie hat gestern nacht lange mit Daan telefoniert.

Ich dachte, gerade eine Frau wie du hätte Verständnis für meinen Beruf.

Verständnis haben ist eine Sache, eine Situation ertragen ist eine andere …

Die Tür wird aufgerissen, Antonie schreckt hoch.

»Irina, wie oft soll ich noch …«

»Ich will sie anzeigen. Sie wollte mich umbringen.« Der Mann, der vor Antonie steht, wischt sich mit dem aufgekrempelten Ärmel seines durchgeschwitzten Hemdes über die Stirn.

»Bitte setzen Sie sich doch erst mal.«

Der Mann setzt sich hin. Seine Pupillen flitzen hin und her, er macht einen verwirrten Eindruck.

»Wie ist Ihr Name?«

»Linda. Linda Bussek. Sie ist meine Exfrau. Ich möchte diese Schlampe anzeigen.«

»Ich meine Sie. Wie heißen Sie?«

»Sven Bussek.«

Antonie überlegt, wo sie den Namen schon einmal gehört hat, aber es fällt ihr im Moment nicht ein. »Herr Bussek, sind Sie sicher, daß Sie hier richtig sind? Ich bin Oberkommissarin Antonie Bennigsen von der Abteilung für Todesermittlungen.«

»Goldrichtig. Sie wollte mich nämlich umbringen. Zweimal.«

»Ihre Adresse, Herr Bussek.«

Der Mann gibt seine Personalien an, die Antonie bedächtig notiert. Währenddessen klopft es an die Tür. Ein Betrieb ist das hier, wie samstags bei H & M. Dennoch kommt ihr Rolf Geller gar nicht so ungelegen.

»Schon wieder zurück?«

»Noch gar nicht weg. Bin dem Sonnenkönig in die Fänge geraten. Störe ich?« fragt Geller und mustert dabei den Besucher von der Seite.

»Aber nein«, versichert Antonie verdächtig freundlich. »Wolltest du jetzt nicht das Regal zusammenschrauben?«

»Ich?«

Er will Antonie gerade den Vogel zeigen, aber ein eindringlicher Blick seiner Kollegin läßt Rolf Geller in der Bewegung innehalten. »Ach so, das Regal. Ja, genau, das wollte ich jetzt machen«, antwortet er und widmet sich dem Bretterhaufen.

Antonie legt den Stift hin, sieht ihren Besucher an und fragt: »Wer wollte Sie Ihrer Meinung nach umbringen, Herr Bussek?«

»Linda, meine Exfrau. Sie hat mich vergiftet, am Montag, auf dieser Absinthfete im *Rue Morgue*. Es war ziemlich dunkel, und alle waren verkleidet. Das hat sie sich fein ausgedacht, das Luder. Aber glauben Sie mir, ich würde doch nie freiwillig solches Zeug trinken. Ich hatte Glück, sagt die Ärztin. Vergiftungen mit Engelstrompete können tödlich ausgehen.«

»Engelstrompete?«

Antonie wirft einen vielsagenden Blick hinüber zu Rolf Geller, aber der sitzt im Schneidersitz auf dem Fußboden, hat den Imbusschlüssel und die Aufbauanleitung von Ikea in der Hand und starrt Löcher in die Luft.

»Das sind so Zierpflanzen, sehr giftig. Sie können die Ärztin fragen, die hat es mir bestätigt. Und letzte Nacht, im Krankenhaus, da hat sie es noch mal versucht.« Sven greift in die Tasche seines Sakkos und legt ein durchsichtiges Stück Schlauch auf den Tisch. »Und zwar damit. Das ist der Beweis. Die Schwestern waren so blöd, den Schlauch einfach in den Papierkorb in ihrem Vorzimmer zu werfen.«

»Herr Bussek, so kommen wir nicht weiter. Bitte fangen Sie ganz von vorne an.«

»Gut.« Sven Bussek ordnet einen Moment seine Gedanken, dann beginnt er: »Es fing an mit diesen Rosen ...«

Rolf Geller scheint aus seiner Starre zu erwachen. »Rosen?« fragt er zurück. »Was für Rosen?«

»Die Rosen an meinem Auto.«

Sven Busseks Schilderung der Vorfälle dauert fast zehn Minuten. Was er dabei über seine Exfrau vom Stapel läßt, macht ihn in Antonies Augen weder sympathisch noch glaubwürdig.

»Diese Person im Krankenhaus ... die angeblich Luft in Ihren Infusionsschlauch blasen wollte, wie sah die aus?« fragt Antonie.

»Kann ich nicht sagen. Sie trug einen grünen Kittel, eine Haube und einen Mundschutz. Außerdem war es dunkel, und ich war noch benommen von dem Gift und den vielen Mitteln.«

»Wie ist der Name dieser Ärztin, die Sie erwähnten?«

»Weiß ich nicht mehr. Was Russisches. Und die Nachtschwester heißt Ute. Aber diese zwei blöden Fotzen wollen ...«

Antonies Faust kracht auf die Tischplatte, Geller läßt die Schachtel mit den Schrauben fallen.

»Herr Bussek, entweder Sie zügeln sich und Ihren Wortschatz, oder Sie verlassen augenblicklich dieses Zimmer.«

»Entschuldigen Sie. Meine Nerven ...«

»Schon gut. Also, was ist mit den beiden?«

»Die behaupteten heute morgen, ich hätte nur wieder eine Halluzination gehabt, die kriegt man von diesem Engelszeug. Aber das war kein Horrortrip! Es war Realität. Die wollen das vertuschen, klar, es spricht nicht gerade für eine Klinik, wenn auf die Patienten Mordanschläge verübt werden.«

Antonie mustert sein gerötetes Gesicht, die blutunterlaufenen Augen und seine Hände, die einfach nicht stillhalten können. »Hat man Sie in diesem ... Zustand aus der Klinik entlassen?«

»Ich bin auf eigene Verantwortung gegangen, heute früh. Sie wollten mich natürlich noch dabehalten, schließlich bin ich Privatpatient. Mein Kopf schmerzt höllisch, und meine Augen sind noch immer nicht in Ordnung, aber wenigstens sehe ich nicht mehr alles doppelt. Aber ich fühle mich in dieser Klinik nicht sicher.«

»Wenn Sie einen Bodyguard suchen, sind Sie hier falsch.«

»Ich will keinen Bodyguard. Ich erwarte von Ihnen, daß sie dieser Schlam... dieser Frau schleunigst das Handwerk legen«, braust der Mann auf. Wenn er sich aufregt, registriert Antonie, wird er nicht nur ausfallend, sondern auch kurzatmig.

»Warum meinen Sie, daß Ihre Exfrau Sie töten wollte?«

Sven faßt in die Brusttasche seines Sakkos und legt ein Foto auf den Tisch. Eine rothaarige Frau in Antonies Alter. Neben ihr steht ein kleines, sehr dünnes Mädchen mit etwas helleren roten Haaren.

»Das ist Jenny, meine Tochter. Ich will, daß sie in Zukunft bei mir und Sandra lebt. Bei diesem Weibsstück wird Jenny doch nur herumgestoßen. Und dann dieser Job! Sie arbeitet in einem Sexshop im Rotlichtviertel. Ich frage Sie, muß das sein?«

»Vermutlich ja«, antwortet Antonie. »Oder bezahlen Sie ihr so großzügigen Unterhalt?«

Auf dieses Thema geht der Mann nicht ein.

»Das ist noch nicht alles.« Er hält inne und macht ein Gesicht wie ein Zocker, der gerade sein As ausspielt. »Linda kennt sich dort aus, in der Ketteler-Klinik. Sie hat da Krankenschwester gelernt, vor vielen Jahren zwar, aber sie kennt sich dort bestimmt noch aus und weiß, wo man so einen grünen Kittel herkriegt und so weiter.«

»Wer außer Ihrer Exfrau hätte noch ein Motiv?« fragt Rolf Geller, der seine Schrauben wieder eingesammelt hat.

»Nun, vielleicht der eine oder andere Kunde ... Ich bin Vermögensberater, und Sie wissen ja, in letzter Zeit ... die Aktien ... Das hat sich alles nicht so entwickelt, wie es sollte.«

Antonie schaut auf ihre Notizen zu Busseks Personalien. Für einundvierzig sieht er schon recht verlebt aus. »Herr Bussek, Sie leben in Schwanheim, in diesem Reihenhaus in der Sauerackerstraße. Seit wann?«

»Seit einem knappen Jahr.«

»Zusammen mit Ihrer Freundin?«

»Ehefrau. Wir haben vor vier Wochen geheiratet. Sandra ist nämlich schwanger, müssen Sie wissen, im vierten Monat. Ein Kind sollte von Geburt an einen Vater haben, finde ich.«

»Ja, genau«, bestätigt Rolf Geller ungefragt.

»Kennen Sie einen gewissen Roland Meerbusch?« fragt Antonie.

»Nein. Wer ist das?«

»Er ist tot.«

»Warum sollte ich ihn kennen?«

»Vergessen Sie's.«

»Werden Sie sie festnehmen?« fragt Sven Bussek und sieht Antonie gespannt an.

»Mit welcher Begründung? Sie selbst haben sie weder in dieser Bar, diesem *Rue Morgue*, noch im Krankenhaus erkannt.«

»Ich muß wohl erst tot sein, ehe Sie aktiv werden?« krächzt der Mann.

»Für Tote sind wir nun mal zuständig«, lächelt Antonie katzenfreundlich. Und wir sind nicht etwa die Selbsthilfegruppe für frustrierte, rachsüchtige Exmänner, fügt sie in Gedanken hinzu. »Ich werde Sie über den Verlauf der Ermittlungen informieren. Mein Kollege Geller bringt Sie zur Tür.«

Sven Bussek steht auf und setzt sich in Bewegung, gefolgt von Rolf Geller, der noch irgend etwas Beschwichtigendes murmelt, ehe er die Tür hinter ihm schließt.

»Gut, daß du dageblieben bist«, sagt Antonie. »Der Typ war mir nicht geheuer.«

»Ich sag es ja, ein eigenes Büro ist für Frauen viel zu gefährlich. Wollen wir nicht lieber tauschen, werte Kollegin?«

»*Never ever!*«

»Dem armen Kerl hast du's jedenfalls gegeben.«

»Von so einem laß ich mich doch nicht verarschen!«

»Wieso verarschen?« fragt Geller, der mit dem Regal fertig ist und prüfend an seinem Kunstwerk rüttelt. »So, das hält.«

»Ja merkst du denn nicht, worum es hier geht? Der Kerl will – sei es aus reiner Vaterliebe oder, was ich glaube, aus gekränkter Eitelkeit – sein Kind zurückhaben. Dem ist dazu jedes Mittel recht.«

»Und wenn doch was dran ist? Das Motiv scheint mir einleuchtend.«

»Der sollte lieber mal auf seine eigene Frau achten«, schnaubt Antonie. Sie nimmt eine Mappe aus ihrem Schreibtisch und läßt Rolf Geller einen Blick auf die Fotos des Amateurpaparazzo Meerbusch werfen.

»Das ist aber ein schnuckeliges Mäuschen, Donnerwetter, die ist ja höchstens fünfundzwanzig.«

Antonie hat bereits eine rasierklingenscharfe Antwort auf der Zunge, aber da klingelt das nagelneue Telefon auf ihrem Schreibtisch so laut, daß sie und Geller erschrocken zusammenfahren.

»Was für ein Höllenlärm«, murmelt Antonie und nimmt den Hörer ab.

»Wie gefällt's dir in meinem Büro?«

»Es könnte ruhiger zugehen.«

»Was machst du in der Mittagspause?«

»Nichts«, schwindelt Antonie. Sie hatte vor, nach der Befragung der Fabers zum Golfplatz zu fahren.

»Können wir uns auf einen Spaziergang im Palmengarten treffen?«

»Klar. Ist was passiert?«

»Nein. Mir ist nur langweilig«, behauptet Romero.

Sollen Geller oder Ossi zum Golfplatz fahren. Sonst rückt mir Duncan nur wieder auf die Pelle. Die Kellner und den Platzwart nach einer Rothaarigen fragen, das werden sie wohl noch auf die Reihe kriegen.

»Gut. Um halb zwei am Haupteingang« sagt Antonie und legt auf.

»Komisch ...«

»Was ist komisch?« fragt Geller, der schon halb aus der Tür war.

»Bitte?«

»Du hast eben *komisch* gemurmelt.«

»Ich habe nur laut gedacht.«

»Was denn?«

»Zur Zeit scheinen Rothaarige Konjunktur zu haben. Rothaarige und Engelstrompeten.«

»Und Rosen.«

»Rosen?«

»Heute morgen, als ich in mein Auto gestiegen bin, habe ich am Scheibenwischer eine rote Rose gefunden.«

»Von deiner Claudia?«

»Die lag noch im Bett.«

»Dann war's irgendeine hirnrissige Werbeaktion. Ich meine, wer klemmt dir schon Rosen ans Auto? Eine Handgranate, ja, aber Rosen?«

»Und eben lag noch eine auf meinem Schreibtisch.«

»Sie welken leider sofort bei dieser Hitze.«

Zilke Himmelreich weist auf das frische Grab, auf dem ein Berg aus Kränzen und Gestecken vor sich hin modert. Die ältere Dame, die eben an den Kränzen herumgezupft hat, richtet sich auf und sieht Zilke mit einer Mischung aus Neugier und Mißtrauen an. Dann richtet sie ihren Zeigefinger auf Zilke.

»Ich kenne Sie. Sie waren bei der Beerdigung.«

»Zilke Himmelreich. Mein Sohn war Zeuge des tragischen Unglücks. Sie sind die Schwiegermutter des Verstorbenen?«

»Ja. Hermione Sievers.« Sie legt die Rosenschere beiseite. »Wie alt sind Sie, wenn ich Sie fragen darf?«

»Vierundachtzig.«

»Da spielen Sie noch Golf?«

»Ich gehe nicht alles zu Fuß und schleppe keine Golfbags mit mir herum«, erklärt Zilke. »Aber ein bißchen Sport schadet in keinem Alter.«

»Ich arbeite viel im Garten, das hält auch gesund«, versichert Hermione Sievers ein wenig schnippisch, als hätte ihr jemand etwas Gegenteiliges unterstellt.

»Gartenarbeit ist eine sehr erfüllende Beschäftigung«, sagt Zilke Himmelreich, die es nie gereizt hat, sich die Hände schmutzig zu machen.

»Und um im Kopf fit zu bleiben, spiele ich Bridge, einmal die Woche«, erklärt Hermione Sievers.

»Wie schön, ich mag Bridge. Leider spielen meine Freundinnen, die wenigen, die noch nicht hier liegen, nur Rommé. Die haben's nicht so mit dem Denken.«

Hermione Sievers zupft ein paar verdorrte Blüten aus einem Kranz. »Ansonsten lese ich viel«, verkündet sie. »Vom Fernsehen halte ich nichts.«

»Ich lese auch lieber«, sagt Zilke. »Man kann nachblättern, wenn man was nicht kapiert hat.«

»Was lesen Sie denn so?« fragt Frau Sievers.

»Alles.«

»Aha. Ich lese fast nur Krimis. Ich besitze eine respektable Sammlung, auf die ich sehr stolz bin.«

»Kriminalromane lese ich auch ab und zu«, gesteht Zilke etwas verschämt, als handele es sich dabei um eine anrüchige Tätigkeit. »Wer ist Ihr Lieblingsautor?«

»Patricia Highsmith«, kommt es ohne ein Zögern von Frau Sievers.

»Die mag ich auch. Sie ist so schön makaber.«

»Und raffiniert. Manchmal geradezu genial.«

»Ja, ziemlich genial«, bekräftigt Zilke Himmelreich.

Die beiden schauen eine Weile auf das Grab. Auf dem grauen Granitstein ist bis jetzt erst ein Name eingraviert: Adalbert Sievers, geboren 1904, gestorben 1978. Roman Faber muß vorerst mit einem hölzernen Kreuz mit Trauerflor Vorlieb nehmen.

»Sie müssen Ihren Schwiegersohn sehr gemocht haben«, ergreift Zilke Himmelreich das Wort.

»Wie kommen Sie denn darauf?«

»Weil Sie heute schon nach seinem Grab sehen. Noch dazu bei dieser Hitze.«

»Ich bin wegen meinem Mann hier. Ich besuche ihn jede Woche, bei Regen, bei Schnee, bei Hitze – immer. Sind Sie auch Witwe?«

»Schon seit über vierzig Jahren. Mein Mann wurde 1957 in Irland begraben.«

»Er war Ire?«

»Ja. Ein Schlemihl, wie er im Buche stand.«

»Ein was?«

»Ein Taugenichts.«

»Das klingt romantisch.«

»War es aber nicht. Es waren zwanzig harte Jahre.«

»Bedauerlich. Mein Adalbert war eine gute Wahl.«

»Meine Eltern haben mich vor ihm gewarnt, aber als junges Ding, ich war neunzehn, will man ja nicht hören.«

»Ich war achtundzwanzig. Ein spätes Mädchen.«

»Für damalige Verhältnisse«, korrigiert Zilke. »Heute sind die Frauen nicht mehr ganz so dumm.«

»Wir hatten eine Apotheke in Langen. Ich habe dort mitgearbeitet.«

»Am Tag seiner Beerdigung hat es geschneit. Dabei schneit es nicht sehr oft in Galway.«

»Er starb an Leberkrebs. Dabei hat er nie getrunken, höchstens mal ein Gläschen Rotwein.«

»Guinness und Whiskey. Am liebsten zusammen. Er hat sich quasi totgesoffen.«

Das Gespräch verstummt. Frau Sievers entledigt sich ihrer schwarzen Kostümjacke, unter der sie eine weiße Bluse trägt. Nicht gerade die ideale Kleidung für Friedhofsarbeit, findet Zilke.

»Eigentlich wäre ich die nächste gewesen«, meint Frau Sievers mit Blick auf das Grab.

»Der Tod hält sich selten an die Reihenfolge«, antwortet Zilke Himmelreich.

»Haben Sie Verwandte hier liegen?« fragt Hermione Sievers.

»Freunde. In meinem Alter trifft man die meisten Freunde hier. Meine Verwandten sind in Brooklyn begraben.«

»Und hier, in Frankfurt, wen haben Sie hier?«

»Meinen Sohn. Er wohnt im selben Haus. Meine Tochter lebt in der Schweiz.«

»Ihr Sohn hat aber eine eigene Wohnung?«

»Ja, über mir.«

»Das ist gut«, findet Frau Sievers, »wenn man ein eigenes Reich hat.« Sie seufzt. »Das war mein Fehler, damals. Gut, sie haben viel Geld hineingesteckt, alles modernisiert und renoviert. Aber nun wollten Sie mich loswerden.«

»Wie kommen Sie darauf?«

»Ich habe sie belauscht. Unfreiwillig, zuerst. Wenn sie im Kaminzimmer saßen und ich oben in meinem Zimmer die Tür vom Kachelofen aufgemacht habe, habe ich jedes Wort verstanden, das sie redeten. Sie haben hinter meinem Rücken Altersheime abgeklappert. Und die Tabletten, die mein Schwiegersohn mir gegeben hat, die waren das pure Gift. Psychopharmaka. Man wird verrückt davon. Ich habe sie alle weggeschmissen.«

Zilke sieht die alte Dame mit kritisch gerunzelter Stirn an. »Warum sollte Ihre Familie Ihnen das antun?«

Frau Sievers winkt Zilke Himmelreich nahe zu sich heran und flüstert: »Er hat mich vor ein paar Wochen sogar zu einem Arzt geschleppt, seinem Kollegen, Professor Frowein. Er ist Spezialist für Alzheimer und so Sachen. Vier Tage haben sie mich dabehalten, in der Uniklinik, und jeden Tag andere Tests mit mir angestellt. Ich weiß, was sie damit bezweckten: Der Frowein sollte ihnen bescheinigen, daß ich nicht mehr richtig ticke. Damit sie mich entmündigen können.«

»Denkt Ihre Tochter auch so?« fragt Zilke. »Oder war es nur er?« Sie deutet mit dem Kinn auf den Blumenhaufen.

»Beide. Aber meine Tochter ist ein Nichts ohne ihn. Mit ihr werde ich schon fertig.«

»Und wie sieht das Ihr Enkel?«

»Er ist auf meiner Seite. Wir haben immer schon zusammengehalten.«

»Entschuldigen Sie meine Offenheit, aber das klingt nicht nach Familie, sondern eher nach einem Bürgerkrieg.«

»Das trifft es genau«, lächelt Frau Sievers. »Die Jungen sind Raubtiere. Sie haben es nur auf unseren Besitz abgesehen. Züchte Raben, und sie hacken dir die Augen aus. Das Unangenehme wollen sie nicht in Kauf nehmen. Deshalb räumen sie uns Alte rechtzeitig beiseite, in *Seniorenresidenzen* und wie diese Anstalten neuerdings heißen.«

»Mein Sohn ist kein Raubtier«, stellt Zilke richtig. »Er ist ein Goldstück. Mit kleinen Macken zwar, aber ein Goldstück.«

»Hah«, macht die andere, »schön, wenn Sie sich da so sicher sind.« Wieder winkt sie Zilke zu sich heran und flüstert: »Wenn Sie mal Hilfe brauchen … es gibt immer Mittel und Wege, wie man sich wehren kann.«

Zilke findet die Unterhaltung nun nicht mehr erfreulich und sagt zu Frau Sievers: »Jetzt muß ich aber weiter, sonst trifft mich hier der Hitzschlag.«

»Ja, ich muß auch los. Ich gehe in Richtung Haupteingang, und Sie?«

»Ich möchte noch auf den jüdischen Friedhof«, schwindelt Zilke.

Die beiden Damen gehen ihrer Wege, aber nach wenigen Metern

ruft Hermione Sievers: »Kommen Sie mich doch gelegentlich besuchen, Frau Himmelreich. Ich kann Ihnen den Garten zeigen, und Sie können sich auch gerne Krimis von mir ausleihen.«

»Ja, mache ich«, ruft Zilke und denkt: Ich werde mich hüten! Sie wartet, bis sie die weiße Bluse der Frau im Halbschatten einer Blutbuche verschwinden sieht, ehe sie sich langsamer als gewöhnlich in dieselbe Richtung fortbewegt. Ein dumpfes Plopp und ein spitzer Schrei lassen Zilke zusammenzucken und ihre Schritte beschleunigen. In dem Geflirre aus Sonne und Schatten nimmt sie eine Gestalt wahr, die im Zickzack zwischen den Gräbern davonrennt. Dann sieht sie Hermione Sievers. Sie krümmt sich zusammen und sinkt langsam auf die Marmorplatte eines Familiengrabes. Sie hat eine Hand auf ihre Brust gepreßt, ein roter Fleck breitet sich in der Herzgegend auf ihrer weißen Bluse aus.

Romero legt die Ruder hin und läßt das Boot sanft vor sich hin schaukeln.

»Es könnte doch sein, daß die beiden Fälle etwas miteinander zu tun haben«, meint er.

»Wie kommst du darauf?«

»Die Engelstrompete.«

Antonie streckt die Hand aus und plätschert im Wasser herum. Eine Schar Enten nähert sich, wohl in der Hoffnung auf Nahrung.

»Das Zeug scheint gerade in Mode zu kommen, es ging schon ein paarmal durch die Presse. Ich glaube, dieser Bussek hat es absichtlich geschluckt, um seiner Ex was anhängen zu können. Ich kann mir beim besten Willen nicht vorstellen, daß dieser halbseidene Typ was mit den Fabers zu tun haben könnte. Das sind doch zwei ganz verschiedene Welten.«

»Es gibt noch eine Gemeinsamkeit«, gibt Romero zu bedenken.

»Was denn?«

»Die rothaarige Frau. Erst auf dem Golfplatz, dann auf dem Friedhof.«

»Wer sagt, daß es dieselbe ist?«

»Meine Mutter«, seufzt Romero.

»Ich fürchte, ihre Aussage wird Staatsanwältin Fuchs nicht reichen.«

»Das weiß ich«, antwortet Romero.

»Demnach würde Busseks Exfrau mordend durch die Gegend ziehen. Erst Faber auf dem Golfplatz, dann ihren Ex in der Bar und im Krankenhaus.« Das hört sich abstrus an, fügt Antonie in Gedanken hinzu.

»Hast du ein Foto von dieser Frau?«

»Geller hat es, er will damit zum Golfplatz, vielleicht erkennt sie ja außer deiner Mutter noch jemand wieder.«

Romero beobachtet nachdenklich die Enten, und auch Antonie schaut schweigend auf die graublaue Wasserfläche. Hier, auf dem Wasser, weht ein leichter, angenehmer Wind. Eine nette Idee von Romero, diese Kahnpartie, findet sie, auch wenn sie anfangs spitz bemerkte, daß es Romero in letzter Zeit auffallend oft zu Gewässern hinzieht. Ihr fällt ein, daß sie noch nie von einem Mann spazierengerudert worden ist. Als Teenager knutschte man im Tretboot auf der Alster, aber Tretboot ist längst nicht so romantisch wie Ruderboot. Wir müssen aussehen wie ein Liebespaar.

»Wirst du diese Linda Bussek fragen, wo sie zu den diversen Tatzeiten war?« fragt er und nimmt erneut die Ruder auf, denn das Boot treibt auf eine Trauerweide zu.

»Zuerst werde ich mal das Personal vom Ketteler fragen, ob an der Geschichte mit dem abgeschnittenen Schlauch was dran ist. Diese Linda hat garantiert schon genug Ärger mit ihrem Ex. Sie muß nicht auch noch unnötigen Besuch von der Kripo bekommen.«

»Antonie Bennigsen zeigt Herz«, lächelt Romero. »Oder ist das so eine Art Solidarität zwischen geschiedenen Frauen?«

»Quatsch«, versetzt Antonie. »Aber wenn der Kerl bloß seine Exfrau tyrannisieren will, dann möchte ich nicht das Werkzeug dafür sein.«

»Mit den Fabers springst du nicht ganz so sensibel um.«

»Dort gab es ja auch einen Toten. «

»Stimmt«, lenkt Romero ein.

Antonie kann es sich nicht verkneifen zu fragen: »Habt ihr mal wieder Golf gespielt, du und Frau Faber?«

»Bis jetzt nicht«, antwortet Romero und legt sich auf einmal so flott in die Riemen, daß die Enten erschrocken auseinanderspritzen.

»Vincent«, sagt Antonie, während sie sich an der Bank festkrallt, um nicht das Gleichgewicht zu verlieren, »du hattest immer einen guten Riecher. Was glaubst du, sind die Fabers unschuldig oder nicht? Nur so vom Gefühl her.«

Romero drosselt sein Rudertempo wieder. Er überlegt. Der Sohn kam ihm gestern abend höchst merkwürdig vor, ebenso die Tatsache, daß seine Großmutter am Tag der Beerdigung ihres Schwiegersohnes zum Bridgespielen gegangen ist. Als wäre nichts gewesen. Und dann diese seltsame SMS. War sie der Grund für Moritz Fabers Ohnmacht? War das eine Todesdrohung? Wenn er Antonie davon erzählt, müßte er zugeben, gestern abend dort gewesen zu sein. Dieser Gedanke behagt ihm nicht. Aber wenn er es verschweigt, dann behindert er womöglich die Aufklärung eines Mordfalles. Ach, was! Die Ohnmacht des Jungen muß gar nichts mit dem Tod seines Vaters zu tun haben. Höchstens indirekt. Die Nerven.

»Auf keinen Fall sind alle drei schuldig«, sagt Romero, und mehr als diese Aussage ist aus ihm nicht herauszubekommen.

Aus den Lautsprechern sülzt ein Eros Ramazotti-Verschnitt, die Luft ist angereichert mit Giannis süßlichem Parfum, mit einer scharfen Note von Haarfärbemittel.

»Dann bist du also dienstlich hier, *cara mia*?«

»Du weißt doch, der Dienst ist mein Leben. Ja, genaugenommen bin ich dienstlich hier. Können wir einen Moment reden, oder ruiniert das dein Geschäft?« Antonie weist mit einer Kopfbewegung auf die einzige Kundin im Salon, die mehr Alufolie auf dem Kopf trägt als Haare, wie eine Komparsin von *Star Trek*.

»Laß uns hier verschwinden. Angelina?«

Hinter dem blauen Muranoglasperlenvorhang erscheint ein Mädchen mit so weißer Gesichtshaut, wie sie sonst nur Leichen aufzuweisen haben. Ihr langes, tiefschwarzes Haar ist von lila Strähnen durchzogen, sie ist mager wie ein Strich, schwarz-lila gekleidet, mit schwerem Silberschmuck und Piercings, wo man nur hinschaut.

»Angelina, ich bin gleich wieder da. Du kannst der Kundin in zehn Minuten die Farbe rauswaschen.«

Angelina nickt kaugummikauend und macht sich an der Espressomaschine zu schaffen. Ihre Fingernägel sind schwarz lackiert und von waffenscheinpflichtiger Länge.

»Kommt sie aus Transsylvanien?« fragt Antonie, als sie um die Ecke biegen und eine Espressobar ansteuern.

»Vom Arbeitsamt. Sie ist eigentlich Erzieherin.«

»Versprich mir, daß sie mir nie zu nahe kommt. Ich habe Angst, daß sie mir mit ihren schwarzen Krallen ein Auge aussticht.«

Hier draußen wirkt Gianni viel kleiner als in seinem Laden. Er ist gerade mal so groß wie sie, macht aber zum Ausgleich dafür doppelt so lange Schritte, was ein wenig lächerlich wirkt.

Sie wählen einen der hohen Tische am Fenster und erklimmen die Barhocker aus Chrom und rotem Kunstleder.

»Wie kann ich dir helfen?«

»Erzähl mir alles, was am vergangenen Montag im *Rue Morgue* los war.«

»Das habe ich doch schon. Es war eine Art Kostümparty, wie jede Woche, und alles lief normal, bis dieser Typ durchgedreht ist.«

»Der Typ: Kennst du ihn näher?«

»Nur vom Sehen. Er heißt Sven.«

»Sven Bussek. Was weißt du über ihn?«

»Früher gehörte er zur Szene. *Due Espressi, per favore*«, ordert Gianni bei der Kellnerin, die eine Schwester von Angelina sein könnte. Sie trägt ein Oberteil, das in Material und Farbe zur Bestuhlung des Lokals paßt. Es wird am Rücken von Schnüren gehalten, so daß es aussieht, als würde sie in einer Hängematte liegen.

»Zu welcher Szene gehörte er, könntest du das präzisieren?«

»Er war unter anderem Fahrer bei einem Zuhälter, dann Rausschmeißer in diversen Lokalitäten, hatte mal selbst 'ne Kneipe, die nicht lief, war eine Weile Pächter einer Spielhölle ... lauter solche Sachen eben. Dann hat er wohl zur richtigen Zeit mit Aktien angefangen. Neuer Markt und so. Nannte sich auf einmal Vermögensberater, trug Brioni-Anzüge und machte den großen Maxen. Mich wollte er auch mal beraten, aber ich habe die Finger davon gelassen.«

Die Bedienung stellt die Tassen auf den Tisch, und Gianni schaut gedankenverloren ihrem Hintern in der engen Hose nach, bis das Objekt seines Interesses hinter dem Tresen verschwindet. Es muß so eine Art Automatismus sein, denkt Antonie. Schlüsselreize, wie bei Hunden, wenn die Kühlschranktür aufgeht.

»Seine Kunden ... weißt du, wer das ist?«

»Keine Ahnung.« Gianni schüttelt den Kopf.

»Kennst du seine Frau?«

»Welche, die neue?«

»Beide.«

»Seine erste bekam man kaum zu sehen. Ich glaube, sie war viel zu schade für ihn. Und Gattin Numero zwei ...« Gianni schüttet einen Berg Zucker in seinen Espresso. »Ein Wanderpokal, der in der Szene so durchgereicht wurde. Jeder hat sich gewundert, daß Sven sie geheiratet hat. Solche Mädchen werden normalerweise nicht geheiratet, wenn du verstehst, was ich meine.«

»Sie ist schwanger.«

»Ach so. Na, dann«, grinst Gianni. »Tja, man muß wirklich höllisch aufpassen«, sagt er mehr zu sich selbst und fügt hinzu: »Er hat sie übrigens im *Rue Morgue* kennengelernt. Sie hat dort bedient. Du solltest Erik, den Barmann, fragen. Der kennt Sven schon länger.«

»Das habe ich vor, heute abend.«

»Allein?« fragt Gianni.

»Sag bloß, du sorgst dich um meine Tugend.«

»Ja, natürlich«, versichert Gianni. »Ich bin dein Friseur. Das ist fast wie eine Mutter, und das *Rue Morgue* ist ein Anmachschuppen.«

»Dann komm mit und sei mein großer, starker Bodyguard«, säuselt Antonie.

»Äh, ich muß leider bis neun arbeiten, und danach bin ich schon ...«

»Keine Panik. Es war nicht ernst gemeint. Ich bin fast ein Jahr auf der Reeperbahn Streife gefahren, mir ist kein Laster fremd. Dieses *Rue Morgue* ... werden da auch Drogen konsumiert oder gehandelt?«

»Nicht, daß ich wüßte. Warum?«

Antonie erklärt Gianni von Sven Busseks Verdacht und was es mit den Engelstrompeten auf sich hat.

»*Benissimo!* Ein genialer Plan. Die ideale Gelegenheit, jemanden zu vergiften. Die meisten Leute sind verkleidet, es herrscht ein mordsmäßiges Getümmel, und nach dem zweiten Absinth weiß man sowieso kaum noch, wie man heißt und ob man Männlein oder Weiblein ist.«

»Daß jemand mit deinem schizophrenen Lebenswandel im Suff Probleme mit der Identität bekommt, kann ich mir denken«, bemerkt Antonie. »Bist du eigentlich schon mal im falschen Bett gelandet?«

»Kann ich davon ausgehen, daß der dienstliche Teil des Gesprächs nun zu Ende ist?«

»Kannst du.«

Gianni schaut auf seine Bangkok-Rolex. »*Alora*, leider ruft mich nun wieder die Pflicht, *signora commissaria.*«

Gianni legt Geld auf den Tisch, Antonie rutscht von ihrem Stuhl.

»Apropos Arbeit«, sagt sie beim Verlassen des Cafés. »Ich wollte mal wieder vorbeikommen ...«

»Die nächsten paar Wochen bin ich total ausgebucht. Tag und Nacht.«

Die herrschaftliche Villa ist weiß, mit rotem Sandstein an Fensterrahmen und Giebel. Osman Belek steht davor und schaut Gellers Dienstwagen nach, der die Stresemannallee entlangfährt. Im geheimen hat Osman gehofft, daß er mitkommen würde.

›Laß mich zu diesen Arminen gehen, ich bin schließlich kein Schisser‹, hat er zu Rolf gesagt, und der hat sich nicht lange bitten lassen. Jetzt ist Osman Belek auf sich gestellt. Einer gegen alle.

Wie viele von denen jetzt wohl da drin sind? Und was tun sie da? Er würde es nie zugeben, aber im Augenblick ist ihm doch ziemlich mulmig zumute. He, Alter, was soll das, ruft sich Belek zur Ordnung, beim Rauschgift hatte ich es doch dauernd mit fiesen Typen zu tun, ohne daß ich mir in die Hosen gemacht hätte. Ist es diese pompöse Villa, sind es die Gerüchte, die über solche Burschenschaften herumgehen, ist es die Angst vor Rechtsradikalen, die ihn ab und zu überkommt, seit ein Trupp Glatzen ihn und seinen Freund nach der Schule krankenhausreif geprügelt haben? Aber das ist Ewigkeiten her, und das hier sind Studenten. Gebildete, zivilisierte Menschen, keine grölenden Dumpfbacken. Er spürt das Gewicht des Dienstrevolvers unter seiner Jacke, aber es beruhigt ihn nicht so wie sonst.

Er betritt die Stufen. Die Tür ist in freundlichem Weiß gehalten. Was, wenn sie seine Täuschung durchschauen? Sollte er sich nicht lieber gleich als Polizist zu erkennen geben? Vor einem Vertreter der Staatsgewalt haben sie sicher Respekt. Oder soll er wieder gehen und sagen, es hätte niemand aufgemacht? Dann würde beim nächsten Mal vielleicht Rolf ...

Osman Belek bekommt einen Schrecken, als die Tür geöffnet wird. Er hat doch noch gar nicht geklingelt, oder? Ein junger Mann mit einer Computer-Festplatte unter dem Arm kommt heraus und geht an ihm vorbei, ohne ihm mehr als einen beiläufigen Blick zu schenken. Ein anderer ist in der Tür stehengeblieben und mustert ihn durch ein schwarzes Brillengestell um so genauer. Er ist an die einsneunzig groß, hat blonde Locken und ein filigranes Gesicht.

»Ja? Was kann ich für dich tun?«

Osman Belek schluckt. Er hat seine Vorstellung als interessierter Student während der kurzen Fahrt hierher ununterbrochen im Geist durchgeprobt, aber im Moment bekommt er nicht einen einzigen Ton heraus.

Romero betritt den kühlen Hausflur und bemüht sich, aus einer alten Gewohnheit heraus, so leise wie möglich die knarrende Holztreppe hinaufzugehen. Manchmal klappt es ja, und seine Mutter hört ihn nicht. Aber Romero denkt jetzt nicht an seine Mutter, seine Gedanken gehen andere Wege. Ich werde sie anrufen. Ich kann sie fragen, wie es bei der Polizei war, ob ich ihr einen Rat geben kann. Außerdem muß ich wissen, was Moritz gestern abend mit »Armenhaus« gemeint hat. Gibt es so etwas überhaupt noch? Arme, keine Frage, aber Armenhäuser? Inzwischen ist Romero im ersten Stock angekommen. Er freut sich auf seine gefüllten Zucchiniblüten und will gerade den Fuß auf die obere Treppe setzen, da geht die Wohnungstür auf. Joschka rast ihm entgegen, seine Mutter steckt den Kopf mit den hoch aufgetürmten weißen Haaren aus der Tür.

»Da bist du ja endlich!« stellt sie fest und öffnet die Tür weit, was bedeutet, daß Romero hereinzukommen hat. Romero stellt den Korb mit seinen Einkäufen im Flur ab. Hoffentlich hält sie ihn nicht zu lange auf.

»Ich muß dir was erzählen«, erklärt sie im Vorausgehen. Oje, es geht in den Salon. Das kann dauern. Die Zucchiniblüten werden welken.

»Du glaubst nicht, was heute am Friedhof passiert ist!«

»Eine Auferstehung?«

»Lästere du nur! Wenn ich erst mal dort bin ...«

»Komm zur Sache, Mama.« Er setzt sich widerwillig auf das blaue Sofa und hört seiner Mutter zu, wobei sich sein Gesichtsausdruck von verhaltener Ungeduld in Staunen und Entsetzen verwandelt.

»Hast du die flüchtige Person erkennen können?« Ohne es zu merken, fällt Romero in seinen Polizistenjargon.

»Kaum. Er war nicht sehr groß und schlank und trug Hosen und ein dunkles Sweat-Shirt mit Kapuze. Ich habe noch überlegt, ob ich hinterhersprinte und den Kerl niederschlage«, meint Zilke lakonisch, »habe aber dann entschieden, mich um Frau Sievers zu kümmern. Ich nahm an, jemand hätte sie in die Brust geschossen.«

»Hat man ja auch.«

»Wer denkt schon, daß es bloß Farbe ist?«

»Hast du den Schuß gehört?« fragt Romero.

»Keinen richtigen Schuß. Nur so ein ...« Sie macht ein schnalzendes Geräusch mit der Zunge.

»Eine Gotcha-Pistole, möglicherweise. Hat Frau Sievers die Person erkannt?«

»Nein. Sie sagte, der Kerl wäre maskiert gewesen. Mit einem Tuch.«

»Woher will sie dann wissen, daß es ein Kerl war?«

»Das weiß ich auch nicht.«

»Und die Waffe?« fragt Romero weiter. »Hat sie die Waffe gesehen?«

»Darüber sagte sie nichts.«

Romero rollt die Augen.

»Tut mir leid, daß ich sie nicht sofort ins Kreuzverhör genommen habe«, bemerkt Zilke giftig und fährt gemäßigter fort: »Aber nun kommt das Seltsamste: Sie wollte nicht, daß ich die Polizei hole. Sie wollte nur, daß ich sie zum nächsten Telefon bringe, um ihren Enkel Moritz zu benachrichtigen, damit der sie abholt. ›Ist doch nur rote Farbe‹, sagte sie. ›Ein übler Scherz von Jugendlichen.‹«

»Hat Moritz sie abgeholt?«

»Ja, er kam eine Viertelstunde später angefahren.«

»Wie hat er reagiert?«

»Er hat angehalten, und sie ist zu ihm eingestiegen. Ich konnte nicht mit ihm sprechen, sie sind gleich losgefahren.«

»Seltsam«, meint Romero und krault Joschka nachdenklich den Nacken.

»Sage ich doch«, versetzt Zilke, die aufrecht wie eine Kerze auf der Armlehne des Sessels sitzt. »Vielleicht der Schock.«

»Ja, vielleicht«, wiederholt Romero abwesend.

»Ich weiß, daß du gestern abend bei einer Frau warst«, verkündet Zilke unvermittelt.

»Wie? Ich ...« Zu seinem großen Ärger merkt Romero, wie er rot anläuft.

»Spiel nicht den Dummen. Der Hund hat dich verraten.«

»Joschka?« Romero zieht rasch seine Hand zurück, und Joschka, der seinen Namen gehört hat, schnellt hoch und trampelt aufgeregt auf dem Kissen herum.

»Haben wir sonst noch einen?«

»Hat er eine Wanze am Halsband?«

»Er roch nach Parfum«, verkündet Zilke, wobei sie jede Silbe einzeln betont.

»Es ist ewig schade«, seufzt Romero. »*Du* hättest zur Kripo gehen sollen, nicht ich. An dir ist eine zweite Miss Marple verlorengegangen.«

Zilke steht auf. »Wo wir gerade von Literatur sprechen ...«

»Tun wir das?« fragt Romero und erhebt sich ebenfalls, da alles darauf hindeutet, daß sich die Audienz ihrem Ende zuneigt.

Zilke Himmelreich geht zum Bücherregal und zieht sich die kleine Bibliotheksleiter heran. Sie setzt ihre Lesebrille auf und erklimmt die drei Stufen. Romero eilt hinzu.

»Sag mir, was du willst, ehe du dir das Genick brichst.«

»Das könnte dir so passen. Ah, da ist es ja.«

Sie hält ein Taschenbuch in der Hand, das im obersten Regal, bei den Krimis, gestanden hat. Behende steigt sie wieder herunter und reicht das Buch ihrem Sohn. »Das solltest du mal lesen.«

»*Zwei Fremde im Zug*«, liest Romero vor. »Ich glaube, ich kenne es. Zumindest den Film habe ich gesehen. Es gibt doch einen Film, oder?«

»Lies es!«

Sandra betritt das *Wieners* und entdeckt ihre Freundin Mona sofort. Sie trägt ein T-Shirt in einem brüllenden Orange mit passendem Lippenstift.

»Man sieht ja noch immer nichts«, meint Mona mit Blick auf Sandras engsitzende Jeans und das bauchfreie Trägertop.

»Nur Geduld, beim ersten kriegt man nicht gleich so 'nen Bauch.« Sandra kreuzt die Hände vor dem Körper. »Außerdem habe ich starke Muskeln, das macht auch was aus.«

Mona, die dieses Thema nicht wirklich interessiert, deutet auf die Tüte einer Boutique, die an Sandras Handgelenk baumelt.

»Eingekauft?«

»Nur eine Bluse, Sonderangebot.« Sandra setzt sich hin. Ob ich Mona einweihen soll? Immerhin ist sie meine beste Freundin ...

»Hat Sven gesagt, daß du sparen mußt?« platzt Monas Stimme in ihre Gedanken.

»Wie kommst du darauf? Mir hat die Bluse einfach gefallen. Es ist nun mal gerade Schlußverkauf, was kann ich dafür?« ereifert sich Sandra.

»Hör mal, Schätzchen, *mir* mußt du nichts vormachen. Ich bin deine Freundin.«

Sandra wird heiß. »Wie, was ...?«

»Es tut mir wirklich leid für euch. Gerade jetzt, mit dem Baby ...«

»Was tut dir leid?« fragt Sandra irritiert.

»Na, die Aktien und so.« Mona zeigt mit ihrem Daumen nach unten und versucht betroffen auszusehen, wodurch ihr Gesichtsausdruck etwas Schafsähnliches gewinnt.

»Häh?« macht Sandra, die auch nicht gerade intelligent dreinschaut, »Wovon redest du eigentlich?«

»Man munkelt, daß Sven pleite ist.«

Sandra hat auf einmal das Gefühl, nicht genug Luft zu bekommen.

»Darf ich fragen, wer *man* ist?«

»Na ja, alle. Freunde, Bekannte.« Mona macht eine umfassende Handbewegung und fügt nicht ohne einen leisen Triumph in der Stimme hinzu: »Ich hab's von Rudi.«

Rudi ist seit einigen Monaten Monas Liebhaber. Er fährt einen überbreiten gelben Porsche, was Mona darüber hinwegsehen läßt, daß Rudi ein Vierteljahrhundert älter ist als sie.

»Ich habe vor ein paar Tagen zufällig mitgekriegt, wie Sven Rudi anpumpen wollte. Es ging um fünfzigtausend. Und dann fragte er noch, ob Rudi einen Job für ihn hätte, in seinem Immobilienbüro.«

»Und?« preßt Sandra hervor.

»Was, und?«

»Hat er einen Job für ihn?«

»Das weiß ich nicht. Ich wollte ja nur, daß du Bescheid weißt, was so geredet wird.«

»Danke. Lieb von dir.«

»Sag mal, euer Haus ... also falls ihr ... aber nicht, daß du das jetzt falsch verstehst ... also, meine Schwester und ihr Mann, die suchen schon länger ... Sandra? Ist dir nicht gut? Du bist so blaß.«

»Ossi! Verdammt, wir haben uns schon Sorgen gemacht.«

Antonie und Rolf Geller haben sich in ihrem alten Büro zu einer kleinen Lagebesprechung eingefunden, als der Verschollene endlich wieder auftaucht.

»Sorgen?«

»Ja. Ich hab Geller schon zur Sau gemacht, weil er dich gegen meinen Rat doch in die Höhle des Löwen geschickt hat«, schwindelt Antonie.

»Rolf kann nichts dafür. *Ich* wollte da hin. Ich bin schließlich kein Weichei. Aber ihr habt euch völlig umsonst aufgeregt, das ist ein cooler Verein ...«

Antonie und Geller tauschen einen Blick.

»Cooler Verein?« wiederholt Geller. »Ehre, Freiheit, Vaterland ... oder wie war das noch?«

»Das sind keine Rechtsradikalen, die Leute sind lockerer, als man denkt. Da war so ein Student, der hat mich herumgeführt und hat mir alles gezeigt. Tolle Hütte haben die da in Sachsenhausen stehen, so Altbau, aber tipptopp renoviert. Sogar ein Garten ist dabei. Innen ist es ein bißchen düster eingerichtet, so altdeutsch, muß man jetzt nicht unbedingt haben, aber man kann da auch wohnen, als Student. Ganz billig. Und Feste feiern die da! Ich habe Bilder gesehen, mannomann ... Was glotzt ihr mich so an?«

»Hört sich nach einer Gehirnwäsche an«, murmelt Geller zu Antonie, die auf der Ecke seines Schreibtisches Platz genommen hat und auf die Liste mit Namen schaut, die Geller aus der Klinik mitgebracht hat.

»Schön, daß es dir dort so gut gefallen hat«, sagt Antonie zu Osman, dessen Augen vor Eifer glänzen wie polierte Kastanien. »Aber hast du – so ganz nebenbei – etwas über Moritz Faber herausgefunden?«

Er nickt. »Klar doch. Also, Freunde, ich bin das folgendermaßen angegangen: Ich war ganz cool, ich habe so getan, als wäre ich Student. Vergleichende Religionswissenschaften habe ich als Fach angegeben, gut, was? Und daß ich mich für eine Mitgliedschaft und eventuell für ein Zimmer interessiere. Die Zimmer sind nicht übel, Internet, Fax, ISDN-Anschluß ... alles da.«

»Ossi, komm zur Sache«, fleht Antonie mit Blick auf die Uhr. Es ist zehn vor vier. Gleich wird diese russische Ärztin vom Ketteler-Krankenhaus auftauchen, und für siebzehn Uhr hat Reinhold Pfeiffer ein Meeting angesetzt.

»Der Typ, der mich herumgeführt hat, hat gemeint, ich hätte Glück, es wäre gerade diesen Montag ein Zimmer frei geworden. Und nun ratet mal, wem das Zimmer gehört hat?« Ossi strahlt Antonie und Geller an wie ein Weihnachtsbaum.

»Moritz Faber«, rät Antonie.

»Genau.«

»Wozu braucht er ein Zimmer im Arminenhaus?«

»Das habe ich auch gefragt. Ich habe so getan, als würde ich ihn kennen. Und da sagte Robert – so hieß der, der mir das Haus gezeigt hat – also Robert sagte, daß Moritz in letzter Zeit schwere Probleme mit seinem Vater hatte, und daß er wohl nie so ein richtiger Burschenschaftler war, aber das mit dem Zimmer kam ihm dann doch sehr gelegen. Aber jetzt, wo sein Vater tot ist, sieht es so aus, als wolle Moritz nichts mehr mit den Leuten von der Arminia zu tun haben. Ist nicht korrekt, finde ich ...«

»Sie werden es verschmerzen«, tröstet Antonie. »Sind ja alles stramme Burschen. Hat dieser Robert die ›schweren Probleme‹ von Moritz mit seinem Vater näher beschrieben?«

»Er meinte, daß Roman Faber ein sehr charismatischer, dominanter Mensch war, neben dem sein Sohn eine blasse Nummer abgab. Das kommt öfter vor – sagt Robert – daß starke Väter schwache Söhne haben. Das ist wie bei einem starken Baum, in dessen Schatten die jungen Bäumchen verkümmern.«

»Interessant. Und so poetisch.« Antonies Sarkasmus prallt an Osman unbemerkt ab.

»Robert sagte auch, daß Moritz' Leistungen im Studium nicht so berauschend waren, besonders im letzten Semester. Er hat oft in den Kursen gefehlt, und Robert vermutet, daß Moritz das Medizinstudium hinschmeißen wird.«

»Um was zu tun?« fragt Geller.

»Irgendwas mit Musik. Muß ein schönes Weichei sein, dieser Moritz Faber.«

Zilke Himmelreich schaut aus dem Fenster von Romeros Wagen. »Wenn ich mich nicht irre, ist das das Bahnhofsviertel. Was suchen wir hier?«

»Einen Parkplatz.«

»Das ist kein Ort für eine Dame, wenn ich dir das verraten darf.«

»Vertrau mir«, schmunzelt Romero und denkt: Sie wird gleich richtig anfangen zu zetern. »Ich mußte ja auch das Buch lesen, ohne daß du mir vorher verraten hast, warum.«

»Und?« fragt Zilke.

»Ich bin noch nicht durch. Aber ich glaube, ich weiß, worauf du hinauswillst.« Romero hat einen Parkplatz entdeckt und manövriert den Mercedes in die Lücke. Er steigt aus und öffnet seiner Mutter die Tür.

»Was muß man nicht alles mitmachen«, klagt Zilke, aber Romero weiß, daß sie hinter ihrer mürrischen Miene vor Neugier fast platzt.

Er hakt seine Mutter unter, und sie gehen ein Stück die Straße entlang, bis sie an einen Laden kommen, dessen Schaufenster von der Farbe Rot beherrscht wird. Ehe sich seine Mutter die ausgestellten Waren im Detail betrachten kann, hat Romero sie schon durch die Tür und den dicken, roten Kunstledervorhang dahinter geschoben.

Zilke Himmelreich bleibt nach wenigen Schritten stehen und schaut sich aufmerksam um. Eine junge Frau steht hinter einem kleinen Tresen, an dem zwei Bildschirme in Schwarzweiß vor sich hin flimmern.

»Kann ich Ihnen helfen?«

»Danke. Wir wollen uns nur umsehen«, antwortet Romero. Er tritt nahe an seine Mutter heran und wispert: »Achte auf die Frau.«

Aber Zilke scheint ihn gar nicht zu beachten. Fasziniert steht sie vor einem Regal mit farbenfrohen Nachbildungen männlicher Fortpflanzungsorgane. Sie zögert nicht, das eine oder andere Produkt in die Hand zu nehmen.

»Sieh mal, Vincent, der kann wackeln!«

Romero nickt verlegen.

»Und der da! Was für schöne Farben!«

Romero bemerkt wieder einmal, was für eine kräftige, volltönende Stimme seine Mutter hat. Auch die Verkäuferin scheint sich über ihre Kundschaft zu amüsieren, sie lächelt in Zilkes Richtung. Sie ist eine hübsche Frau, die ein bißchen müde aussieht. Aber sie hat wunderschönes, rotes Haar.

»So was hatten wir zu meiner Zeit nicht«, bemerkt Zilke. »Dein Vater hätte bestimmt seinen Spaß an solchen Sachen gehabt. Er mochte Dinge, die irgendwas elektrisch machten. Hat er dir nicht mal so einen batteriebetriebenen Hund geschenkt, der bellen und mit dem Schwanz wedeln konnte?«

Romero schlägt die Augen nieder und geht ein paar Schritte weiter. Als er den Blick hebt, schaut er in ein paar teetassengroße, tiefblaue Augen mit langen Wimpern. Die Dame trägt Dessous aus Leder, ihr Mund sieht aus wie eine Schußwunde. Romero kann nicht widerstehen, er muß die Haut der Puppe anfassen, sie sieht so echt aus. Zu seiner Überraschung fühlt sie sich auch so an.

»Faszinierend, nicht wahr?« meint die Verkäuferin, die unbemerkt hinter ihn getreten ist. »Das ist eine sogenannte *Living Doll*. Kein Vergleich mit den billigen Aufblasdingern. Die fühlt sich völlig lebensecht an, sie wiegt auch fast vierzig Kilo, und sie verfügt über einen Sprachcomputer.«

»Was erzählt sie denn so?«

»Es hält sich in Grenzen: *mehr, tiefer, ja, oh Gott* ... dieses Modell stöhnt fast nur. Aber nicht immer gleich. Mal mehr, mal weniger – das bestimmt ein Zufallsgenerator.«

»Ganz wie im richtigen Leben«, bemerkt Romero.

»Sie sagen es. Sie macht auch eigenständige Bewegungen beim Sex.«

»Unheimlich«, murmelt Romero. »Was kostet so eine ... Gefährtin?«

»Zehntausend Mark, mit etwas Grundgarderobe.«

Romero sieht sich nach seiner Frau Mama um. Die hat sich inzwischen in der SM-Abteilung umgetan.

»Interessant, an was manche Leute so ihren Spaß haben«, bemerkt sie und hält ein paar Handschellen, die mit rosa Plüsch umwickelt sind, in die Höhe. »Da muß ja eine ganze Industrie von leben. Sagen Sie, junge Frau, wozu sind diese Klammern mit den Gewichten?«

»Die kann man sich an die Brustwarzen oder an ...«

»Mama, laß uns gehen. Du wolltest doch noch ... zum Friseur!«

»Unsinn, ich war erst beim Friseur. Ich habe doch noch gar nicht alles gesehen. Wer weiß, wann ich wieder in so einen Laden komme. Dieses Hundehalsband da ist schick. Nur ein bißchen unpraktisch, mit den scharfen Stacheln, da reißt man sich ja die Strümpfe kaputt.«

»Nun, ja, die Sado-Maso Szene hat so ihre eigenen Vorlieben«, erklärt die Verkäuferin. Sie erläutert der interessierten Kundin ausführlich die Handhabung der einzelnen Gegenstände und zwar so sachlich, als befänden sie sich in einem Laden für Haushaltswaren.

»Sieh mal, Vincent, sie haben auch Golfbälle.«

»Das sind Liebeskugeln«, erläutert die Fachkraft. »Es gibt sie in verschiedenen Größen und Designs.«

Nach gut zwanzig Minuten, die Romero wie zwei Stunden vorkommen, ist seine Mutter endlich bereit, den Laden wieder zu verlassen.

»Auf Wiedersehen, junge Dame. Ich werde meinen Rommé-Damen erzählen, was es hier so alles gibt und wie gut man beraten wird«, verspricht Zilke beim Verlassen des Ladens und schwenkt fröhlich das diskrete braune Tütchen.

Draußen auf der Straße atmet Romero erst einmal tief durch.

»Du bist so rot im Gesicht, Vincent.«

»Mir ist warm. Und? War das die Frau vom Golfplatz und vom Friedhof?«

»Nein.«

»Sicher? Sie hat rotes Haar.«

»Ihres ist echt, das sieht man doch sofort. Außerdem hat sie eine andere Körperhaltung.«

»Aha.«

Sie gehen schweigend zum Auto, aber als Zilke neben ihm sitzt und er ihr beim Anschnallen behilflich ist, hält es Romero nicht länger aus. »Was hast du da gekauft, Mama?«

»Ich? Och, diese silbernen Klammern mit den Gewichten dran. Die sehen schick aus, findest du nicht?«

Romero setzt den Blinker und schaut besonders konzentriert in den Rückspiegel.

»Durchaus.« Er fährt mit einem Ruck an.

»Ich habe gleich sechs Stück genommen. Die gehen bestimmt leicht verloren.«

»Ach, ja?«

»Meinst du, Hannah werden sie auch gefallen?«

Kann es sein, überlegt Romero, daß ich meine Mutter all die Jahre völlig falsch eingeschätzt habe?

»Das ... das weiß ich nicht. Ich kenne Hannahs Geschmack in diesen Dingen nicht.«

»Wir müssen Hannah ja nicht sagen, woher wir sie haben«, beschließt Zilke. »Hauptsache, diese Schweinerei hat ein Ende.«

»Welche Schweinerei?« fragt Romero und ist sich nicht sicher, ob er die Antwort wirklich hören möchte.

»Wohin fahren wir?« fragt Osman Belek.

»Nach Ginnheim, zu einem gewissen Martin Zlota. Zlotas Frau ist vor vier Monaten gestorben. Sie war bei Faber in Behandlung, und der Mann ist der Ansicht, daß ihr Tod Fabers Schuld gewesen sei. Er hat öfter im Krankenhaus rumgebrüllt und Faber sogar mal tätlich angegriffen. Er wollte ihn wegen eines Kunstfehlers verklagen, aber die Klage wurde abgewiesen. Laut Dr. Frowein ist er ein armer Tropf, der mit dem Tod seiner Frau nicht fertig wird.«

»Also nicht unser Giftmörder?«

»Eher nicht.«

»Warum fahren wir dann hin?«

»Weil diese Drohbriefe nun mal existieren und weil wir sonst keine heiße Spur haben. Einfach ignorieren können wir so was schließlich auch nicht.«

»Vielleicht stimmt es ja«, meint Osman. »Vielleicht hat Faber die Frau ja wirklich auf dem Gewissen. Ärzten passiert doch sicher auch mal ein Scheiß.«

»Das soll uns jetzt nicht kümmern. Wir sehen uns den Typen an, und dann ist Feierabend.«

»Hast du heute noch was vor?«

»Ja«, antwortet Geller. »Du nicht?«

»Och.« Osman Belek putzt seine Sonnenbrille mit einem Zipfel seines T-Shirts. »Nicht so viel. Du hast eine Freundin, hat Antonie gesagt.«

»Ja.«

»Was Festes?«

»Diesmal schon.« Geller verspürt den Drang, Osman von seiner bevorstehenden Vaterschaft zu erzählen. Am liebsten würde er jedem davon erzählen. Seltsam, daß Antonie ihn seit Montag nicht mehr danach gefragt hat. Anscheinend behagt ihr dieses Thema nicht sonderlich. Vielleicht hat er einen wunden Punkt getroffen. Aber ein bißchen mehr Interesse hätte Geller trotzdem erwartet.

»Hast du Lust, mal mit mir ins Studio zu kommen?« reißt ihn Osmans Stimme aus seinen Grübeleien.

»Findest du, daß ich es nötig habe?«

»Nun, das nicht, aber ...«

»Du hast recht«, winkt Geller ab. »Gegen dich wirke ich wie eine Languste.« Er ballt die rechte Faust und schlägt gegen Osmans Bizeps. »Whow.«

Osman grinst. Stumm setzen sie ihre Fahrt fort, bis sie in einer Straße mit tristen Reihenhäusern aus den siebziger Jahren ankommen. Die Nummer siebzehn ist ein schmales, weiß verklinkertes Haus mit einer Fertiggarage. Es bildet das Ende einer Fünfergruppe ähnlicher Reihenhäuser mit bunten Türschildern, Fensterbildern und Spielgeräten in den Vorgärten. Zlotas Haus bildet den Kontrapunkt: Moos wächst zwischen den Waschbetonplatten, die durch einen verwilderten Vorgarten zu einer Eingangstür aus geriffeltem, gelblichen Glas führen. Auf das Garagentor hat jemand mit roter Farbe *Sau* gesprüht, es sieht aus, als existiere die Schrift schon länger. Eine vergraute Spitzengardine wirft strenge Falten hinter dem Wohnzimmerfenster, die Mülltonne steht unmittelbar neben dem Eingang und verströmt einen Geruch nach Fäulnis.

»Ich wette, er ist superbeliebt bei seinen Nachbarn«, meint Geller und hält sich die Nase zu.

»Er ist zu Hause«, stellt Belek fest.

»Dem Geruch nach hätte ich getippt, daß er portionsweise in seiner eigenen Mülltonne liegt!«

»Die Gardine im Wohnzimmer hat sich bewegt.«

Geller drückt auf die Klingel, man hört ein heiseres Rasseln. Sie warten, aber es rührt sich nichts, auch nicht, als Geller noch einmal läutet, diesmal energischer.

»Geh du nach hinten. Damit er uns nicht durch den Garten abhaut«, flüstert Geller seinem Kollegen zu. Kaum ist Osman hinter der Garage verschwunden, ertönt ein Summer. Geller wirft sich gegen die Tür, die überraschend leicht nachgibt, so daß er das Gleichgewicht verliert und in den dämmrigen Flur stolpert.

»Hände an die Wand, Scheißbulle!«

Geller nimmt seine Hände nach oben und dreht sich langsam um. Das Geräusch, das er gehört hat, war das Repetieren einer Pistole von eindrucksvoller Größe, die Zlota in beiden Händen hält. Der Mann steht inTrainingsanzug und Adiletten in der Wohnzimmertür, die er beinahe vollständig ausfüllt.

»Hände an die Wand, sag ich.«

Da es schwierig ist, in dem kleinen Flur ein Stück freie Wand zu finden, dreht sich Geller in Richtung Garderobe und legt seine Hände auf die Hutablage.

»Herr Zlota? Martin Zlota?« Geller versucht, den Lauf der 44er Magnum zu ignorieren, der auf sein Kleinhirn zielt.

»Wer sonst?« knurrt der Hausherr, der immer wieder nervöse Blicke hinter sich wirft.

Hat er mitbekommen, daß sie zu zweit waren? Geller spürt den Atem des Mannes, als der hinter ihn tritt und ihm seine Pistole abnimmt. Er riecht nach ungeputzten Zähnen und Alkohol, was Geller ebenso unangenehm empfindet wie den Pistolenlauf, den Zlota ihm zwischen die Schulterblätter bohrt.

»Ich bin Kommissar Geller von der ... der Abteilung für Todesermittlungen.« Das Wort »Mordkommission« scheint Geller momentan unangebracht. »Herr Zlota, ich bin hier wegen des Todes Ihrer Frau. Wir haben Indizien gefunden, die darauf hinweisen, daß ein gewisser Dr. Faber mehrere Patienten fahrlässig oder sogar wissentlich falsch therapiert hat.«

»Faber ist tot, das Schwein.«

»Dennoch müssen wir diesen Fällen in der Klinik nachgehen ...«, faselt Geller tapfer weiter.

»Das ist doch ein Trick. Ihr wollt mir was anhängen!«

»... schon wegen den Schadenersatzansprüchen der Angehörigen«, fährt Geller unbeirrt fort. Was, zum Teufel, macht Ossi?

»Schadenersatz?«

Na, also.

»Ja. Oder Schmerzensgeld. Jedenfalls Geld. Ich weiß, daß man mit Geld kein Leben mehr zurückkaufen kann, aber dennoch wäre es schön ...«, Geller wagt es, die Hände herunterzunehmen und Zlota anzusehen. Was für eine unsympathische Kampfhundfresse, denkt Geller und registriert, wie es in Zlotas Mastinogesicht arbeitet.

»... wenn wir Ihre Aussage protokollieren dürften, Herr Zlota. Das war alles, was wir von Ihnen wollen.«

»Wir? Wer, wir?« Zlota schaut sich erneut hastig um.

Scheiße, Scheiße, Scheiße!

»Wir, die Polizei, die Staatsanwaltschaft ...«, setzt Geller an, als ein Klirren ertönt und Geller hinter Zlota einen Schatten wahrnimmt.

Zlota fährt herum und schießt auf den Fonduetopf in seiner Schrankwand. Geller hat das Gefühl, ihm fliegt das Trommelfell weg. Dennoch stürzt er sich von hinten auf Zlota. Wieder ein Schuß, diesmal trifft es den Wohnzimmersessel aus waldmeistergrünem Velour, hinter dem sich Osman verschanzt hat. Das Fenster zur Terrasse liegt in Trümmern, ein Gartenstuhl aus Teak ist auf dem Eßtisch gelandet. Geller drückt mit seinem linken Unterarm gegen die Kehle des Mannes und versucht, mit der rechten an dessen Waffe zu gelangen. Aber Zlota ist kräftig, er schafft es, sich aus Gellers Griff zu befreien, und schon fühlt Geller einen stechenden Schmerz an der Nase, ihm wird schwindelig und übel, auch die sprichwörtlichen Sternchen sind zur Stelle. Eine kalte Berührung an seiner Schläfe holt ihn zurück ins Hier und Jetzt. Er sitzt auf dem Boden, Zlota kniet neben ihm und hält ihm die Waffe an den Kopf. Aus Gellers Nase rinnt Blut in seinen Mund. Ich muß eine tolle Figur abgeben. So beeindruckt man Azubis.

»Du, da hinten, schieb deine Kanone rüber, sonst blase ich deinem Kumpel die Birne weg!« sagt Zlota zu dem grünen Sessel, aus dessen Lehne ockerfarbene Schaumgummifetzen quellen. Das erscheint Geller angesichts des Einschußkraters nicht übertrieben. Als ob die Magnum, mit der man ein Nashorn in vollem Lauf stoppen kann, nicht ausreichte, nein, der Kerl muß auch noch besonders widerliche Geschosse verwenden. Weiter mag Rolf Geller nicht denken, er hat auch gar keine Zeit dazu, denn plötzlich sieht er, wie Osman Belek hinter dem Sessel auftaucht und aus derselben Bewegung heraus Zlota anspringt, als sei er Bruce Lee. Zlota dreht sich um und bringt seine Magnum in Stellung. Geller wirft sich gegen Zlotas Beine, dann bilden alle drei ein Knäuel. Es kracht erneut, zwei Schüsse kurz hintereinander. Geller rappelt sich als erster auf, reißt Zlota die Magnum aus der Hand und nimmt seine Dienstwaffe, die Zlota im Gürtel stecken hat, wieder an sich. Er spürt keinen Widerstand, Zlota liegt bewegungslos auf dem Bauch. Hinter dem Sessel ragen Osmans Beine hervor.

Nach dem Lärm der Schüsse ist es nun plötzlich sehr, sehr still.

»Hi, hier ist Robert.«

»Hallo, Robert, was gibt's?«

»Du, ich wollte dir nur sagen: Nachdem du heute weg warst, da ist so ein Typ vorbeigekommen.«

»Was für ein Typ?«

»So unser Alter, sah wie ein Kanake aus. Tat so, als würde er sich für die Arminia interessieren. Ich hab's erst nicht geschnallt und ihm alles gezeigt und so.«

»Was hast du nicht geschnallt?«

»Das war ein Bulle, glaube ich.«

»Wieso?«

»Er hat sich nach dir erkundigt. Hat so getan, als würde er dich kennen. Ich bin ihm erst auf den Leim gegangen, und hinterher ist mir dann eingefallen, daß ihr euch ja auf der Treppe begegnet seid, als du deinen PC abgeholt hast, erinnerst du dich?«

»Ja, so vage. Was hast du ihm über mich erzählt?« fragt Moritz eine Spur zu schnell.

»Daß du die Tage ausgezogen bist. Weil ich doch dachte, der Typ interessiert sich für ein Zimmer. Und daß du wohl nicht mehr so oft kommst.«

»Sonst noch was?«

»Nein, sonst nichts. War doof von mir, aber ich dachte ja nicht ...«

»Macht doch nichts«, sagt Moritz. »Aber danke, daß du mich informiert hast.«

»Sag mal, steckst du in Schwierigkeiten? Können wir – oder kann ich – etwas für dich tun? Dafür sind wir schließlich da. Einer für alle, alle für einen!«

Moritz verdreht die Augen. Wie ihm diese Sprüche zum Hals heraushängen!

»Nein, alles in Ordnung. Das war sicher nur Routine. Vielleicht war es ja gar kein Polizist, ich meine – ein Türke?«

»Die nehmen heute doch jeden, den sie kriegen können.«

»Jedenfalls danke für die Information«, sagt Moritz.

»Kommst du zur Cocktailparty im Oktober?« will Robert wissen.

»Weiß ich noch nicht. Ich muß jetzt mal eine Weile allein sein. Ich schau mal wieder rein.«

»Ja, mach das. Aber wenn du mal einen Freund brauchst, also ich ...«

»Ja, danke«, unterbricht Moritz. »Tschüß, Robert.«

»Halt die Ohren steif, Moritz.«

Weichei, denkt Robert, als er den Hörer einhängt.

Aufdringliche Schwuchtel, denkt Moritz und knallt den Hörer auf.

»OSSI!« Geller schickt ein Stoßgebet zum Himmel, ehe er hinter den Sessel schaut. *Lieber Gott, mach, daß es nicht wahr ist ...*

Gott sei Dank! Der Kopf ist noch dran, kein Loch in der Brust ...

Osman hebt die rechte Hand, in der er immer noch seine Pistole hält. »Ich lebe noch«, keucht er. Er hat den Oberkörper aufgerichtet und hält sich mit der anderen Hand die rechte Seite.

»Bist du verletzt?«

»Achtung!«

Geller spürt die Bewegung hinter sich und dreht sich zur Seite. Zlota hechtet ins Leere, und Geller zieht ihm die Magnum über den Schädel, daß es nur so kracht, worauf sich Zlota wieder brav hinlegt. Er blutet aus einer Wunde am Oberschenkel. Nun, findet Geller, wird es Zeit, die Handschellen auszupacken und Zlota am Rohr des Heizkörpers anzuketten.

Osmans Grinsen ist etwas schief, und als Geller Osmans Lederjacke hochhebt, sieht er die Bescherung.

»Nur ein Kratzer«, sagt Osman, und Geller kommt sich vor wie in einem dieser Filme, in denen sich knallharte Kerle minutenlang die Fresse einschlagen, ohne daß man es ihnen hinterher anmerkt. Aber dann treten auf einmal Tränen in Osmans Augen. »Es tut saumäßig weh«, schluchzt er.

Geller telefoniert nach dem Notarzt, nach Antonie, der Spurensicherung und Claudia. In genau der Reihenfolge. Bei Claudia meldet sich nur der Anrufbeantworter. Er schiebt Osman ein Sofakissen unter den Kopf.

»Ich bin gleich wieder bei dir.«

Geller hastet ins Bad, auf der Suche nach Verbandszeug, aber was er findet, ist so angeschimmelt, daß er lieber den Verbandskasten aus dem Dienstwagen benutzt. Dazu muß er allerdings fünfzig Meter den Gehweg entlangrennen, da sie vorhin entschieden haben, nicht vor dem Haus zu parken.

Die Wunde an Osmans rechter Seite, oberhalb des Hüftknochens, blutet stark. Geller verbraucht drei Kompressen und zwei Handtücher, bei denen er doch noch auf Zlotas Bestände zurückgreifen muß.

»Ist er hin?« fragt Osman durch seine zusammengebissenen Zähne.

»Jedenfalls Mattscheibe.« Geller drückt vorsichtig Osmans Hand.

»Danke, Partner. Ohne dich wäre ich jetzt hinüber.«

»Starke Nummer, unser erster Einsatz.«

»Halt jetzt lieber den Mund, bis der Notarzt kommt«, sagt Geller mit Blick auf den großen, hellroten Flecken auf dem schmutzigbeigen Teppichboden. Er hat im Moment ziemlich genau die Umrisse der Insel Sylt, verändert sich aber rasch.

Geller selbst redet ununterbrochen auf den Verletzten ein: »Mach bloß kein' Scheiß, hörst du, Ossi, laß dich jetzt nicht hängen, Partner, ich bin quasi aufgeschmissen ohne dich, Mann, ich könnte mich ohrfeigen, angestellt hab ich mich, wie der letzte Depp, aber du, wenn du nicht gewesen wärst, wie du auf den losgegangen bist, wenn ich das Antonie erzähle, genau wie dieser Karatetyp, wie heißt er gleich, egal, du weißt schon, welchen ich meine, echt, Ossi, ich glaube, aus dir wird noch ein Superbulle ...« Erst als die Einsatzfahrzeuge das Eigenheim umzingeln, läßt er Osmans Hand wieder los.

Als Antonie Bennigsen und Reinhold Pfeiffer eintreffen, stehen die Fahrzeuge von Notarzt, Ambulanz und ein Streifenwagen vor dem Haus Nummer neunzehn. Letzterer wurde von den Nachbarn alarmiert, nachdem sie die Schüsse gehört hatten. Ein paar stehen vor dem Gartenzaun, und Antonie hört eine Frau sagen: »Hoffentlich buchten sie den endlich ein.«

Das Reihenhauswohnzimmer gleicht einem Feldlazarett. Osman liegt bereits auf einer Trage, ein Sanitäter hält eine Flasche, ein Mann, auf dessen Rücken *Leitender Notarzt* steht, macht sich an der Wunde zu schaffen. Geller sitzt auf einem zerschossenen Sessel, und eine junge blonde Frau verarztet seine Nase. »Au! Etwas zärtlicher bitte, wenn's geht!«

»Es geht nicht«, antwortet die junge Dame bestimmt.

»Die ist bestimmt gebrochen. Ich hab's knirschen hören.«

Zlota liegt auf dem Sofa, bewacht von zwei Uniformierten, ein Sanitäter kümmert sich um die Schußwunde an seinem Bein, während er ständig lamentiert: »Die Bullensau da wollte mich verbluten lassen!«

Osman hebt die Hand, als er Antonie sieht. »Keine Sorge, ich bin zäh«, ächzt er und wird vom Notarzt ermahnt: »Sie sollen sich ruhig verhalten!«

»Was ist passiert?« wendet sich Pfeiffer an Geller, und Antonie muß ein Lachen unterdrücken, denn mit den Tampons in der Nase sieht ihr Kollege reichlich ungewohnt aus.

»Er hat mich reingelassen und stand plötzlich mit der Waffe da, und dann ist Ossi durchs Fenster gesprungen ...«, näselt Geller, ehe er von der Sanitäterin unterbrochen wird: »Sie sollen ruhig sein und den Kopf nach hinten legen.« Sie schiebt Pfeiffer beiseite. »Das können Sie bitte später klären.«

Osman wird in den Krankenwagen verfrachtet.

»Ich will mit«, ruft Geller und hebt die Hand wie ein Schüler, der sich freiwillig zum Tafeldienst meldet.

»Sie kommen sowieso mit«, sagt der Notarzt. »Die Nase muß geröntgt werden.«

»Wie steht es um den jungen Mann?« fragt Pfeiffer den Arzt.

»Kann ich nicht sagen.«

»Mein Gott, ich bin noch nicht einmal dazu gekommen, ihn gebührend zu begrüßen.«

»Er wird's überleben«, murmelt Antonie.

»Darauf können wir nur hoffen«, gibt Pfeiffer scharf zurück, und Antonie bemerkt ihren Fauxpas und errötet.

Sie sieht sich um, während sie bemüht ist, niemandem im Weg zu stehen und nicht in eine der Blutlachen zu treten. Draußen fährt eine zweite Ambulanz mit dem üblichen Karacho vor, dahinter folgt der Wagen der Spurensicherung.

Als der erste Krankenwagen mit Geller und Ossi unter Sirenengeheul abrauscht, flüchtet Antonie in den ersten Stock. Sie betritt ein Zimmer und hält überrascht den Atem an.

»Herr Hauptkommissar«, ruft sie nach unten. »Das müssen Sie sich ansehen!«

Pfeiffer stürmt mit jugendlichem Elan die Treppe hinauf und bekommt einen glasigen Blick.

Überall im Zimmer sind Waffen: Gewehre, Flinten, Pistolen, Revolver, etwas, das wie ein Maschinengewehr aussieht, und sogar eine Armbrust. Die Waffen stehen in Glasvitrinen, hängen an den Wänden, füllen Regale.

»Nicht schlecht. Damit läßt sich ja ein kleiner Bürgerkrieg anfangen.«

Antonies Mobiltelefon spielt Verdi. Sie geht auf den Flur und nimmt das Gespräch an.

»Ich habe gerade ein interessantes Buch gelesen ...«

Schön, daß der Mann für so was Zeit hat!

»Äh ... Wir besichtigen gerade einen Tatort, Hauptkommissar Pfeiffer und ich«, flüstert Antonie.

»Verstehe.«

»Kann ich dich zurückrufen?«

»Jederzeit«, sagt Romero und fügt hinzu: »Aber vergiß es nicht.«

Als wenn Antonie Romero jemals vergessen würde.

»Eine Kalaschnikow«, murmelt Pfeiffer hingerissen, als Antonie wieder ins Zimmer tritt.

»Ein Irrer«, meint Antonie.

Pfeiffer dreht sich zu ihr um. »Frau Bennigsen, wenn Sie zu Ihren Kollegen in die Klinik möchten, dann regle ich hier den Rest. Diesen Zlota können wir sowieso nicht vor morgen vernehmen, den haben sie mit Beruhigungsmitteln vollgepumpt.«

»Danke, das ist nett von Ihnen«, sagt Antonie und meint es diesmal ehrlich.

»Ich mache mir große Sorgen um den Jungen, diesen, äh ... Belek. Wären Sie so freundlich, mich auf dem laufenden zu halten über seinen Zustand? Sie oder das Krankenhaus können mich die ganze Nacht anrufen, ich werde sowieso kein Auge zumachen.«

»Klar, mache ich«, versichert Antonie im Hinausgehen und denkt: Eigentlich ist Pfeiffer gar nicht so übel.

VII.

»Im Prinzip ist es ganz einfach. Ich werde nach meinen Beständen bezahlt, in Prozenten, und wenn die Aktien meiner Kunden sinken, dann sinkt auch mein Gehalt. Und da die Papiere meiner Kunden zum Großteil aus Aktien vom Neuen Markt bestehen, kannst du dir ja vorstellen, was das momentan für uns heißt. Sandra? Hörst du mir überhaupt zu?«

»Ja, Schatz, ich höre dir zu.« Sandra sieht Sven mit großen Kulleraugen an. »Es heißt, daß wir sparen müssen.«

Jetzt ist sie Mona fast dankbar, daß sie sie vorgewarnt hat, wer weiß, wie sie sonst reagiert hätte.

»Ja«, sagt Sven und fühlt sich wie nach einer Beichte. »Aber mach dir keine Sorgen, Mäuschen. Ich habe da was in Aussicht, Immobilien, die Leute werden jetzt verstärkt in Immobilien investieren. Wenn wir zusammenhalten und sparen, kommen wir schon wieder auf die Füße, meine Süße. Haha, das reimt sich sogar.«

Den Satz mit den Füßen hat sie oft von ihrer Mutter gehört. Sein Inhalt ist nie eingetroffen, und jetzt ist genau das passiert, was sie mit allen Mitteln zu verhindern suchte. Ist es die sogenannte Ironie des Schicksals, die sie eingeholt hat?

»Sandra, ich brauche dich jetzt«, dringt Svens Stimme zu ihr durch. »Wir werden auch eine Weile mit weniger Geld auskommen, oder?«

Eigenartig. Bisher war es immer *sein* Geld, jetzt, wo es weniger geworden ist, ist es *unseres.*

Er küßt sie auf die Wange. Sandra kämpft gegen Übelkeit. Bisher hielt die Vorfreude auf künftige Anschaffungen Sandras Leidenschaft am Köcheln, und die Aussicht auf ein Paar italienische Schuhe konnte sie zum passenden Zeitpunkt durchaus in Ekstase versetzen.

Nun aber ist der Sex-Appeal ihres Sugar Daddy den Bach runter. Täuscht sie sich, oder ist der Kerl nahe am Flennen? Wie er aussieht! Diese blutunterlaufenen Augen, diese kaltschweißige Haut. Ekelhaft.

Linda schaltet das Babyphon auf Kanal B und läßt sich in das Sofa der Stubenrauchs sinken. Margarete öffnet eine Flasche Rotwein und gießt zwei Gläser ein. Der Mittwochabend ist ihr Frauenabend. Peter Stubenrauch geht jeden Mittwoch ins Judotraining und danach einen trinken.

»Heute war ein komischer Kauz im Laden. Das heißt, er selbst war gar nicht so komisch, eher so der Typ Gentleman, aber er hatte seine Mutter dabei, eine alte Dame, eine wirkliche Dame. Erst dachte ich, die haben sich in der Tür geirrt, aber dann hat die Mutter sich alles genau zeigen lassen, die war total interessiert, ich glaube, dem Herrn war das furchtbar peinlich. Ich mußte mir Mühe geben, nicht zu lachen.«

»Haben sie was gekauft?« fragt Margarete.

»Die Mutter hat sechs von diesen Klammern mit den Gewichten mitgenommen. Und du errätst nie, wofür sie sie benutzt.«

»Für den Weihnachtsbaum?«

»Sie klemmt sie an die Tischdecke, wenn sie auf dem Balkon frühstückt. Sie meinte, es wäre immer so lästig, wenn der Wind die Decke in die Marmelade weht.«

Margarete schüttelt sich vor Lachen, und Linda fügt hinzu: »Sie meinte, die unseren seien viel stilvoller als das Plastikobst von Tchibo.«

Erneutes Gekicher, dann verkündet Margarete: »Übrigens, dein Exmann scheint pleite zu sein, das hat Peter um ein paar Ecken herum erfahren.«

»Oje. Dann zahlt er bestimmt wieder nicht.«

»Aber es ist ein Sieg der Gerechtigkeit«, meint Margarete, »und außerdem wird er nun auch kein Geld mehr haben, um wegen Jenny zu prozessieren.«

Linda denkt einen Moment nach. »Ja, da hast du recht. Er wird erst mal andere Sorgen haben.« Sie hebt ihr Glas.

»Das ist wirklich eine gute Neuigkeit«, sagt sie und lächelt.

Während sie anstoßen, kommt Linda der Gedanke, daß es für einen Typen wie Sven nahezu gleichbedeutend ist, ob er pleite ist oder tot.

»Apropos Neuigkeit«, Margarete stellt ihr Glas hin und sieht Linda von der Seite an. »Gibt es da etwas in deinem Leben, was deine beste Freundin wissen sollte?«

»Wovon redest du?« fragt Linda.

»Einen neuen Mann vielleicht?«

»Wie kommst du darauf?«

»Ach, nur weil ich dich gestern nacht noch habe wegfahren sehen.«

Linda errötet und schüttelt den Kopf. »Du mußt dich irren«, sagt sie mit Nachdruck. »Ich würde Jenny doch niemals nachts alleine lassen.«

Antonie hebt ihr Weinglas. »Auf Ossi!«

»Auf Ossi«, antwortet Rolf Geller und verdreht den Kopf wie ein Sittich, um Antonie anzusehen. Sein Blickfeld ist rechtseitig durch die geschwollene Nase stark eingeschränkt, aber Geller ahnt inzwischen, daß es im *Rue Morgue* eher von Vorteil ist, wenn man nicht alles sieht.

Antonie stellt ihr Glas hin. »Ich muß Pfeiffer anrufen.«

Ihr Chef ist nach dem ersten Läuten am Apparat. »Was ist los?«

»Er hat's überstanden.« Für Sekunden herrscht Schweigen.

»Was meinen Sie damit?«

»Die Operation ist gut verlaufen.«

Pfeiffer macht ein Geräusch wie eine Luftmatratze, aus der man den Stöpsel zieht. »Gott sei Dank.«

»Es ist hauptsächlich Muskelgewebe zu Schaden gekommen, davon hat er ja reichlich. Na, ja, und ein Stück von der Leber. Und sie mußten den Darm flicken. Er wird jedenfalls keine bleibenden Schäden davontragen.«

»Danke für die Nachricht. Wo sind Sie eigentlich, was ist das für ein Lärm?«

»Wir recherchieren im Mordfall Faber in einem Nachtlokal, Geller und ich. Gellers Nase ist übrigens nur angebrochen«, setzt Antonie hinzu, während sie zusieht, wie Geller zum x-ten Mal sein Gesicht in ihrem Kosmetikspiegel betrachtet.

»Ist er krankgeschrieben?« fragt Pfeiffer.

»Äh, ich weiß nicht ...«

»Na, egal. Hauptsache, der Junge ist außer Gefahr. Und wenn in den Fall Faber endlich etwas Bewegung käme, dann wäre das auch kein Schaden.«

»Wir arbeiten daran«, antwortet Antonie. Das entspricht nicht so ganz den Tatsachen, da sie Eriks freien Abend erwischt haben. Das Mädchen, das hinter der Bar steht, ist eine Aushilfe, die die Stammgäste noch nicht gut kennt. Dennoch haben sie beschlossen, sich einen zu genehmigen, nachdem sie fast drei Stunden auf dem Krankenhausflur verbracht haben.

»Dann noch viel Erfolg«, wünscht Reinhold Pfeiffer.

Geller steckt den Spiegel weg. »Ich sehe zum Fürchten aus.«

»Kaum anders als sonst.«

»Danke.«

»Ich meine, man sieht es kaum, nur wenn man's weiß. Und wer weiß es schon?«

»Ist das dein Ernst?«

»Ich war noch nie aufrichtiger«, sagt Antonie und kreuzt heimlich zwei Finger.

»Noch zwei Rotwein«, ordert Geller und hat schon wieder sein Handy am Ohr kleben. »Möchte nur wissen, wo die sich die ganze Zeit rumtreibt.«

»Wer, die?«

»Claudia, wer denn sonst?«

»Du machst ab sofort einen auf Familienvater?« will Antonie wissen. »Mit Heiraten und so?«

»Von Heiraten hat noch keiner was gesagt«, schwindelt Geller. In Wahrheit redet er oft davon, aber Claudia nennt es eine »übertriebene Maßnahme«.

»Das würde ich mir an ihrer Stelle auch gut überlegen, dich zu heiraten.«

»Wieso?« braust Geller auf.

»Dir eilt ein gewisser Ruf voraus.«

»Das behauptest nur du, sonst niemand. Sag mal, Antonie, wolltest du eigentlich nie Kinder?«

»Was heißt: wolltest?« zischt Antonie. »So alt bin ich noch nicht, daß ...«

»*Porco dio*, Antonie, hast du hier nichts Besseres aufgerissen?«

»Gianni! Was treibt dich hierher?«

»Mein Gewissen. Ich konnte dich doch nicht allein in diesen Schuppen lassen. Und wie ich sehe, war meine Sorge berechtigt. Hallo Rolf.« Gianni klopft dem Kommissar auf die Schulter.

»Hi, Gianni«, sagt Rolf Geller und dreht sich um.

»Huch!« Gianni tritt einen Schritt zurück. »*Hast* du mich jetzt erschreckt.« Er legt eine Hand an sein Herz. »Du sieht echt Scheiße aus, alter Freund. Was ist mit deiner Nase passiert?«

»Geopfert im Kampf gegen das Verbrechen«, knurrt Geller und sieht Antonie grimmig an.

»Rolf wird Vater«, platzt Antonie heraus.

»WAAAS? DER DA? Der größte Aufreißer der Stadt? Das müssen wir würdig begießen. Drei Absinth mit Würfelzucker« ruft er dem Mädchen hinter der Theke zu.

Gianni schüttet das Gebräu über ein Stück Zucker, das auf einem flachen, durchlöcherten Löffel liegt. Er hält sein Zippo daran, und eine Stichflamme schießt hoch. Das ganze wiederholt sich noch zweimal.

»Wieviel Prozent hat der denn?« fragt Antonie.

»Genug«, meint Gianni. »Auf Geller!«

Sie sind in der zweiten Runde – diesmal haben sie auf das Feuerwerk verzichtet – als Geller Antonie anstupst, worauf diese fast vom Barhocker kippt.

»Kommt da nicht dein Golftrainer?«

Antonie kneift die Augen zusammen. »Sieht so aus.«

»Der war ganz traurig heute mittag, weil du nicht gekommen bist.«

»Duncan! Hallo Duncan!« Antonie winkt ihm zu. »So ein Zufall!« begrüßt Antonie den neuen Gast.

»Äh ... wir waren hier verabredet, *you remember*?«

»Stimmt«, kichert Antonie, denn soeben fällt ihr wieder ein, daß sie nach Giannis Warnung vor diesem Lokal Duncan angerufen hat.

»Ja, um sieben. Ich bin inzwischen was essen gegangen.«

Antonie schaut auf die Uhr. »Jetzt ist es elf«, verkündet sie und strahlt in die Runde.

»Sie kann nichts dafür«, mischt sich Geller ein. »Ausnahmsweise nicht. Ein Kollege wurde angeschossen.«

»Das tut mir leid.« Duncan starrt Geller an. »Was ist denn mit Ihrer Nase passiert? Sie sehen ja fürchterlich aus.«

Geller winkt großspurig ab. »Nur ein Kratzer! Der andere liegt noch im Krankenhaus, hähä, das ist kein Witz, das stimmt, nicht wahr, Antonie?«

»Jawohl, es stimmt.« Antonie nickt mit feierlicher Miene. Es ist nicht einfach, zu nicken und dabei die Balance auf dem Barhocker zu halten.

Geller ruft: »Silviemaus! Noch so ein grünes Gesöff für den Herrn *Prof... Profess...* den Schotten hier.«

»Für mich auch, *per favore*!«

»Für mich auch!«

»Also, ich weiß nicht ...«, zögert Duncan.

»Nimm ihn mit Zucker, Süßer«, gurrt Gianni. Er legt seine Pranke auf Duncans Schulter und haucht ihm ins linke Ohr: »*Buona sera.* Ich bin Gianni Amaro aus Corleone, Sizilien.«

»Duncan McKenzie aus Ayr, Schottland«, sagt der Golfprofi und rückt ein wenig von Gianni ab.

»Keine Angst, der will nur spielen«, beruhigt Antonie.

»Ich bin nicht schwul, ich tu nur manchmal so, wegen der Geschäfte«, erklärt Gianni.

»Verstehe«, sagt Duncan mit verwirrtem Blick.

»Er ist mein Friseur«, erklärt Antonie.

»Figaro. Mein Salon heißt *Arte di capelli.*«

»Er is auch kein Sissilianer«, klärt Geller den neuen Gast auf. »Aber du da ...«, er tippt Duncan gegen die Brust, »biss 'n echter Schotte, nichwah?«

Der Absinth wird gebracht, und Gianni setzt mit der Begeisterung eines kleinen Jungen, der mit Wunderkerzen spielen darf, den Zucker über Duncans Glas in Flammen. Duncan wartet, bis die zähe Masse durch den Löffel in das Glas getropft ist und Gianni das Kommando erteilt: »*Salute.* Auf die grüne Fee.«

Der Schotte nimmt einen Schluck. Es ist nicht so ganz sein Geschmack, aber angesichts des Vorsprungs der anderen drei beeilt er sich, das Versäumte aufzuholen.

»*Porco dio*, diese Schotten«, meint Gianni, als sie eine Runde weiter sind, »die können saufen!«

»Die Iren saufen noch viel mehr«, behauptet Rolf Geller. Sein linkes Auge ist schon recht glasig, über das rechte weiß man wenig, da es immer noch zugeschwollen ist.

Da war doch was mit einem Iren, grübelt Antonie und verkündet zwei Minuten später unvermittelt: »Ich habe Romero vergessen.«

»Wurde auch langsam Zeit«, meint Geller.

»Quatsch. Ich muß Romero anrufen!«

»Essis spät«, gibt Rolf Geller zu bedenken.

»Essis diensslich!«

»Romero is nämlisch ihre heimlische, groooße Liebe«, lallt Geller in Duncans rechtes Ohr.

»Un' Geller quatscht unheimlich große Scheiße.« Antonie fängt an, in ihrer Handtasche zu wühlen, hält dabei jedoch den Blick stur auf das Flaschenregal hinter der Theke gerichtet, denn ihr wird allmählich leicht unwohl.

»Dein Handy liegt vor dir, auf dem Tresen, falls du das suchst«, meint Gianni.

»Gianni, du biss'n guter Freund.«

Bei Romero meldet sich nur die Mailbox, auf der Antonie wirre Aussagen hinterläßt. »So, mir reicht's für heute«, verkündet sie. »Tragt mich zum Auto, ich fahr euch alle heim.«

»Sie haben meine Warnung bekommen.«

»Nun hören Sie mal ...«

»Nein, Sie hören mir zu: Es hat sich was geändert. Sein Tod nützt mir nichts mehr, und Sie schaffen es ja doch nicht. Aber Sie schulden mir was.«

»Was wollen Sie?«

»Geld. Hunderttausend. Bis morgen.«

»Sind Sie wahnsinnig?«

»Das nächste Mal trifft es vielleicht ein anderes Mitglied der feinen Familie. Auf jeden Fall ist es dann keine Farbe mehr.«

»Wo soll ich so viel Geld so schnell herbekommen?«

»Ihr Problem.«

»Dazu müßte ich Wertpapiere verkaufen. So was dauert, da gibt es Kündigungsfristen. Es war den Sinn unserer Abmachung, nichts Auffälliges unternehmen zu müssen, Sie erinnern sich?«

»Die Dinge haben sich geändert. Hunderttausend, und Sie sind aus der Sache draußen.«

»Dreißigtausend. Mehr kann ich so schnell nicht bekommen. Und ein wenig Schmuck.«

Ein paar Sekunden ist Stille.

»Gut. Wann und wo?«

»Seien Sie morgen so gegen siebzehn Uhr am Grab. Dort wird eine Schale mit Rosen stehen. Unter dem Blumentopf liegt ein Schlüssel, der zu einem Schließfach am Hauptbahnhof paßt. Die Nummer werde ich entfernen und sie Ihnen Punkt neunzehn Uhr telefonisch mitteilen.«

»Warum treffen wir uns nicht einfach in einem Kaufhaus, und Sie geben mir unauffällig den Schlüssel?«

»Die Polizei muß uns ja nicht unbedingt zusammen sehen, oder?«

»Wer war denn dran?« fragt Anette Faber, als ihre Mutter wieder auf die Terrasse kommt. Verglichen mit den Temperaturen des Tages ist die Luft jetzt angenehm.

»Eine meiner Bridgedamen. Ella Schlips. Sie vermißt ihre Lesebrille und ruft jetzt alle an, ob sie sie zufällig eingesteckt haben.«

»Um elf Uhr abends fällt ihr das ein?«

»Manche Leute haben eben keinerlei Benimm«, seufzt Hermione Sievers und setzt sich wieder auf ihren Stuhl. »Wo waren wir stehengeblieben?

»Du gibst«, sagt Moritz und sieht seine Großmutter mit intensivem Blick an. Auch Anette Faber taxiert ihre Mutter, die gerade die Rommékarten wieder aufsammelt. Anette Faber hat eine Antenne dafür, wenn sie angeschwindelt wird, eine Art sechsten Sinn. Und der meldet sich in letzter Zeit recht häufig, nicht nur in Gegenwart ihrer Mutter.

Es begann, nachdem ihre Mutter aus der Klinik zurückkam: die Zusammenkünfte von Enkel und Großmutter in deren Zimmer, das abrupte Verstummen ihrer Unterhaltung, wenn Anette dazukam. Seit Romans Tod gab es schon zweimal Anrufe, bei denen aufgelegt wurde, wenn Anette sich meldete, und auch Frau Meise hat von solchen Anrufen berichtet. Moritz wohnt seit Romans Tod wieder zu Hause. Aus seiner Jeans, die er im Bad liegengelassen hatte, fiel vorgestern eine Telefonkarte. Wozu braucht ein Mensch, der ein Handy besitzt, eine Telefonkarte? Anette Faber beschließt, so bald wie möglich mit Moritz zu reden. Allein.

Das Telefon klingelt.

»*Ich* geh ran«, sagt Anette und eilt ins Haus.

»Entschuldigen Sie die späte Störung ...«

»Herr Romero«, stellt sie erleichtert und auch ein wenig erfreut fest.

»Ich wollte mich nur erkundigen, wie es Ihrer Frau Mutter geht. Außerdem soll ich ihr die besten Wünsche von meiner Mutter ausrichten.«

»Meiner Mutter? Der geht es gut, wieso fragen Sie?«

»Wegen des Anschlags von heute nachmittag, auf dem Friedhof ...«

»Anschlag?«

»Sie wissen von nichts«, stellt Romero fest.

»Anscheinend nicht.«

»Ich denke, wir sollten uns unterhalten.«

»Oh, ja. Am liebsten sofort, wenn es möglich ist,« sagt Anette Faber.

»Sicher ist das möglich«, frohlockt Romero und nennt ihr seine Adresse.

»Ich bin in einer halben Stunde da.«

Zu Mutter und Sohn sagt sie kurzangebunden: »Ich muß noch mal weg. Wartet nicht auf mich, es kann spät werden.« Für einen Moment fühlt sie eine grimmige Genugtuung angesichts der verdatterten Blicke der beiden. Ohne eine Antwort abzuwarten, geht sie die Treppe hinauf, ins Bad, ins Schlafzimmer, dann hört man sie die Treppe hinunterklappern. Das Cabrio prescht aus der Garage, und im Flur schwebt noch eine ganze Weile die Duftwolke ihres Parfums.

»Wann ist eigentlich der nächste Untersuchungstermin?« fragt Sven.

»Nächste Woche.«

»Da möchte ich gerne mit. Mal sehen, was sich getan hat.«

»Klar, gerne«, meint Sandra und trinkt von ihrem Rotbuschtee. Wie ihr dieses Zeug zum Hals heraushängt! Sie sehnt sich nach einem Vodka-Lemon oder wenigstens einem Glas Weißwein.

Es wird höchste Zeit. Sven hat heute auch schon bemerkt, daß man noch kaum etwas sieht.

Der Bauch. *Mit einem dicken Bauch heirate ich nicht,* hat sie zu Sven gesagt. Das war an dem Aprilabend, an dem sie ihm das Ultraschallbild gezeigt hat. Das mit dem Bild war genial, findet Sandra. Sie hat ihre Ärztin bei der Vorsorgeuntersuchung darum gebeten. Ein Bild ihres leeren Uterus mit ihrem Namen darunter. Der kaulquappenförmige Fleck, den Sven nach dem ersten Schrecken verzückt als seinen Stammhalter identifiziert hat, wurde im Copyshop gezeugt.

Sandras Rechnung ging auf, und zwar glatter, als sie gehofft hatte. Fast über Nacht wurde aus Sven, dem *Womanizer*, dem Partylöwen, Sven, der fürsorgliche künftige Familienvater. Wobei er erfolgreich verdrängte, daß er in dieser Rolle schon einmal eine schlechte Figur abgegeben hatte. In seiner Begeisterung heiratete er Sandra vier Wochen später und überschrieb ihr seine Lebensversicherung, so, wie es sich für einen treusorgenden Ehemann und zukünftigen Vater gehört.

»Du hast mir noch gar nicht erzählt, wie es heute morgen bei der Polizei war«, wechselt Sandra das Thema.

»Nichts war. Sie können sie ohne Beweise nicht festnehmen. Wahrscheinlich muß mich das Luder erst umbringen, damit die ihre Beamtenärsche in Bewegung setzen.«

»Nach dem, was Sie jetzt wissen: Würden Sie den Gedanken völlig von der Hand weisen, daß Ihre Mutter und Ihr Sohn mit dem Tod Ihres Mannes – wenn auch nur im Entferntesten – etwas zu tun haben könnten?«

Sie sitzen sich an dem kleinen Bistrotischchen gegenüber, und Romero sieht seinen Gast über das Flackern der Kerze hinweg gespannt an. Er hat sämtliche Windlichter herbeigeschafft, die er finden konnte, und sie überall auf dem Balkon drapiert. Es sieht sehr feierlich aus. Romantisch, wenn man so will. Drinnen läuft in dezenter Lautstärke ein Stück von Rossini.

Es dauert lange, ehe sie sagt: »Bei meiner Mutter bin ich mir nicht sicher. Aber Moritz – nein, niemals.« Sie schweigt. Romero weiß, daß sie nicht mehr dazu sagen wird. Selbst wenn sie Zweifel an der Integrität ihres Sohnes hegt, sie wird sie leugnen, nicht nur vor ihm, auch vor sich selbst.

Anette Faber steht mit dem vollen Glas in der Hand auf und betrachtet die Lichter der Stadt. Auch Romero ist aufgestanden.

»Sie wohnen sehr schön«, sagt sie. »Ich mag die Stadt im Sommer.«

Eine kühle Windbö bringt die Lichter zum Flackern, unten, im Hof, kreischt eine Katze, es hört sich an wie das Schreien eines Kindes. Sie schaudert ein bißchen zusammen. Romero macht eine Handbewegung, als wolle er den Arm um sie legen, aber mitten in der Bewegung hält er inne.

»Kann ich noch etwas Wein haben?«

»Gerne.« Romero gießt nach. Seine Besucherin wollte nichts mehr essen, aber sie sind inzwischen bei der zweiten Flasche Burgunder.

»Ich kann Ihnen dann ein Taxi rufen«, sagt er und könnte sich im selben Moment dafür ohrfeigen. Romero, du bist ein Volltrottel, dir ist nicht zu helfen!

Sie stellt ihr Glas hin.

»Können wir reingehen? Mir ist ein wenig kalt.«

Sie verlassen den Balkon. Romero nimmt die Flasche und die Gläser mit nach drinnen.

Sie sieht ihn mit einem Lächeln in den Augenwinkeln an und sagt: »Ich fürchte, ich kann kein Taxi nehmen. Ich habe gar kein Geld bei mir.«

»Dann müssen Sie hierbleiben, bis einer von uns wieder fahren kann.«

»Was meinen Sie, wie lange wird das dauern?«

»Lange. Der Körper baut pro Stunde nur ein Zehntelpromille Alkohol ab.«

Sie trinkt ihr Glas in einem Zug leer. Romero geht zum Fenster und zieht sorgfältig die Gardinen zu.

VIII.

Antonie schlägt die Augen auf. Ein ungewohntes Geräusch hat sie geweckt. Sie kriecht aus dem Bett. Sonnenstrahlen zwängen sich durch die Ritzen im Rolladen. Sie läßt ihn bis zum Anschlag herunter. Schon besser. Nur nicht zuviel Licht auf einmal. Ihr ist, als sei ihr Gehirn explodiert. Dieser Schmerz. Sie schafft es in nahezu aufrechtem Gang gerade noch bis ins Badezimmer. Beim Versuch, sich die Zähne zu putzen, ohne erneut zu würgen, fällt ihr Blick in den Spiegel. Die Frage nach der Schönsten im ganzen Land stellt sich heute nicht, soviel ist schon mal klar. Sie wirft zwei Aspirin in den Zahnputzbecher. Das komische Geräusch ist immer noch da. Über dem Badewannenrand liegen Klamotten. Ein Pullover, der ihr viel zu groß ist, und eine schwarze Hose. Sie wankt zurück in ihr Wohnzimmer, während ihr Gedächtnis nach und nach die Bilder des vergangenen Abends preisgibt. Allerdings hören alle im *Rue Morgue* auf, sie kann sich beim besten Willen nicht erinnern, wie sie nach Hause gekommen ist. Und mit wem. Diese Frage gewinnt mit jedem Schritt, den sich Antonie ihrem Sofa nähert, an Brisanz. Ein Paar Männerschuhe steht davor. Unter der Wolldecke zeichnet sich ein Körper ab. Er hebt und senkt sich und sondert im Takt dazu Geräusche ab. Vom Haar ist nur ein brauner Wuschel zu sehen. Wer, zum Teufel, hat sich hier eingenistet?

Von irgendwoher ertönt *La donna è mobile.* Es dauert, ehe Antonie das Handy in ihrer Handtasche findet, die an ungewohnter Stelle, auf dem Kühlschrank, steht.

»Romero. Es tut mir leid, daß ich gestern abend nicht zurückgerufen habe, aber ...«

Mit gedämpfter Stimme gibt Antonie die gestrigen Ereignisse wieder, während sie eine Flasche Cola aus dem Kühlschrank nimmt und ihre Erzählung ab und zu unterbricht, um ihre ausgetrocknete Kehle zu befeuchten.

»Warum sprichst du in deinen eigenen vier Wänden so leise?« fragt der Kriminalist am anderen Ende der Leitung.

»Meine Stimme ist ein wenig angegriffen«, erklärt Antonie, was nicht gar so weit hergeholt ist. »Und woher willst du überhaupt wissen, wo ich bin?«

Denn eigentlich müßte ich wohl längst im Büro sein, geht es Antonie durchs malträtierte Gehirn.

»Deine Kühlschranktür hat dich verraten. Paß auf: Es gibt interessante Neuigkeiten im Fall Faber. Weißt du schon, daß gestern mittag auf die alte Frau Sievers ein Anschlag mit einer Farbpistole verübt worden ist?«

»Was?« ruft Antonie. Etwas detoniert unterhalb ihrer Schädeldecke.

»Wie lange brauchst du, um deinen Kater und deinen Kerl loszuwerden?« fragt Romero und klingt amüsiert.

»Kerl?«

»Oder wer schnarcht da so?«

»Keine Ahnung«, antwortet Antonie, und es geschieht, womit sie im geheimen gerechnet hat: Die schiere Wahrheit wird als solche nicht akzeptiert.

»Um zwölf bei Wacker?« fragt Romero.

»Ja, das geht«, sagt Antonie und verabschiedet sich, ohne eine Vorstellung zu haben, wie spät es jetzt sein könnte. Aber das ist jetzt nicht die wichtigste Frage. Sie schleicht zu ihrem Sofa. Der Schnarcher hat sich von Kopf bis Fuß in die Decke gewickelt, so daß es ohne Gewaltanwendung nicht möglich ist, einen Blick darunter zu werfen.

Antonie stupst den Körper dort an, wo sie die Schultern vermutet. Unwilliges Grunzen.

»Geller?«

»Falsch«, tönt es dumpf unter der Decke.

»Duncan?«

»Wieder falsch.«

Da kommt es alle Jubeljahre einmal vor, daß ein Mann die Nacht in meiner Wohnung verbringt, und ich weiß nicht mal, wer es ist. Ich will gar nicht wissen, was ich sonst noch alles nicht mehr weiß. Lieber Himmel, es wird doch nicht …

»Gianni?« fragt Antonie mit ängstlichem Unterton.

Die Decke wird zurückgeschlagen. »Jetzt reicht's!«

»Daan. Wo kommst du her?«

»Deine Nachbarin Karola hat mich reingelassen, als ich einsam wie ein verstoßener Hund vor deiner Tür saß.«

»Mir kommen die Tränen. Warum hast du mich nicht auf dem Handy angerufen?«

»Ich wollte dich überraschen.«

Daan steht auf. Er trägt nur seine Boxershorts, und Antonie stellt fest, daß ihr der Anblick immer noch gefällt.

»Ich mach uns Kaffee«, sagt er. »Vielleicht solltest du es inzwischen mit einer Dusche versuchen.«

Antonie schaut auf die Uhr. »Schon zehn! Was ist mit meinem Wecker los?«

»Ich habe ihn abgestellt.«

»Ich muß zum Dienst! Geller ist krankgeschrieben, Ossi liegt im Krankenhaus, Pfeiffer wird schon rotieren.« Sie hält sich die Schläfen. Laute Stimmen, besonders ihre eigene, sind ihrem Befinden überhaupt nicht zuträglich. »Oh, mein Kopf!«

»Ich habe Irina angerufen und ihr gesagt, daß du später kommst wegen dringender Recherchen.«

»Ich danke dir«, sagt Antonie und läßt sich auf das Sofa sinken. »Nie war ich so betrunken. So ein grünes Scheißzeug.«

Als Antonie aus der Dusche kommt, fühlt sie sich schon besser. Daan hat Frühstück gemacht. Neben zwei Tassen Cappuccino hat er alles aufgefahren, was der Haushalt zu bieten hat: eine halbe Packung Knäckebrot, zwei nur ganz leicht angetrocknete Diät-Salamischeiben und eine Tube mittelscharfen Senf. Der verschimmelte Käse, die ranzige Margarine und die mumifizierte Zitrone liegen im Abfalleimer.

»Wer ist Duncan?«

Antonie sieht Daan über den Schaumberg in ihrer Tasse hinweg an. Seine borstigen, blonden Haare, den wohlproportionierten

Oberkörper, die Augen, die mal blau, mal grün schimmern, die schlanken Hände. Und dieser charmante Akzent ... Was sagt die Uhr dazu? Halb elf. Zeit genug für ein paar dringende Recherchen.

Sie fährt ihm zart über den Handrücken, wobei ihr der Bademantel mit dem Aufdruck *Steigenberger* rein zufällig von den Schultern rutscht.

»Niemand.«

»Moritz, ich möchte mit dir reden«, sagt Anette Faber. Sie und Moritz sitzen vor den Resten des Frühstücks, die Frau Meise gleich abräumen wird. »Aber nicht hier.«

Moritz erkennt am Tonfall seiner Mutter, daß er nicht um ein Gespräch herumkommt, also nickt er, und sie verlassen das Anwesen zu Fuß, beobachtet von Hermione Sievers, die an ihrem Fenster steht und den beiden nachsieht, bis sie zwischen dem Grün des Gartens verschwunden sind.

»Warum hast du mir nichts von dem Überfall auf dem Friedhof erzählt?«

»Ich ... wir wollten dich nicht beunruhigen. Oma meinte, du hättest in letzter Zeit genug durchgemacht. Es war sicher nur ein übler Scherz von Jugendlichen, meint Oma.«

»Und was meinst du?«

Moritz antwortet nicht. Er trottet mit hängenden Schultern neben seiner Mutter her, die er um einen halben Kopf überragt. Anette Faber fühlt Wut in sich aufsteigen. Genau das hat ihre Mutter ihr geantwortet, als sie sie heute morgen zur Rede gestellt hat, und genau das hat Romero prophezeit, daß Enkel und Sohn es zu ihr sagen werden: ein Streich, ein Scherz, nichts Persönliches.

»Moritz, sag mir, was da vorgeht«, verlangt seine Mutter.

Er schaut sie groß an. »Ich weiß nicht, was du meinst.«

»Moritz, ich finde den Gedanken unerträglich, daß du bei den Intrigen, die deine Großmutter gegen uns ... gegen mich spinnt, mitmachst.«

»Ich spinne keine Intrigen gegen dich«, braust Moritz auf.

»Vielleicht benutzt sie dich, ohne daß du es merkst.«

»Wozu soll sie mich benutzen?«

»Für ihre Verschwörungstheorien, was weiß ich.« Anette Faber verlangsamt ihren Schritt. »Moritz, deine Großmutter ist krank und zwar schon seit längerer Zeit. Du darfst ihr nicht glauben, was sie sich zusammenphantasiert.«

»Aber daß ihr sie in ein Heim geben wolltet, das ist keine Phantasie«, widerspricht Moritz. »Ich habe ihn selbst deswegen telefonieren hören.«

»Wir haben uns umgehört, denn es wird schlimmer werden mit ihr. Sprich mit Dr. Frowein, wenn du mir nicht glaubst. Sie leidet an Verfolgungswahn, und dazu kommt bei ihr noch eine gehörige Portion sogenannter Altersbosheit. Wobei ich allmählich bezweifle, ob das bei ihr das Alter ist.«

Plötzlich bleibt sie stehen, nimmt Moritz an den Handgelenken und sieht ihm in die Augen. Er hält ihrem Blick mühevoll stand.

»Moritz, sag mit bitte: Hat sie irgend etwas mit dem Tod deines Vaters zu tun?«

»Wie sollte sie das denn angestellt haben?« fragt Moritz zurück.

»Hat sie jemanden beauftragt, ihn zu vergiften?«

»Jetzt bist du es, die sich was zusammenphantasiert«, antwortet Moritz und geht mit gesenktem Kopf weiter.

»Moritz!«

Er bleibt stehen und sieht seine Mutter mit trotzigem Ausdruck an, während er langsam auf sie zugeht. »Vielleicht war ich es ja?«

»Rede keinen Unsinn.«

»Weißt du eigentlich, wie sehr ich ihn gehaßt habe?«

»Sag so etwas nicht. Vielleicht war er manchmal zu streng, das gebe ich ja zu ...«

»Streng?« höhnt Moritz. »Er hat mir kaum Luft zum Atmen gelassen. Alles, was ich machte, war in seinen Augen mittelmäßig. Nie war ich ihm genial genug, nie würde ich je so brillant sein wie er. Dabei habe ich alles gemacht, was er wollte: ich habe Medizin studiert, weil er es verlangt hat, obwohl ich viel lieber Musik studieren wollte, ich bin dieser idiotischen Burschenschaft beigetreten, ich habe Golf gespielt, ohne daß ich je großen Spaß dran gehabt hätte, ich habe die Freunde, die ihm mißfielen, nicht mehr getroffen. Und wozu? Gab es *einmal* ein Lob von ihm? Er hat mich nie wirklich wahrgenommen.«

»Immerhin hat er dir zum Abitur den teuren Wagen geschenkt.«

»Ja, den Wagen. Weil die Söhne und Töchter seiner Kollegen auch solche Wagen fahren, deshalb. Weißt du, was ich mir als Kind oft ausgedacht habe? Daß man mich im Krankenhaus verwechselt hat, daß ich in Wirklichkeit ganz einfache, arme, liebevolle Eltern habe.«

»Es reicht.« Wieder ist Anette Faber stehengeblieben. »Wenn es so schlimm war, warum bist du dann nicht gegangen und hast Musik studiert? Gegen seinen Willen? Ich sag's dir: Weil es dann unbequem geworden wäre. Du hättest in den Ferien *arbeiten* müssen, du hättest ein klappriges Auto gefahren, wenn überhaupt eines, und wohnen würdest du in einer billigen Studentenbude, ohne Putzfrau, ohne Köchin, ohne jemand, der dir deine Sachen gebügelt in den Schrank hängt. So ernst war dir das mit der Selbstverwirklichung dann auch wieder nicht, oder?«

Moritz antwortet nicht. Anette schlägt einen milderen Ton an: »Roman hat dich geliebt, auf seine Art, und ich liebe dich ebenfalls, das weißt du. Sicher haben wir Fehler gemacht, aber die perfekten Eltern gibt es nicht. Nicht mal im Märchen.«

Moritz beißt sich auf die Unterlippe, es sieht aus, als würde er gleich anfangen zu weinen. »Ja, du hast mich geliebt. Aber wann? DU WARST JA NIE DA!«

»Das stimmt doch nicht«, flüstert Anette, tief getroffen.

»Ständig bist du mit ihm weggefahren, zu diesem Kongreß, zu jenem Vortrag, hier drei Tage, da fünf Tage. Danke übrigens, für die netten Mitbringsel aus den Flughafenboutiquen der ganzen Welt, mit denen ich mein Zimmer vollstopfen konnte. Und ihr hattet wahrscheinlich nicht mal ein schlechtes Gewissen dabei, denn ich war bei Oma ja bestens aufgehoben.«

»Das warst du doch auch«, sagt seine Mutter kleinlaut.

Moritz braust auf: »Aber manchmal hätte ich *dich* gebraucht und nicht Oma. Warum konnte er nicht alleine reisen, wie andere Männer auch? Warum mußte er dich immer dabeihaben? Ich sag's dir: Weil er eifersüchtig war. Auf alle, mit denen du während seiner Abwesenheit hättest sprechen können, und vor allen Dingen: auf mich. Weil er gespürt hat, daß du mich liebst, vielleicht sogar mehr als ihn. Das konnte er nicht ertragen, dieser armselige Despot. Aber warum hast du nicht nein gesagt, wenigstens ab und zu mal?« Moritz ist laut geworden.

Anette drückt ihre Handflächen gegen die Schläfen. »Ich dachte nicht, daß es dir so viel ausmacht. Ich wollte keinen Streit.«

»Du hast vor ihm gekuscht. Hast du ihm jemals widersprochen? Du hast dich vor seinen Eifersuchtsausbrüchen gefürchtet.«

»Ja, vielleicht«, räumt Anette Faber ein.

»Und jetzt? Bist du nicht auch froh, daß er tot ist?« fragt Moritz und sieht seine Mutter an. Er hat Tränen in den Augen.

Anette Faber schüttelt den Kopf. »Nein. Er hatte Fehler, aber er hatte auch Seiten, die ich an ihm mochte. Vor allem kann ich den Gedanken nicht ertragen, daß er ermordet worden ist. Und den Gedanken, daß du darüber froh bist, erst recht nicht.«

Moritz zuckt die Schultern. »Damit wirst du leben müssen.«

Anette fixiert ihn, bis er den Blick senkt. Dann sagt sie: »Du kannst eiskalt sein. Genau wie er. Du bist sein Sohn, Moritz, ob es dir gefällt oder nicht. Damit wirst *du* leben müssen.«

»Deine Unkenntnis in Sachen Kriminalliteratur ist geradezu erschreckend, meine Liebe, wenn ich dir das sagen darf.« Romero und Antonie haben sich an einen der Stehtische vor dem Café Wacker gequetscht.

»Ich brauche so was nicht zu lesen«, verteidigt sich Antonie, »ich erlebe jeden Tag meinen ganz persönlichen Krimi.«

»Das Werk, von dem die Rede ist«, Romero unterbricht sich, um von seinem Costa Rica Nr. 2 zu trinken, »hat im wesentlichen folgendes zum Inhalt: Zwei sich völlig fremde Personen kommen in einem Zugabteil ins Gespräch, wobei sie feststellen, daß es im Leben eines jeden von ihnen jemanden gibt, den man gerne ermorden würde. Und so beschließen sie etwas später, den Mord des anderen zu begehen, quasi über Kreuz, damit sich der Angehörige ein untadeliges Alibi beschaffen kann.«

»Wie geht die Geschichte aus?« fragt Antonie.

»Ich bin noch nicht fertig.«

»Du meinst also, die Fabers und Linda Bussek könnten so ein Abkommen geschlossen haben?«

»Immerhin stammt der Tip zu dem Buch indirekt von der alten Frau Sievers.«

»Wenn es so wäre, würde sie dann nicht erst recht den Mund halten?«

»Eitelkeit«, meint Romero. »Sie denkt, sie ist brillant, und sie muß es irgend jemandem mitteilen, und wenn es nur eine nahezu unbekannte alte Dame auf dem Friedhof ist. Ich nehme an, sie weiß nicht, daß sie an die Mutter eines Exbullen geraten ist, die noch recht klar im Kopf ist. Apropos klar: Meine Mutter meint, Linda sei nicht die Frau, die sie auf dem Friedhof und dem Golfplatz gesehen hat.«

»Wo hat deine Mutter Linda Bussek gesehen?«

»An ihrem Arbeitsplatz, ich habe sie hingebracht.«

Antonie grinst. »Und?«

»Es war furchtbar, ich will nicht darüber sprechen«, antwortet Romero. »Übrigens, sie wird heute noch zu dir reinschneien und dir die Friedhofsgeschichte haarklein erzählen. Tu so, als wäre sie völlig neu für dich. Du weißt schon, die Eitelkeit.«

Antonie rührt in ihrem Kaffee und beobachtet das mittägliche Treiben vor dem Café: am Nachbartisch teure Jacketts und Frauen in Jackie-Kennedy-Kostümchen, am anderen Stehtisch setzen knappe T-Shirts gepiercte Bauchnabel in Szene, und offensichtlich trägt man diese Saison die Sonnenbrillen nicht mehr im Gesicht, sondern in den Haaren.

»Angenommen, deine Theorie stimmt. Wie und wo sollten sich die Fabers und jemand aus Busseks Dunstkreis begegnet sein? Das sind doch völlig verschiedene Welten.«

»Das genau ist der Trick bei der Sache.«

Antonie grübelt laut vor sich hin: »Es muß ein Ort sein, an dem völlig fremde Leute aus ganz verschiedenen Gesellschaftsschichten zufällig zusammenkommen. Und sie müssen dort Zeit genug haben, um ein ungestörtes Gespräch führen zu können. So was wie ein Zugabteil. Aber wie sollen wir das beweisen?«

»Finde den Berührungspunkt heraus«, rät Romero, »dann bekommst du vielleicht auch den Beweis.«

»Ich denke, wir sollten uns die andere, die neue Ehefrau von diesem Bussek, mal genauer ansehen.«

»Wir?«

»Naja, ich und Geller ... quatsch, Geller ist ja krank. Dann eben Pfeiffer. Oh, Gott!«

»Ja, tut das«, pflichtet ihr Romero bei. »Ehefrauen hegen häufig Mordgelüste, das kennt man ja.«

»Und meistens haben sie Gründe dafür«, antwortet Antonie.

»Du hast Besuch.« Irina steckt den Kopf aus der Tür ihres Büros. »Wenn du nachher mal Zeit hast, ich hätte da was Interessantes ...«

»Nachher«, wehrt Antonie müde ab und ist schon in ihrem Büro verschwunden.

»Dann eben nicht«, murmelt Irina eingeschnappt.

Es ist nicht Zilke Himmelreich, wie Antonie vermutet hat, sondern die Ärztin des Ketteler-Krankenhauses, Galina Petrovicz.

»Ich habe gestern vergeblich auf Sie gewartet.«

»Ja, ich entschuldige mich. Ich mußte zu einem Einsatz, ein Kollege wurde angeschossen. Machen wir es kurz: Ihr Patient, Sven Bussek, behauptet ...«

»Ich weiß, was er behauptet«, unterbricht die Ärztin und winkt ab. »Er hat auch behauptet, daß ihm ein Dämon auf dem Kopf sitzt, der ihm die Augen auslutschen will.«

»Das war aber die Nacht zuvor, als er unter dem Einfluß dieser Engelstrompete stand, oder?«

Die Ärztin nickt.

»Wäre es theoretisch denn nicht möglich, daß sich jemand OP-Kleidung aneignet und auf die Intensivstation schleicht, um einen Mordversuch zu begehen?«

»Die Intensivstation ist immer besetzt.«

»Hören Sie. Es geht mir lediglich um die Glaubwürdigkeit des Patienten.«

»Der Mann leidet noch immer unter Halluzinationen. So was kann dauern.«

Antonie zieht ihre Schublade auf und legt den abgeschnittenen Infusionsschlauch auf den Tisch. »Und das? Ist das auch eine Halluzination?«

Ihr Gegenüber macht ein Gesicht wie jemand, der die Partie nach zähem Kampf verloren gibt.

»In der Nacht war nur die Lernschwester da. Was nicht erlaubt ist, sie hätten ...«

»Ihre internen Vorschriften interessieren mich jetzt weniger. Ich möchte Ihnen keine Schwierigkeiten machen, ich möchte bloß wissen, was los war.«

»Ich traf Schwester Ute auf dem Gang und fragte sie, wer denn jetzt auf Intensiv wäre. Sie sagte, sie sei allein und hätte einen Anruf bekommen, sie solle dringend ins Schwesternzimmer kommen. Aber dort hätten sie von nichts gewußt. Das kam mir komisch vor, also bin ich gleich mit ihr auf die Intensivstation gegangen, um zu sehen, ob dort alles in Ordnung ist. Wir waren noch nicht richtig im Vorzimmer, da stürmte uns diese Gestalt entgegen. Ein Arzt in voller OP-Montur, mit Handschuhen und sogar mit Mundschutz.«

»War es ein Mann?«

»Ich weiß es nicht.«

»Denken Sie bitte nach. Die Größe, die Art der Bewegung. Hätte es auch eine Frau sein können?«

»Ja, jetzt wo Sie es sagen. Die Gestalt war so groß wie Sie etwa, und unter der Haube ...«

»Ja?«

»Es sah aus, als wären viele Haare unter der Haube.«

»Haben Sie von den Haaren etwas gesehen? Die Farbe vielleicht?«

»Nein. Es war nur das Nachtlicht an. Es ging sehr schnell, und wir waren beide sehr erschrocken.«

»Dann sahen Sie den durchgeschnittenen Schlauch.«

»Ja. Zum Glück war nichts passiert.«

»Dieser mysteriöse Anruf: War das ein Mann oder eine Frau?«

»Eine Frau, sagt Schwester Ute.«

»Diese Schwester Ute soll mich bitte so bald wie möglich anrufen.«

»Das alles bleibt doch unter uns, oder?« fragt Galina Petrovicz.

»Ja, natürlich«, versichert Antonie.

Als die Ärztin gegangen ist, überlegt Antonie. Die alte Frau Sievers ist knapp einsfünfundsechzig, und Antonies Einschätzung nach ist ihr so eine Aktion nicht zuzutrauen. Moritz Faber. Der kennt sich in Kliniken aus, vielleicht hat er dort sogar schon mal ein Praktikum gemacht? Aber der Junge ist ein gutes Stück größer als sie. Allerdings sind Zeugenaussagen in solchen Dingen erfahrungsgemäß nur bedingt verläßlich. Anette Faber. Die hat meine Größe. Und die Damen Bussek?

Antonie greift zum Telefon. »Irina, kannst du mir aus der Meldedatei alles über Sandra Bussek heraussuchen? Vor allem interessiert mich ihre Körpergröße. Ich danke dir.« Sie legt auf. Bis Irina die Daten hat, wird sie sich die Fotos ansehen, die Geller, dieser Lustmolch, in seinem Schreibtisch hortet. Aber vorher muß sie noch einen Anruf erledigen.

»Vincent, wie groß ist Linda Bussek?«

»So groß wie du etwa.«

»Danke, das war's schon.«

»Gern geschehen«, antwortet der Ex-Kommissar.

»Schönen Tag wünsch ich dir.«

»Ich tu mein Bestes«, sagt Romero. »Ich bin gerade auf dem Weg zum Abschlag.«

Der Mann hat ein Leben!

Sie geht in ihr altes Büro und kramt in Gellers Schreibtisch, bis sie die Fotos der halbnackten Blonden findet. Auf dem Liegestuhl sieht sie nicht sehr groß aus, schätzungsweise einsfünfundsechzig. Ihr Haar ist eher dünn und nur kinnlang. Es würde unter eine Haube passen, ohne sich abzuzeichnen. Aber auch unter eine Perücke. Ihr Blick fällt auf die Liste mit Namen, die Geller von Dr. Frowein bekommen hat. Einer ist eingekringelt. *Zlota* entziffert Antonie mit Mühe. Sie versucht, die anderen Namen zu lesen, ohne Erfolg. Zudem rufen solche Anstrengungen erneut den kleinen Silberhammer auf den Plan, der ihren Schädel von innen bearbeitet. Anstatt sich mit Gellers Hieroglyphen zu plagen, schaut sie lieber kurz bei Irina vorbei. In deren Büro riecht es wie immer, nach Patchouli und angebranntem Kaffee, eine Mischung, die Antonie den Magen umdreht.

»Hier, der Auszug aus dem Register.« Irina hält Antonie ein Blatt Papier hin, ohne den Blick vom Bildschirm zu nehmen. »Da drüben liegt die Krankmeldung von Geller bis Ende nächster Woche.«

»Diesen kleinen Nasenstüber nutzt er wieder schamlos aus«, bemerkt Antonie und strebt zur Kaffeemaschine. »Jetzt brauche ich was, das Tote aufweckt.«

»Heute habe ich ihn dünner gemacht als sonst.«

»Warum machst du so was?« fragt Antonie weinerlich.

»Weil mir eure Beschwerden zum Hals raushängen.«

Antonie gießt sich dennoch etwas von der graubraunen Flüssigkeit ein.

»Übrigens, ich habe da etwas ...«

»Gibt's nur noch rote Tassen?« unterbricht die Kommissarin in kläglichem Ton.

»Wieso? Schmeckt er aus den weißen Tassen anders?«

»Nein, aber die roten sind so grell in den Augen.«

Irina schüttelt ihre Mähne. »Sag mal, was habt ihr gestern gemacht? Komasaufen?«

»Das war ein Selbstversuch mit Absinth. Nie wieder, sage ich dir. Ich kann nicht verstehen, wie so ein Teufelsgesöff seinerzeit solche Verbreitung finden konnte.«

»Und? Hattest du Halluzinationen?« grinst Irina.

»Nein, ich habe sie jetzt«, murmelt Antonie, denn in diesem Moment hämmert es an die Tür, die sich gleich darauf mit leisem Quietschen öffnet.

»Da sind Sie ja, Frau Bennigsen. Ich irre seit Stunden durch dieses schäbige Gebäude, alles ist verlassen, arbeitet hier denn niemand? Joschka, setz dich.«

»Joschka!« Irina und und Antonie stürzen sich auf den kleinen Hund, der ihnen abwechselnd über das Gesicht zu lecken versucht.

»Guten Tag, zusammen«, sagt Zilke Himmelreich etwas befremdet.

Antonie richtet sich verlegen auf. »Guten Tag, Frau Himmelreich.«

»Tag«, ruft Irina, während sie mit Joschka im Büro herumtobt, als gäbe es ab sofort nichts anderes mehr zu tun.

Antonie nimmt Joschka auf den Arm, als er an ihr hochspringt. Der Hund riecht. Antonie erkennt das Parfum sofort. Mit grimmigem Lächeln setzt sie das verräterische Fellbündel wieder auf den Boden.

»Gehen wir in mein Büro, Frau Himmelreich.«

»Lassen Sie Joschka so lange hier«, bettelt Irina.

»Aber paß auf, daß er Pfeiffer nicht wieder so begrüßt wie neulich«, mahnt Antonie und dirigiert die alte Dame hinaus. Sie hat weder Zeit noch Lust, sich Geschichten anzuhören, die sie schon kennt, aber im Augenblick sieht sie keine Möglichkeit, darum herumzukommen.

Sie bietet ihrem Besuch einen Stuhl an und ein Glas Wasser. »Ich sitze seit zwei Tagen im ehemaligen Büro Ihres Sohnes«, erklärt Antonie stolz.

Zilke Himmelreich sieht sich um. »Hier hat er also gesessen?«

»Sie waren nie hier?« fragt Antonie.

»Nein. Was hätte ich hier zu suchen gehabt?«

»Ihr Sohn war ein guter Polizist, Frau Himmelreich. Und ein sehr guter Chef. Der beste, den ich je hatte.«

Zilke unterdrückt ein gerührtes Lächeln. »Mir wäre er als mittelprächtiger Aufsichtsratsvorsitzender lieber gewesen. Aber kommen wir zur Sache.«

Während Zilke Himmelreich ihr gestriges Friedhofserlebnis noch einmal Revue passieren läßt und Antonie ab und zu interessiert nickt, liest sie heimlich den Melderegisterauszug von Sandra Bussek: *Alexandra Bussek geb. Pittin, geboren am 23. 11. 1974 in Frankfurt am Main, Körpergröße: 1,65 cm, Augenfarbe: blau, ...*

»Müssen Sie sich denn gar keine Notizen machen, für's Protokoll?« Zilke Himmelreich runzelt ihre hohe Stirn unter dem bläulichweißen Haarturm, der Antonie stets an Zuckerwatte erinnert.

»Ein Protokoll ist vorerst nicht nötig. Sie sind lediglich eine Informantin, wenn auch eine sehr wertvolle«, beeilt sich Antonie zu versichern. »Die Betroffene selbst hat keine Anzeige wegen des Vorfalls erstattet.« Damit gibt sich die alte Dame zufrieden, und Antonie beginnt mit etwas anderem: » Frau Himmelreich, Sie waren gestern mit Ihrem Sohn am ... äh, Arbeitsplatz einer gewissen Person ...«

»Ja, das war sehr informativ. Aber die nette Dame da im Laden war nicht die Frau, die ich am Golfplatz gesehen habe.«

Es ist schwül im Büro, Antonie steht auf und öffnet das Fenster. Der Luftzug erfaßt den Melderegisterauszug und weht ihn durch das

Büro. Antonie hebt das Papier wieder auf und stellt es unter ihren Kaffee, der heute schmeckt wie der dritte Aufguß des Putzlappens. Zilke Himmelreich beugt sich interessiert über Antonies Schreibtisch.

»Darf ich mal?« fragt sie und deutet auf die Fotos, die unter dem Auszug zum Vorschein gekommen sind. Antonie reicht sie an Frau Himmelreich weiter.

»Kennen Sie die Frau?« fragt Antonie nach einer Weile.

»Ich weiß es nicht. Für einen Moment dachte ich ...«

»Was?«

»Daß es die Frau vom Friedhof ist. Aber ich könnte es nicht mit Sicherheit sagen.«

»Frau Himmelreich, haben Sie noch ein bißchen Zeit?« fragt Antonie hinterhältig.

»Wenn's der Gerechtigkeit dient«, antwortet die Informantin mit einer grazilen Neigung ihres Kopfes. Man müßte sie unter Denkmalschutz stellen, denkt Antonie. Die letzte große Dame ihrer Art.

Antonie bringt Zilke Himmelreich wieder zu Irina. Die Sekretärin kniet auf dem Boden und füttert Joschka mit Marshmallows.

»Irina, Frau Himmelreich möchte sich diese Fotos genauer ansehen, zusammen mit Stadler. Das ist unser Experte für das Erstellen von Phantombildern«, erklärt Antonie der Besucherin.

Irina setzt Joschka auf den Boden. »Ossi hat angerufen, er ist schon wieder einigermaßen okay. Er liegt auf Station und wartet auf Besuch. Er läßt ausrichten, jemand soll ihm einen Gameboy besorgen.«

»Klar, wir haben ja sonst nichts zu tun.« Antonie verdreht die Augen. Der kleine Silberhammer arbeitet wieder.

»Augenblick mal ...« Irina nimmt Antonie die Fotos aus der Hand. »Die kenne ich. Die ist vorgestern mittag hier rumgeirrt und wollte ihren Gatten vermißt melden. Ich habe sie zu Mayer geschickt.«

»Bist du da ganz sicher?«

»Doch, ja. Es war hundertprozentig Mayer. Er schlang gerade einen ...«

»Irina!«

»Sie ist es. Ich bin blond, nicht blind. Kommen Sie mit, Frau Himmelreich, ich bringe Sie jetzt zu einem *freundlichen* Kollegen.«

Sie öffnet die Tür, durch die sich im selben Moment etwas Kariertes schiebt.

»Frau Himmelreich, welch ein Glanz in unserer Hütte. Was führt Sie hierher?«

»Eine wichtige Information im Mordfall eines gewissen Herrn Professor Dr. Faber.«

»Und unser kleiner Freund ist auch dabei.« Pfeiffer wirft einen süßsauren Blick auf Joschka, den sich Irina beim Anblick des Dienstgruppenleiters geistesgegenwärtig unter den Arm geklemmt hat. Vergeblich versucht er, sich aus ihrem Griff zu befreien, um an Pfeiffers Hosenbein zu gelangen.

»Frau Bennigsen«, Pfeiffer deutet mit seinem Füller auf Antonie, als wolle er sie damit harpunieren, »ich erwarte Sie umgehend in meinem Büro.«

Während ihr Vorgesetzter seinen »Zar Nikolaus I.« zwischen den Fingern herumzwirbelt, erzählt er ihr in allen Einzelheiten, wie er Martin Zlota heute morgen in der Klinik vernommen hat, geradeso, als müsse er ihr seine psychologischen Fähigkeiten beweisen.

»... und damit hatte ich ihn dann soweit. Der Mann ist sozusagen moralisch zusammengebrochen ...«

Passiert mir auch gleich.

»... hat er zugegeben, die Drohbriefe geschickt zu haben. Aber er will mit dem Tod von Faber nichts zu tun haben. Ein Alibi hat er allerdings keines für den vergangenen Donnerstag. Aber dennoch: Meinem Gespür nach sagt der Mann die Wahrheit.«

Um das festzustellen, sind jetzt zwei Beamte verletzt, hätte Antonie am liebsten gesagt, aber sie antwortet: »Da bin ich ganz Ihrer Meinung, Herr Hauptkommissar. Zlota ist kein Giftmörder, das paßt nicht zu seinem psychologischen Profil.« Pfeiffer liebt Begriffe wie *psychologisches Profil, Beziehungsfeldaufklärung* oder *Prämisse.*

»Wie weit sind Sie mit Ihren Recherchen im Mordfall Faber?«

»Wir stehen kurz vor einem Durchbruch.«

»Das hat mir Ihr Kollege Geller schon vor drei Tagen erzählt.«

»Aber diesmal stimmt es«, behauptet Antonie frech. Das Karomuster von Pfeiffers Jackett macht sie schwindelig, und der goldene Füller blendet ihre empfindlichen Pupillen, besonders, wenn das Sonnenlicht darauffällt.

»Könnten Sie das ein wenig konkretisieren?«

Antonie kommt nicht umhin, den vermuteten Zusammenhang zwischen den Fällen Faber und Bussek darzulegen. Sie tut das, ohne auf einschlägige Werke aus der Kriminalliteratur zu verweisen oder gar den Namen Vincent Romero zu nennen. Als Antonie geendet hat, schaut Pfeiffer sie ein paar Sekunden lang an, ehe er sagt:

»Wie wollen Sie das je beweisen?«

»Daran arbeiten wir«, seufzt Antonie und erklärt, weshalb Zilke Himmelreich gerade bei Stadler sitzt.

»Und mit dieser Zeugin wollen Sie die Staatsanwaltschaft überzeugen, Anklage zu erheben. Einer Frau von ...«

»Format.«

»Von über achtzig Jahren!«

»Es ist lediglich ein Mosaiksteinchen«, gibt Antonie zu. »Niemand hat behauptet, daß es einfach sein wird.«

Pfeiffer denkt einen Moment nach, wobei er sich, wie immer bei dieser Tätigkeit, den Vollbart krault. Schuppen rieseln leise auf die kalbslederne Schreibtischunterlage, Antonie kämpft einen Würgereiz nieder.

»Dann wäre jetzt Ihrer Theorie nach ein Mitglied der Familie Faber an der Reihe, diesen Bussek zu ermorden?«

Mein Gott, jetzt hat er's!

»Ja. Ein Mitglied oder auch mehrere. Deshalb wollte ich Sie fragen, ob wir nicht einen oder zwei Beamte zur Beobachtung ...«

Sie hält mitten im Satz inne, denn sie kann schon von Pfeiffers Miene ablesen, was er davon hält.

Er wedelt mit seinem Zarenzepter. »Frau Bennigsen. Bei alledem vermisse ich die logische Prämisse. Das hört sich an wie ein ... ein Krimi. Ein Mord über Kreuz? Mal abgesehen davon, daß ich die Idee für abenteuerlich halte – wir haben im Moment nicht das Personal für eine Observierung.«

Der Mann im Wagen hebt zum x-ten Mal das Opernglas an die Augen. Nichts tut sich. Als er gerade im Begriff ist, den Kampf gegen den Schlaf aufzugeben, kommt Bewegung in die Szene. Das Garagentor geht auf, der schwarze Audi schießt die Auffahrt hinab, daß der Kies nur so spritzt. Der Beobachter duckt sich hinter das Lenkrad. Der Audi zieht flott an ihm vorbei, ohne sich um ihn oder die Schilder mit der 30 zu scheren. Ein recht auffälliger Abgang. Zu auffällig. Dennoch legt der Mann das Opernglas beiseite, läßt den Motor an und folgt dem Wagen.

Zeitverschwendung, grollt Antonie, als sie zurück in ihr Büro geht. Dort wartet bereits das nächste Ärgernis.

»Wenn jemand die Füße auf diesem Schreibtisch hat, dann bin ich das«, sagt sie zu Rolf Geller. »Was tust du überhaupt hier? Bist du nicht krank geschrieben?«

»Muß zu Pfeiffer. Ist doch immer ein Riesenbohai, wenn geschossen wurde.« Er nimmt die Sonnenbrille ab. Das Farbenspiel um sein rechtes Auge herum erinnert an eine Schmeißfliege. Antonie tritt näher heran, um Geller von ihrem Platz zu scheuchen. »Das wäre aber nicht nötig gewesen«, sagt sie beim Anblick der welken roten Rose zwischen den Akten.

»Antonie ...«

»Ja, Rolf?«

»Als ich eben zu meinem Wagen gegangen bin, der seit gestern hier auf dem Parkplatz steht, da lag diese Rose an der Windschutzscheibe.«

»Donnerwetter, da meint es jemand ernst.«

»Bei diesem Bussek fing es doch auch so an.«

»Du meinst, jemand will dir ans Leder? Eine eifersüchtige Exgeliebte vielleicht? Du lieber Himmel, da müssen wir ja das Riederwaldstadion mieten, wenn wir die alle vernehmen wollen.«

Antonie hält erschrocken inne, als Geller ein zerfranstes Papiertaschentuch hervorholt und sich damit um die Augen herumtupft, wobei er beim rechten das Gesicht verzieht.

Sie legt ihm die Hand auf die Schulter. »Was ist los? Ist etwas mit Ossi?«

Geller schüttelt den Kopf und schnieft.

Antonie reicht ihrem Kollegen ein frisches Taschentuch. Er schneuzt sich vorsichtig.

»Machst du dir solche Sorgen wegen dieser Rosengeschichte?« forscht sie weiter.

Geller schüttelt den Kopf.

»Ist es wegen Pfeiffer? Hast du Angst, daß er dich für Ossis Verletzung verantwortlich machen wird?«

Geller schnieft und schüttelt den Kopf.

Allmählich kommt sich Antonie wie im Kindergarten vor.

»Jetzt red schon, verdammt noch mal!«

»Claudia«, sagt Geller. »Sie hat ...« Erneutes Schneuzen und Geschniefe.

»Hat sie das Baby verloren?«

Geller schüttelt den Kopf. »Nein. Sie hat mir heute morgen einfach so ins Gesicht gesagt, daß es gar nicht von mir ist.« Eine Träne rinnt über seine unrasierte Wange.

Antonie weiß nicht, wie sie reagieren soll. Weinende Männer machen sie völlig hilflos, und Geller ist der letzte, von dem sie so eine Gefühlsregung je erwartet hätte. Aus Sympathie, und weil ihr Kopfschmerz stärker geworden ist, und weil Joschka nach weißen Gardenien duftet, und weil überhaupt alles so traurig ist, heult sie schließlich ein bißchen mit.

»Antonie, hör mal, ich muß dir was Dringendes ...« Irina ist, wie üblich, ohne Anklopfen ins Zimmer gestürmt.

»RAUS!« tönt es aus zwei Kehlen.

Irina zieht erschrocken den Kopf ein und verschwindet lautlos.

»Ah, mein Schädel. Tja. Was soll ich dazu sagen? Ich kenne sie ja nicht mal.«

»Diese Schlampe!«

»Na, na! Hast du noch nie was mit zwei Frauen gleichzeitig gehabt?« verteidigt Antonie die ihr unbekannte Dame.

»Doch, schon«, räumt Geller ein. Er starrt eine Weile Löcher in die Tischplatte, Antonie wirft eine weitere Kopfschmerztablette in ein Glas und beobachtet ihr Auf und Ab, als gäbe es nichts Wichtigeres auf der Welt. Sie würde Geller gerne etwas Aufmunterndes sagen, aber ihr fällt nichts ein.

»Was machst du denn mit meiner Totenliste?« fragt Geller nach einer Weile in beherrschtem Tonfall.

»Die lag zwischen den Fotos von Sandra Bussek«, entgegnet Antonie. »Wie wäre es mal mit einem Schönschreibkurs an der Volkshochschule?«

»Also bitte, das kann doch jeder lesen. Hier: Walburga Strittmatter, Gerhard Schönbuch, Lydia Pittin, Antonio Molino ... he!«

Antonie hat ihm das Papier aus den Fingern gezupft und legt es neben den Meldebogen von Sandra Bussek.

»Alexandra Bussek, geborene Pittin«, liest sie vor. Hinter dem Namen auf Gellers Liste stehen ein Kreuz und ein Datum: 24. März 2001.

»Ob Lydia Pittin ihre Mutter war?«

Geller springt auf. »Das haben wir gleich.«

»Wenn, dann nehmen wir uns die Dame gleich mal vor und fragen sie nach ihrem Alibi für letzten Donnerstag«, knurrt Antonie.

»Wir? Ich bin krank geschrieben. Ich bin nur hier, damit mich Pfeiffer zur Sau machen kann, danach geh ich wieder.«

»Na, toll.«

»Andererseits ... wenn ich mir die Fotos wieder so ansehe ...«

»Geller, wo bleibt dein Geschmack? Die hat doch ein Mopsgesicht.«

»Aber schöne Augen.«

»Mit deinen Anatomiekenntnissen kann es nicht weit her sein, oder seit wann liegen die Augen zwischen den Ellbogen?«

Aber Geller ist schon unterwegs, und Antonie ist froh, daß sich ihr Kollege offensichtlich wieder gefangen hat.

Antonies Handy klingelt.

»Ich bin's.«

»Gibt's was Neues?«

»Vorhin hat ein Wagen von UPS ein Paket abgeliefert, das von der Haushälterin angenommen wurde. Und eben ist der junge Mann mit einem schwarzen Audi ziemlich eilig weggefahren.«

»Hast du dich drangehängt?«

»Nein.«

»Warum nicht?«

»Ich würde mir ein bißchen albern vorkommen, im Konvoi mit Romero.«

»Romero!?«

»Auch wenn ich seinem alten Mercedes nicht allzuviel Chancen gebe. Sag, wen hast du noch eingespannt? Muß ich mit deinem Figaro auf den Bäumen rechnen?«

»Quatsch. Ich hatte keine Ahnung, ich schwöre es«, ruft Antonie und setzt leise hinzu: »Dieser scheinheilige alte Fuchs! Hat er dich bemerkt?«

»Nein. Ich bin quasi unsichtbar. Es sei denn, er kennt Karolas Polo.«

»Sicher nicht.«

»Und nun? Wie lautet der Befehl, Frau Oberkommissarin? Soll ich zurückkommen, und wir trinken einen Kaffee irgendwo?«

»Nein, bleib dort! Wenn du die Frau rauskommen siehst, folgst du ihr.«

»Der alten oder der jungen?«

»Welcher jungen, da gibt's keine junge! Der mittelalten. Die scheint mir höchst zwielichtig.«

»Aber so, wie du mir den Fall geschildert hast, wäre es doch sinnvoller, die Großmutter im Auge zu behalten.«

»Mag sein. Aber ich habe da so ein Gefühl ...«

»Das kenne ich. Die Psychologen haben einen treffenden Ausdruck dafür.«

»Welchen denn?«

»Eifersucht.«

»Unsinn. Daan, Liebling, ich weiß, daß du für solche Aufgaben überqualifiziert bist, aber du hilfst mit damit ungemein.«

»Ich hoffe es«, sagt er.

Zum Glück herrscht auf der A3 Richtung Hanau dichter Verkehr, so daß Romero mit seinem behäbigen Gefährt einigermaßen mithalten kann. Aber er ist ziemlich sicher, daß er auch bei freier Autobahn den Anschluß an den schwarzen Audi nicht verlieren würde. Als Moritz Faber den Weg zum Hofgut Trages einschlägt, bestätigt sich Romeros

Verdacht, und als ihm der Junge auf dem Parkplatz beim Schuhe wechseln freundlich zunickt, ist Romero absolut sicher, an der Nase herumgeführt worden zu sein. Andererseits – welchen Machenschaften die Großmutter in der Zwischenzeit auch immer nachgehen mag – sie wird es im Glauben tun, unbeobachtet zu sein ...

Wo ich schon mal hier bin, sagt sich Romero gelassen, kann ich ebensogut eine Runde Golf spielen. Möglicherweise ist dafür dem Kerl mit der Sonnenbrille und dem Käppi, der in diesem roten Kleinwagen kauerte, das zweifelhafte Glück beschieden, der richtigen Spur zu folgen. Ein wenig amateurhaft, diese Aufmachung, besonders das Loch in der Sonnenschutz-Pappe. Daß sie neuerdings Personal für solche Aktionen übrig haben, ist für Romero das einzig wirklich Überraschende daran.

Als Geller zurück in Antonies Büro kommt, trägt er zwei Becher frischen Kaffee und ein grimmig-zufriedenes Grinsen vor sich her.

»Bingo! Ich habe mit Dr. Frowein gesprochen. Sandra Bussek hat ihre Mutter oft in der Klinik besucht, als es zu Ende ging. Lydia Pittin war Froweins Patientin, nicht Fabers. Eine Art Racheakt hält Frowein für ausgeschlossen. Die Frau war von vornherein ein hoffnungsloser Fall, fortgeschrittener Tumor. Aber weißt du, was ein seltsamer Zufall ist?«

»Was denn?«

»Rate mal, wer vom neunzehnten bis zum dreiundzwanzigsten März mit Lydia Pittin zusammen im Zimmer lag?«

»Geller, ich bin heute wirklich nicht in der Verfassung für Ratespiele, ich habe genug Mühe mit der Kunst des aufrechten Gangs.«

»Eine gewisse Hermione Sievers«, sagt Geller und fügt hinzu: »Aber irgendwie muß mein Hirn gestern doch gelitten haben. Ich verstehe den Zusammenhang nicht.«

Antonie deutet nonchalant auf den leeren Stuhl vor ihrem Schreibtisch: »Setz dich, Großer. Die gute Tante Antonie erklärt's dir. Hast du schon mal Patricia Highsmith gelesen?«

Als Lydia Pittin in der Neurologie lag und es hieß, sie hätte nur noch wenige Tage zu leben, verbrachte Sandra täglich mehrere Stunden an ihrem Bett. Das war zusammengerechnet mehr Zeit als in den vergangenen zehn Jahren, seit Sandra mit sechzehn zu ihrem damaligen Freund gezogen war.

Hier, im Krankenhaus, war endlich alles normal. Niemand wußte um die Zustände, in denen ihre Mutter jahrelang und bis zuletzt gehaust hatte. Niemand wußte, wie Sandra aufgewachsen war: daß sie ihren ersten Schulfüller geklaut hatte, ihren ersten BH und alle anderen Dinge, die für andere Mädchen selbstverständlich waren. Niemand hier wußte von den Messern und Scheren, die sie als Kind jeden Abend versteckte, ehe sie ins Bett ging, von der Scham, die sie empfand, wenn Lydia Pittin mal wieder halbnackt und mit einer Flasche in der Hand Schimpfwörter im Hausflur herumschrie, bis jemand die Polizei rief. Hier lag nur eine schwerkranke Frau in einem ordentlichen, weißen Bett, die von ihrer Tochter oft und lange besucht wurde. Diese Tochterrolle gefiel Sandra, ebenso die Krankheit ihrer Mutter. Ein Gehirntumor war eine saubere, anständige Krankheit, etwas, das jeden treffen konnte. Er hatte nichts Asoziales, wie zum Beispiel eine Leberzirrhose oder Aids, womit bei ihrer Mutter eher zu rechnen gewesen wäre.

Die ersten Tage lag Lydia Pittin allein im Zimmer, so daß Mutter und Tochter ungestört waren. Sandra erzählte der Kranken von dem Haus, in dem sie mit Sven lebte, schilderte die Einbauküche in allen Einzelheiten, das Ledersofa von *de Sede*, die Stereoanlage von *B&O*. Sandra wußte nicht, ob ihre Mutter immer alles mitbekam, aber ab und zu hob sie den Blick, sah ihre Tochter an und lächelte.

Sandra eröffnete ihrer Mutter, daß sie bald heiraten würde – obwohl von Heirat bis dato keine Rede gewesen war. Aber vielleicht freute sich ihre Mutter über die kleine Lüge, und seit wann ist es eine Sünde, einer Sterbenden eine Freude zu machen? Sandras Monologe am Bett ihrer Mutter hatten etwas Meditatives. Noch nie hatte sie so viel Zeit am Stück damit verbracht, sich Gedanken über sich und ihr Leben zu machen. Indem sie ihre geheimen Wünsche für ihre Mutter formulierte, war ihr, als ob sie damit Tatsachen schuf.

Gewisse Dinge verschwieg sie. Daß Sven sie launisch und gönnerhaft behandelte. Das Launische war nicht so schlimm, eine Ohrfeige im Streit konnte Sandra schon mal wegstecken. Viel demütigender war das Gönnerhafte, die Art, wie Sven sie stets daran erinnerte, daß sie ihr luxuriöses Leben ihm zu verdanken hatte. Manchmal fühlte sie sich wie auf einem Vulkan. Was, wenn sie nicht so funktionierte, wie Sven gerade wollte, oder wenn er irgendwann die Lust an ihrem Körper verlor? Es würde ihr ergehen wie seinen Handys: Nach einer gewissen Zeit würde er sie austauschen gegen ein neueres Modell, mit dem man in einschlägigen Kreisen mehr Eindruck machen konnte. Und sie würde ohne Geld dastehen, nur ein paar Jahre älter. Sie war sechsundzwanzig. Ihr Marktwert würde von nun an nicht mehr steigen, so gut kannte Sandra die Gesetze der Männerwelt längst.

In diesen Tagen, am Bett ihrer Mutter, kam Sandra zu dem Entschluß, daß es an der Zeit war, etwas für sich und ihre Zukunft zu tun.

Antonie und Geller sind schon an der Tür, als das Telefon klingelt. Antonie fährt mit einem Schmerzenslaut zusammen. Noch immer hat sich niemand erbarmt, es leise zu stellen.

»Frau Kommissarin Bennigsen? Hier Galina Petrovicz. Mir ist noch etwas eingefallen.«

»Ich höre«, sagt Antonie und drückt die Lautsprechertaste.

»Am Dienstag abend habe ich mit einer Frau namens Linda telefoniert. Die Nummer hatte ich von Herrn Busseks Handy. Er hatte ja keine Papiere bei sich, und wegen des Kostenträgers ...«

»Ja, schon gut. Was war mit der Frau?«

»Sie meldete sich mit Bussek, also beschrieb ich ihr den Patienten und fragte sie, ob sie die Ehefrau sei. Sie sagte nein, die Schwester. Ich habe ihr dann über den Zustand des Mannes berichtet. Am nächsten Tag habe ich Herrn Bussek so nebenbei gefragt, ob er eine Schwester hat, und er hat nein gesagt.«

»Moment mal. War denn Busseks richtige Frau nicht schon am Dienstag nachmittag bei ihm in der Klinik?«

»Schon, aber das wußte ich zu diesem Zeitpunkt noch nicht. Manchmal funktioniert die Kommunikation zwischen der Ärzteschaft und dem Pflegepersonal nicht ganz so, wie sie sollte.«

Antonie bedankt sich und wendet sich an ihren Kollegen: »Mein lieber Rolf, wärst du eventuell bereit, dir deinen Anschiß von Pfeiffer später abzuholen? Dafür darfst du das Bussek-Mäuschen in die Zange nehmen.«

»Da ließe sich eventuell was machen. Und welchen Zeitvertreib hast du dir so ausgedacht?«

»Ich gehe zu Linda Bussek in den Sexshop.«

»Weißt du, du bringst mich jetzt in einen echten Interessenkonflikt!«

Romero schlägt ab, daß es nur so zischt. Der Ball beschreibt eine Kurve in der Luft und landet auf der Höhe des Sees.

»Guter Schlag«, meint Moritz Faber. »Darf ich mal Ihren Driver benutzen?«

»Gerne.«

Der junge Mann schwingt den Driver und erzielt fast dieselbe Weite.

»Sie spielen hervorragend«, meint Romero.

»Ist ja auch ein geiles Teil, Ihr Driver.« Moritz Faber kann ein kleines Lächeln nicht unterdrücken.

»Ihr Putt vorhin, der war sehr souverän.«

»Ach, Zufall«, winkt der Junge ab und errötet sanft. Offenbar kann er mit Lob nicht gut umgehen, bemerkt Romero.

»Nein, nein, ich habe Ihr Spiel beobachtet. Sie haben Talent, Sie könnten glatt Profi werden. Aber Ihre Eltern wollten sicher, daß Sie Medizin studieren, nicht wahr?«

»Jedenfalls stand Golfprofi nie zur Debatte.«

Sie schieben ihre Taschen auf dem Fairway nebeneinander her.

»Ihr Vater war ein sehr guter Arzt, wie ich inzwischen hörte.«

»Ja«, sagt Moritz Faber.

»Ihr Vorbild?«

»In beruflicher Hinsicht, ja.«

Das ist nicht gelogen. Moritz Faber ist dem Wunsch seines Vaters, Medizin zu studieren, zunächst ohne Widerwillen gefolgt. Die Aussicht, einmal über so viel Geld und Einfluß zu verfügen wie sein alter Herr, schien verlockend. Was er nicht bedacht hat, war der mühsame Weg dorthin.

»Aber jetzt möchten Sie sich verändern«, stellt Romero fest.

»Ja. Die Medizin ist nichts für mich.«

»Ich bin damals gegen den Willen meiner Mutter zur Polizei gegangen. Vierzig Jahre lang mußte ich mir deswegen ihre Klagen und Sticheleien anhören.«

»Haben Sie es bereut?«

»Nein. Es war ein interessanter Beruf. Nicht immer schön, man bekommt es viel mit Menschen zu tun, die ... wie soll ich sagen ...«

»Mit Abschaum«, präzisiert Moritz.

»Wenn Sie es so nennen möchten.«

»Das kenne ich.«

Das Schlimmste an den Praktika waren nicht die langen Dienste und die schikanösen Oberärzte, nein, das größte Problem für Moritz waren die Menschen. Behütet und abgeschirmt durch Eltern, Großmutter und Au-pair-Mädchen, hatte Moritz bisher ein Leben hinter Glas geführt. Und plötzlich fand er sich in der Notaufnahme einer Klinik wieder und wurde mit dem Teil der Menschheit konfrontiert, den er bisher nur als Statisten wahrgenommen hatte: verwahrloste Alte, Sozialhilfeempfänger, Drogenabhängige, Alkoholiker, Nutten ... und dazu jede Menge Ausländer jener Nationen, die an seiner Internationalen Schule nicht vertreten waren. Wie sie aussahen, wie sie redeten, und wie sie rochen! Sogar die Kinder stanken. Und er war gezwungen, sich ihre dummen Probleme anzuhören. Aber das Schlimmste war: Moritz mußte alle diese Leute *anfassen*. Sein Ekel war unbeschreiblich.

›Das gehört zur Ausbildung, da muß jeder durch‹, war der Kommentar seines Vaters.

»Würden Sie Ihr Studium auch dann aufgeben, wenn Ihr Vater noch am Leben wäre?« fragt Romero.

»Sie wollen wissen, ob ich Angst vor ihm hatte«, durchschaut ihn Moritz. »Ja, die hatte ich. Er konnte sehr respekteinflößend sein. Ich weiß nicht, ob ich den Mut aufgebracht hätte, mich ihm zu widersetzen. Aber jetzt ...« Moritz Faber spricht den Satz nicht zu Ende.

»Mein Vater war Ire«, sagt Romero. »Ich habe ihn gehaßt. Er war ein windiger Ganove. Einmal habe ich mitbekommen, wie er meine Mutter geschlagen hat. Damals habe ich ihn verprügelt, ich war siebzehn. Ich habe ihm gesagt, wenn er das noch einmal tut, dann würde ich ihn umbringen. Er ist kurz darauf tödlich verunglückt.«

»Hätten Sie ihn umgebracht?«

»Wäre gut möglich gewesen.«

Sie sind bei Moritz Fabers Ball angekommen. In einigen Metern Entfernung glitzert das Wasserhindernis.

»Aber ich bin froh, daß ich es nicht getan habe. Wissen Sie, es lebt sich nicht so gut, wenn man Schuld am Tod eines Menschen hat.«

Schuld. Romeros Gedanken schweifen ab. Alle sagten damals, nach dem Unfall, daß Romero keine Schuld traf. Es war das Glatteis, der Eisregen. Aber ich saß am Steuer, ich ...

»Hier war es?« sagt Moritz Faber, als sie sich nahezu schweigend dem See nähern.

»Ja. Es war kein schöner Anblick.«

Romero beobachtet den jungen Mann. Der widmet seine ganze Aufmerksamkeit der Wahl seines Schlägers und dem nächsten Schwung. Er scheint die Entfernung zum Grün abzuschätzen.

»Hatten Sie schon einmal Todesangst?« fragt Romero.

Moritz Faber schüttelt den Kopf.

»Ich glaube, Ihr Vater wußte, was mit ihm passierte. Nachdem er sich in Krämpfen gewunden hat wie ein tollwütiges Tier, sprang er in diesen See. Dann tauchte er noch einmal auf und hatte dabei ein grausig verzerrtes Gesicht.«

»Muß das sein?« Das rechte Augenlid des jungen Manns zuckt unkontrolliert.

»Was ist? Hat Ihnen Ihre Großmutter erzählt, daß es schmerzlos vonstatten ginge?«

»Was hat meine Großmutter damit zu tun?«

»Das frage ich Sie. Warum hat man mit einer Farbpatrone auf sie geschossen? Weil Ihr Mordversuch an diesem Sven Bussek fehlgeschlagen ist?«

Bei der Nennung des Namens Bussek zuckt Moritz Fabers Auge erneut, und seine Unterlippe bebt. »Das ist kompletter Unsinn. Ich kenne diesen Mann nicht. Was reden Sie denn da?«

»Kennen Sie den Roman *Zwei Fremde im Zug*?«

»Ich lese keine Krimis.«

»Immerhin wissen Sie, daß es einer ist. Die Polizei ist gerade dabei, die Frau, die hier auf dem Golfplatz gesehen wurde, zu vernehmen. Wie lange sie wohl durchhalten wird? Die meisten überstehen gerade mal eine Nacht U-Haft, ehe sie gesprächig werden.«

»Was wollen Sie von mir?« schreit Moritz Faber und schwingt sein siebener Eisen in Romeros Richtung.

»Nehmen Sie das Ding da runter, was soll das Flight hinter uns davon halten?«

Moritz Faber dreht sich um. Er sieht niemanden, aber Romero nutzt den Moment, um Moritz mit geübtem Griff zu entwaffnen.

»Was hat Ihre Großmutter heute vor, warum haben Sie mich weggelockt? Wird sie dieses wahnsinnige Arrangement einhalten und den Mann umbringen? Sie wird diesmal selbst Hand anlegen müssen, immerhin ist er gewarnt. Wie wird sie es anstellen? Hat sie vielleicht noch irgendwo einen alten Revolver versteckt?«

»Ich weiß nicht, was Sie von mir wollen. Lassen Sie mich in Ruhe!« Moritz Faber schickt sich an, die Golfpartie abzubrechen. Romero folgt ihm.

»Es würde vor Gericht besser für Sie aussehen, wenn Sie dazu beitragen würden, ein weiteres Verbrechen zu verhindern. Tätige Reue nennt man das. Ihre Großmutter ist krank, sie kann Unzurechnungsfähigkeit geltend machen. Aber Sie? Anstiftung zum Mord plus Beihilfe zu einem weiteren Mord, da kommt einiges zusammen. Ihrer Mutter würde es das Herz brechen, Sie im Gefängnis zu sehen.«

Moritz Faber bleibt stehen. Er hat Tränen in den Augen.

»Ich wußte, es geht schief«, flüstert er. »Das alles war so verrückt ...«

Romero gibt dem jungen Mann seinen Schläger zurück. »Hören Sie, Moritz: Wenn Sie mir jetzt, auf der Stelle, sagen, was Ihre Großmutter vorhat, dann hat dieses Gespräch hier nie stattgefunden.«

»Ich weiß nicht genau, was sie plant«, kommt es zögernd.

»Dann sagen Sie mir, was Sie wissen.«

»Wir fahren zu Bussek«, informiert Antonie die Sekretärin und will schon wieder weitergehen, als ihnen Irina hinterherruft: »Wollt ihr euch jetzt vielleicht endlich mal anhören, was ich zu sagen habe?«

»Aber ja doch«, sagt Antonie. »Schrei doch nicht so.«

»Da geht das russische Temperament mit ihr durch«, meint Geller. Sie treten brav in Irina Bulkas Büro und warten. Irina nimmt Joschka auf den Schoß und wippt auf ihrem Bürostuhl vor und zurück, während sie erklärt: »Es hat ein bißchen gedauert, die spanische Telefongesellschaft ist nicht sehr kooperativ, aber ich habe es dennoch geschafft, den Telefonanschluß des mallorquinischen Anwesens zu überprüfen.«

Antonie zieht die Brauen zusammen: »Hatten wir uns nicht geeinigt, dieses Mal auf solche Hilfsmittel zu verzichten?«

»Es war nur die Rede vom Anschluß der Fabers in Deutschland. Von Mallorca hast du nichts gesagt.«

»Also, das finde ich ...«

»Ist doch jetzt egal«, geht Geller dazwischen. »Was hast du rausgekriegt, Irina?«

»Also: Am Mittwoch, dem 25. Juli, wurde von dort um 19.40 Uhr die Nummer von Ralf und Brigitte Sievers in Fechenheim angerufen.«

»Stellt euch vor, ich habe neulich so gegen acht meine Tante in Hamburg angerufen. Aber behaltet es für euch.«

»Ich bin noch nicht fertig«, sagt Irina, die ihren Auftritt offensichtlich genießt. »Daraufhin bin ich auf die Idee gekommen, den Anschluß der Sievers zu checken. Und jetzt ratet mal, welche Nummer von dort aus am selben Mittwochabend um 20.12 Uhr angerufen wurde?«

»Rate du«, sagt Antonie zu Geller.

»Mach's nicht so spannend«, sagt Geller.

»Die Handynummer einer gewissen Sandra Bussek.«

Für einen Moment zeigt sich in Antonies Gesicht ein Ausdruck der Genugtuung, dann aber runzelt sie die Stirn.

»Nur nicht gleich so viel Begeisterung«, mault Irina. »Ich dachte, es wäre vielleicht der Schlüssel zu dem Fall.«

»Der Anruf beweist nichts. Frau Sievers wird behaupten, sie habe sich verwählt.«

»Acht Minuten lang?« hält Irina dagegen.

»Immerhin wissen wir jetzt, was Sache ist, auch wenn wir es offiziell nicht wissen dürften«, stellt Antonie fest.

»Wir werden andere Beweise finden. Bist ein tolles Mädchen!« lobt Geller.

»Ja, das war gut«, stimmt Antonie ein und hat schon wieder das Gefühl, in einem Kindergarten zu sein. »Und jetzt laß uns abhauen, komm, Rolf.«

Sie kommen nicht weit. Auf dem Flur werden sie von Zilke Himmelreich abgefangen.

»Herr Geller, was ist mit Ihrer Nase passiert?«

»Ein Dienstunfall.«

»Ein lausiges Geschäft, ich sagte es immer schon.«

»Haben Sie die Frau identifizieren können?« erkundigt sich Antonie.

Frau Himmelreich vollführt eine charmante Geste des Bedauerns. »Es ist zwar ein interessantes Spielzeug, was Ihr Kollege da hat, aber ich weiß nicht recht ... ich müßte sehen, wie sich die Frau bewegt, wie sie dasteht, dann könnte ich vielleicht ...«

»Nimm sie doch mit nach Schwanheim«, schlägt Geller vor. »Dann fahre ich zu dieser Linda.«

Antonie würde ihrem Kollegen am liebsten so lange in den Hintern treten, bis derselbe die Farbe seiner Nasenwurzel angenommen hat, aber Geller hat sich schon in Bewegung gesetzt. »Ciao-ciao, die Damen.«

»Gute Idee«, knirscht Antonie und ringt sich ein Lächeln ab.

»Ich bin gleich soweit«, meint Zilke Himmelreich, »ich hole nur noch den Hund ab. Allmächtiger, was für ein Hin und Her. Dabei wollte ich heute noch zur Kosmetik.«

Nachdem sich Rolf Geller mit der Gründlichkeit eines Meisterdetektivs an Linda Busseks Arbeitsplatz umgesehen hat, kommt er ohne Umschweife zur Sache: »Frau Bussek, wo waren Sie Dienstag nacht zwischen zehn und elf Uhr?«

»Zu Hause, bei meiner Tochter. Sie ist fünf.«

Geller legt den abgeschnittenen Schlauch in einer Plastiktüte auf den Tresen. »Ich wette, darauf finden wir Ihre Fingerabdrücke.«

»Da wette ich dagegen.«

»Was macht Sie so sicher?«

»Weil der Täter – falls er nicht nur ein Hirngespinst meines Exmannes ist – vermutlich Handschuhe getragen hat. Es sei denn, er wäre ein Idiot.«

»Sie wissen also, worum es geht«, stellt Geller fest.

»Mein Exgatte war hier.«

Dieser Idiot! Geller hat Mühe, seinen Ärger zu verbergen.

»Die Nachtschwester wurde mit einem Anruf weggelockt. Sie hat vorhin die Ansage auf Ihrem Anrufbeantworter gehört und ausgesagt, es sei dieselbe Stimme gewesen.«

Linda verliert die zur Schau getragene Sicherheit so schnell, als hätte man ihr einen Vorhang vom Gesicht gerissen. »Sie haben ein starkes Motiv«, fährt Geller fort. »Der Mann hat Ihr Leben ruiniert, er macht ständig Ärger und nun will er Ihnen auch noch Jenny wegnehmen. In dieser Situation bietet sich eine verlockende Gelegenheit, alle Probleme mit einem Schlag loszuwerden. Wer würde da nicht zugreifen? Sie wollten es wegen Jenny tun, stimmt's?«

Linda nickt, dann schüttelt sie den Kopf. »Ich wollte es tun. Nach diesem Anruf wollte ich es tun. Aber dann, als er so vor mir lag ... Ich war lange genug allein mit ihm, ich hätte ihn dreimal töten können, aber ich konnte es nicht.« Linda lehnt sich gegen die Wand mit den Erotik-Kalendern. Für einen Moment hat Geller Angst, daß sie ohnmächtig wird.

»Etwas anderes: Wo waren Sie letzten Donnerstag um zehn Uhr früh?«

Linda braucht etwas Zeit, um Gellers Frage zu verstehen.

»Waren Sie hier?« hilft ihr Geller auf die Sprünge.

»Nein.«

»Wo dann?«

Lindas Miene erhellt sich. »Ich war in Mainz, auf diesem Seminar. Den ganzen Tag.«

»Welches Seminar?«

Linda deutet quer durch den Raum. »Für diese Puppen da. Die *Living-Dolls*.«

»Dafür gibt's Seminare?«

»Nur für die Verkäufer.«

»Das läßt sich nachprüfen, daß Sie dort waren?«

»Bestimmt. Wir waren fünfzehn Leute. Jemand wird sich hoffentlich an mich erinnern.«

Die Männer garantiert, denkt Geller und läßt sich von Linda die notwendigen Informationen geben, wobei er murmelt: »Vielleicht sollte ich mir lieber auch so eine anschaffen.«

»Wie bitte?«

»Nichts. Nur noch eine Frage: Ist Ihr Haar echt oder gefärbt?«

»Meins? Echt.«

»Dann danke ich Ihnen.« Geller steckt den Schlauch ein und geht auf den Ausgang zu. Linda starrt ihm mit offenem Mund nach.

»Und was geschieht jetzt?« ruft sie.

Geller bleibt stehen. »Was meinen Sie?«

«Wegen der Sache im Krankenhaus ...«

»Ach so, der Schlauch. Tja, da müßte die Klinik erst Anzeige wegen Sachbeschädigung erstatten. Ansonsten ließe sich die Angelegenheit mit einem Glas Prosecco aus der Welt schaffen.« Geller legt seine Visitenkarte mit der Privat- und der Handynummer auf den Tresen. »Aber nur, wenn Sie Lust haben, das soll keine Erpressung sein.« Ehe er hinter dem roten Vorhang nach draußen verschwindet, sagt er noch: »Ich sehe übrigens nicht immer so lädiert aus wie heute.«

Die Lüftung wirbelt die diversen Parfums durch den Dienstwagen. Zilke Himmelreich hat auf der Rückbank Platz genommen, Joschka hält seine Schnauze in den Luftzug, seine Zunge hängt fast bis auf die Polster.

»Ich versuche, die Frau an die Tür zu bekommen. Sie bleiben im Wagen sitzen und beobachten sie unauffällig.«

»Einverstanden«, sagt Zilke Himmelreich, die offenbar mehr und mehr Gefallen an der Polizeiarbeit findet.

Vor dem Haus der Busseks steht der schwarze BMW von Sven, und der Hausherr ist es auch, der auf Antonies Klingeln öffnet.

»Gibt's Neuigkeiten?« begrüßt er Antonie.

»Möglicherweise. Im Moment hätte ich gerne mit Ihrer Frau Sandra gesprochen. Wären Sie so nett, sie zu rufen?«

»Was wollen Sie denn von Sandra?«

»Nur eine Frage, nichts Großartiges. Ist sie da?«

»Nein, sie mußte zum Zahnarzt«, antwortet Sven. Jetzt, wo er lediglich das ausspricht, was Sandra zu ihm sagte, als sie vor einer Stunde das Haus verließ, klingt es wie eine Lüge. Warum trug sie ihre alte, große Handtasche bei sich? Warum sah die Tasche so prall gefüllt aus?

»Wissen Sie, zu welchem Zahnarzt sie gegangen ist?«

»Was?« fragt Sven geistesabwesend.

»Zu welchem Zahnarzt ist Ihre Frau gegangen?« wiederholt Antonie. Mein Gott, den hätte man wirklich noch nicht aus der Klinik entlassen sollen.

Sven sieht sie an, als wäre er gerade aus dem Koma erwacht. »Weiß ich nicht.«

»Wann wird sie wiederkommen?«

»Ich weiß es nicht. Was ist mit Linda, haben Sie das Weibstück in die Mangel genommen?«

»Kann ich einen Moment reinkommen?«

Sven Bussek führt die Polizistin ins Wohnzimmer.

»Wollen Sie sich setzen?« Sven weist auf das kardinalrote Ledersofa. Antonie lehnt ab.

»Mein Kollege verhört gerade Ihre Exfrau«, berichtet Antonie wahrheitsgemäß und fährt fort: »Herr Bussek, besitzen Sie eine Lebensversicherung?«

»Ja, wieso?«

»Wer ist begünstigt?«

»Nun, eigentlich Sandra, meine Frau.«

»Was meinen Sie mit eigentlich?« Antonie geht zum Fenster, das auf den Garten weist. Der Liegestuhl steht noch immer unter dem Nußbaum, und von hier sieht man die oberen Stockwerke des Hochhauses, in dem Roland Meerbusch bis vor kurzem sein Hobby pflegte.

»Die Bank wollte die Versicherung als Sicherheit für das Hypothekendarlehen, wir haben im Moment einen kleinen Engpaß.«

Antonie schaut wieder den Mann an. »Weiß das Ihre Frau?«

»Ja, wir haben darüber gesprochen. Aber Sie glauben doch nicht ...«

»Wie hoch ist die Todesfallsumme?«

»So um die hundertfünfzigtausend Mark.«

Antonie wendet sich zum Gehen. »Wir lassen von uns hören, Herr Bussek.«

Mit den Hundertfünfzigtausend wollte sie sich zuerst einen Traum erfüllen, den sie seit ihrer Kindheit träumte: eine Reise auf so einem Luxusschiff wie dem *Traumschiff*. Danach hatte sie vor, einen Kosmetiksalon zu eröffnen, der viel edler sein würde als der von Mona, dieser blöden Kuh. Aber nun hat Sandra ihre Pläne den Gegebenheiten angepaßt. Sie wird vom Bahnhof direkt zum Flughafen fahren und einen Standby-Flug buchen. Zuerst nach London, ein bißchen shoppen, nur das Nötigste. Von dort weiter nach Bali. Oder nach Sri Lanka. Oder Goa. Diese Richtung jedenfalls. Dort ist man mit dreißigtausend Mark reich. Warum ist sie nicht gleich darauf gekommen, was hält sie überhaupt hier? Nein, sie wird keiner dieser beklunkerten Zicken die schlaffen Wangen durchkneten. Sie wird irgendwo um den Äquator herum eine kleine Bar oder eine Boutique aufmachen und selbständige Unternehmerin werden. Nie mehr will sie von einem Mann abhängig sein. Sie muß nur auf der Hut sein in den nächsten Stunden, sie darf sich nicht übertölpeln lassen. Denn es könnte durchaus sein, daß die Gegenseite versucht, sie zu betrügen oder eine gefährliche Zeugin zu beseitigen. Für alle Fälle hat Sandra ein Messer in der Handtasche. Wenn was schiefgeht, muß die Alte dran glauben. Nur die kann sie identifizieren. Dem Enkel ist sie nur zweimal begegnet, einmal im Krankenzimmer, da haben sie sich gegenseitig nicht beachtet, und dann auf der Beerdigung, mit Perücke und Schleierhut.

Das mit den roten Haaren war ursprünglich nur eine launige Idee gewesen, so wie genaugenommen die ganze Sache als harmloses Spiel begann: Denn während Lydia Pittin die letzten drei Vorfrühlingstage ihres Lebens im Koma verdöste, unterhielt sich Sandra mit der neuen Bettnachbarin ihrer Mutter, einer älteren Dame, die für ein paar Tage zur Beobachtung in der Neurologie weilte. Zu diesem Zeitpunkt hatte Sandra ihre eigene Lebensgeschichte bereits vor ihrer Mutter ausgebreitet und verspürte wenig Lust, sie vor der Fremden zu wiederholen. Sie gönnte sich den Spaß einer Variante. Allerdings hatte Sandra noch nie eine überbordende Phantasie besessen, und so erfand sie keine neue Vita, sondern übernahm eine andere. Sie verfolgte mit dieser Scharade keinen bestimmten Zweck. Vielleicht wollte sie nur aus dem Mund einer lebenserfahrenen alten Dame hören, daß es falsch war, was Sven vorhatte. Denn in einer Sache war Sandra mit Linda einer Meinung: Jenny sollte bei ihrer Mutter bleiben. Sie erzählte der alten Dame von ihrem kränklichen Töchterchen und ihrem Exmann, der ihr mit Anwalt, Detektiv und dem Vormundschaftsgericht zu Leibe rückte, um ihr das Kind wegzunehmen. Noch nicht einmal dann, als sie sich mit »Linda« ansprechen ließ, dachte sie sich etwas Schlimmes. Es verursachte lediglich ein prickelndes Gefühl, sich in die Rolle der anderen hineinzuversetzen, so, als ob man heimlich das Lieblingskleid der Freundin – oder der Rivalin – anprobierte.

Am zweiten Tag brachte sie sogar ein Foto von Jenny, das sie aus Svens Brieftasche gemopst hatte, mit ins Krankenhaus und zeigte es der alten Dame.

Dann fing die Alte an zu erzählen: von ihrem Schwiegersohn, der hier Gottvater spielte und zu Hause seine Familie tyrannisierte. Sie vertraute »Linda« an, daß ihr Schwiegersohn ihr Psychopharmaka verabreichte, die sie in den Wahnsinn treiben sollten, um an ihr Erbteil zu kommen, und daß er sie wegsperren wollte, in ein Heim. Sie beschrieb, wie sehr ihr Enkel unter seinem Vater litt, und erzählte, wie der zehnjährige Moritz einmal eine verletzte junge Katze angeschleppt hatte. Der Vater, der keine Tiere mochte und der Meinung war, eine dreibeinige Katze habe kein Lebensrecht, ertränkte das Tier vor den Augen des Sohnes im Swimming-Pool. Sandra mochte Katzen und hätte bei dieser Geschichte fast geweint.

An diesem Nachmittag kam der Katzenmörder tatsächlich ins Zimmer, zusammen mit seinem Oberarzt Professor Frowein, der Sandras Mutter behandelte, und tatsächlich fand Sandra den Mann unsympathisch, wie er da mit seinem Kollegen in Fremdwörtern über seine Schwiegermutter redete, als wäre sie ein Versuchstier. Das war das einzige Mal, daß Sandra Roman Faber aus der Nähe sah. So weit sie sich erinnern kann, redete er damals kein Wort mit ihr. Es tut ihr bis heute nicht leid, daß sie ihn getötet hat, auch wenn sie inzwischen an der Katzengeschichte zweifelt, denn als sie in der Phase der Tatvorbereitung einmal aus Neugierde am Anwesen der Fabers vorbeigeradelt ist, hat sie erkannt, daß Fabers gar keinen Swimming-Pool besitzen.

Es war am dritten Tag, als der Satz fiel, der alles weitere auslöste: »Wünschen Sie sich nicht manchmal, daß Ihr Exmann tot ist?« fragte die alte Dame.

Noch immer ist Sandra erstaunt, wie wenig sie der Tod dieses Mannes berührt. Oft sagt sie sich: ›Ich bin eine Mörderin‹ und horcht in sich hinein, ob sich die Stimme ihres Gewissens erhebt. Aber da ist keine Stimme, und ab und zu empfindet Sandra sogar eine Art Stolz. Denn wer, bitteschön, bringt es schon fertig, den perfekten Mord zu begehen und danach cool zu bleiben? Für Sandra war das Aufkochen dieses Tees und der Austausch der Flaschen Teil eines Geschäfts, der Preis, den sie zahlen mußte, um die Seiten zu wechseln.

Sandra schaut aus dem Fenster der S-Bahn und denkt an ihre Kleidung, die sie zurücklassen mußte. An die Schuhe darf sie gar nicht denken, da kommen ihr die Tränen. Warum, verdammt noch mal, muß der Kerl heute den ganzen Tag zu Hause herumhängen? Wahrscheinlich hat er Angst, der Scheißkerl. Sie hat mit dem Gedanken gespielt, das Geld zu holen, es in ein anderes Schließfach zu legen und auf einen besseren Zeitpunkt zur Flucht zu warten, um wenigstens einen Koffer mitnehmen zu können. Aber dann hat sie entschieden, kein Risiko einzugehen. Eine kluge Entscheidung, denn als sie das Haus mit ein paar wenigen Lieblingsdessous, einer Bluse und ihrem Schmuck in der großen Handtasche verließ, hatte sie das Gefühl, nein, eher schon die Gewißheit, daß Sven etwas ahnte. Nein, es gibt kein Zurück.

Herrgott, vor lauter Grübeln hätte sie jetzt beinahe die Haltestelle Stresemann-Allee verpaßt. Vom Bahnsteig aus sieht man die pastellfarben gestrichenen Wohnblocks. Sie war erst einmal hier, mit Sven, sie hat im Wagen gewartet, bis er mit seinem kleinen Ungeheuer herauskam.

Daß Linda arbeiten ist, hat sie durch einen Kontrollanruf herausgefunden. Dann wird ihre Tochter bei der Nachbarin sein, den Namen hat Sven einmal erwähnt, irgendwas mit Stube. Hoffentlich kann sie die Frau überzeugen, daß alles seine Ordnung hat.

Das Schicksal meint es heute gut mit ihr. Auf dem Rasen zwischen den Häusern sieht sie Jenny und ein anderes kleines Mädchen. Sie haben eine Decke unter einen Baum gelegt, auf der ein ganzes Sortiment Barbiepuppen lagert.

Antonie ist auf dem Weg ins Westend, als ihr Handy anfängt, Verdi zu spielen.

»Wenn du die Mörderin von Professor Faber sehen willst, dann solltest du dich gegen siebzehn Uhr an seinem Grab einfinden. Aber möglichst unsichtbar!«

»Wieso? Was ist geschehen?«

»Irgendwas *wird* dort geschehen. Genaueres kann ich dazu leider auch nicht sagen.«

»Warum hast du nicht gesagt, daß ...«

Mist. Er hat aufgelegt. Antonie wirft einen Blick in den Rückspiegel. Ihre Passagierin schaut unbeteiligt aus dem Fenster. Gut so, sie braucht ja nicht alles mitzukriegen.

Es ist vier Uhr, als Antonie ihren Fahrgast absetzt.

»Ich danke Ihnen für Ihre Hilfsbereitschaft, Frau Himmelreich.«

»Ich bitte Sie, dazu ist man doch verpflichtet.«

Antonie schaut den beiden nach, wie sie durch die schwere Eingangstür treten und vom Schatten des Hausflurs verschluckt werden. Auf der Bockenheimer Landstraße öffnet sie beide Wagenfenster, um den Lavendelgeruch loszuwerden. Die Luft, die hereinströmt, ist tropisch. Wenn es bloß endlich regnen würde! Auf Höhe der alten Oper ruft sie Geller an.

»Wo bist du?«

»Ich war gerade im Sexshop.«

»Hast du was aus dieser Linda rausgekriegt?«

»Nicht ein Sterbenswort, die Frau ist ein dermaßen harter Brocken, da ist nichts zu wollen.«

»Hör zu: Romero hat angerufen. Weiß der Teufel, wo er die Information her hat, aber wir sollten so gegen siebzehn Uhr Fabers Grab im Auge behalten. Irgendwas wird sich da tun.«

»Darf ich dich höflichst daran erinnern, daß ich eigentlich krank geschrieben bin?«

»Gut, dann schnappe ich mir Fabers Mörder eben alleine.« Antonie drückt die Auflegetaste, im selben Augenblick dudelt der Apparat aufs neue.

»Bennigsen.«

»Wie lange soll ich noch vor dem Haus herumlungern wie ein drittklassiger Privatdetektiv?«

»Tut sich denn was?«

»Soeben ist die alte Dame mit einem großen Blumentopf auf dem Arm aus dem Haus gegangen und in ein Taxi gestiegen. Soll ich hinterher?«

»Mit einem Blumentopf?«

»Ja, so kleine Rosen.«

Ein paar Sekunden ist Schweigen, dann sagt Antonie: »Nicht nötig. Ich glaube, ich weiß, wohin sie fährt. Du kannst deinen Posten aufgeben.«

»Danke. Schön, wieder ein freier Mensch zu sein. Nur so nebenbei: Wohin wird die alte Dame fahren?«

»Laut Romero wird sich um fünf am Friedhof was tun. Mehr weiß ich auch nicht. Ich bin gerade auf dem Weg dorthin.«

Daan unterdrückt ein tiefes Seufzen. Romero. Immer wieder Romero.

»Wenn du deinen Mörder gefangen hast, gehen wir dann chinesisch essen? Nur wir beide?« setzt er vorsichtshalber hinzu.

»Bestimmt. So langsam verträgt mein Magen wieder feste Nahrung.«

»Sei vorsichtig.«

»Natürlich.«

»Schnall dir die Pistole um. Sie gehört nicht ins Handtäschchen!«

»Ph!«

»Da geht's nicht zu Papa«, quengelt Jenny, als Sandra das widerstrebende Mädchen aus dem Bus zerrt. »Du hast gesagt, wir fahren zu Papa!«

Die Tür zischt, der Bus fährt los. Gott sei Dank. Die Frau, die ihnen gegenüber saß, hat sie die ganze Zeit mißtrauisch angesehen.

»Wir fahren gleich zu Papa. Vorher suchen wir noch einen Schatz.«

Sie treten durch das imposante Eingangstor.

»Ist da der Schatz?«

»Etwas weiter weg.«

»Ich hab Durst.«

»Wenn wir den Schatz gefunden haben, kaufe ich dir 'ne Cola, okay?«

»Ich darf keine Cola.«

»Heute darfst du.«

Jenny zottelt müde hinter ihr her. Ihre Hand in Sandras Hand schwitzt, was Sandra eklig findet. Sie sehnt den Moment herbei, an dem sie die lästige Göre bei der Bahnhofsmission abliefern kann.

»Soll ich dich ein Stück tragen?«

Jenny nickt zögernd. Sandra nimmt das Kind auf den Arm. Verdammt, ist die schwer. Aber so wird es wenigstens keiner wagen, auf sie zu schießen.

»Jetzt müssen wir ganz leise sein.«

»Warum?«

»Damit uns die anderen Schatzjäger den Schatz nicht wegschnappen.«

»Wo sind die anderen?«

»Die haben sich versteckt. Wenn du welche siehst, sagst du es mir ganz, ganz leise ins Ohr, ja?«

»Ja.«

Die Kleine schaut sich um. Sandra ebenfalls. Nur an wenigen Gräbern sind Menschen zu sehen.

»Da ist eine alte Hexe,« flüstert Jenny erregt und deutet nach links. Unwillkürlich schreckt Sandra zusammen. Aber es ist nicht die, mit der sie im geheimen rechnet, sondern eine andere Friedhofsbesucherin, die einen Hund dabei hat. Sind Hunde auf einem Friedhof nicht verboten?

Ein paar Reihen vor Roman Fabers Grab bleibt Sandra stehen und läßt den Blick über die Gräber gleiten. Nichts zu sehen, nichts zu hören. Trotzdem schnürt die Angst Sandra fast die Kehle zu.

Sie stellt Jenny ab und bückt sich, um dem Mädchen in die Augen zu sehen. »Willst du den Schatz holen?« fragt sie leise.

Jenny nickt.

»Ich bleibe hier und passe auf. Siehst du das Grab mit dem Holzkreuz?«

»Das so einen schwarzen Schleier hat?«

»Genau. Davor steht ein Blumentopf mit kleinen Rosen, siehst du ihn?«

Jenny reckt den Hals. »Ja.«

»Der kleine Topf steht in einem großen Topf drin. Unter dem kleinen Topf ist der Schlüssel zum Schatz. Den mußt du mir bringen. Kannst du das?«

Jenny nickt eifrig. Allmählich scheint ihr das Spiel Spaß zu machen, Durst und Müdigkeit sind vergessen.

»Dann lauf los.«

Aber Jenny hat noch eine Frage. »Stechen die Rosen?«

»Nein, tun sie nicht.«

»Soll ich den Topf dann wieder hineinstellen?«

»Das ist egal. Komm so rasch wie möglich mit dem Schlüssel wieder.«

Sandra stellt sich hinter einen massiven Granitblock und beobachtet, wie Jenny auf das Grab zugeht. Der Gedanke an Sprengstoff ist ihr gestern abend, während der Spätnachrichten, gekommen.

Jenny ist vor dem Grab stehengeblieben. Sie sieht sich ein wenig ängstlich nach Sandra um.

Jenny streckt die Hand aus. Die Rosen stechen wohl doch ein wenig, denn sie verzieht das Gesicht, macht zwei, drei Versuche, ehe sie die Pflanze richtig zu fassen bekommt und hochhebt. Sie stellt den Plastiktopf beiseite. Tatsächlich, sie scheint den Schlüssel gefunden zu haben. Jetzt greift sie in den Übertopf, doch dann zieht sie ihre Hand reflexartig zurück und quietscht. Etwas Längliches fällt zu Boden und gleitet durch die trockene Erde der Grabstätte. Starr vor Schreck bleibt das Mädchen stehen.

Im selben Moment stürzen aus dem Nichts ein Mann und eine Frau auf das Kind zu und reißen es vom Grab weg. Gleichzeitig kommt von der anderen Seite ein kleiner brauner Hund angerast, irgend jemand schreit: »Stehenbleiben, Polizei«, eine andere Stimme schreit: »Joschka«, ein Schuß kracht.

Sandra bemerkt erst jetzt, daß sie angefangen hat zu rennen.

Joschka kümmert sich nicht um den Ruf seiner Herrin, sein Terrierblut geht mit ihm durch. Das tägliche Training mit Romeros Hosengürtel zeigt Wirkung, er stürzt sich auf das Tier, dessen scharfer Geruch ihm schon die ganze Zeit in der Nase hängt. Trotz seines Jagdeifers geht er klug vor: er überrennt seine Beute und nutzt den winzigen Augenblick der Verwirrung um sich blitzschnell umzudrehen und sie an der richtigen Stelle zu packen. Lustvoll verbeißt er sich in das warme Fleisch, bis es aufhört zu zucken.

»Jenny? Du bist doch Jenny, nicht wahr?« Antonie beugt sich zu dem Kind, während sie über die Schulter ruft: »Geller, sieh zu, daß du sie kriegst!« Geller spurtet los.

»Jenny, hab keine Angst, ich bin Polizistin. Hat dich die Schlange gebissen?«

»Weiß nicht.«

»Zeig mir mal deine Hand.« Jenny hält ihr beide Hände hin. Die rechte blutet ein wenig an der Haut zwischen Daumen und Zeigefinger. Ein großer, blonder Mann taucht hinter einer Gruppe Zypressen auf und kommt rasch auf sie zu.

»Daan! Was tust du hier?«

»Ich wollte mal sehen, wie du arbeitest. Wo ist die Schlange?«

»Der Hund hat sie.«

Noch immer schwelgt Joschka im Jagdfieber, er schüttelt die Schlange, die ihr Leben inzwischen ausgehaucht hat, als wäre sie ein Karnickel.

»Joschka, aus! Laß los!« ordnet Frau Himmelreich an, die hinter einem Monument zum Vorschein kommt. Der Jäger läßt seine Beute widerwillig fallen.

»Braver Hund!«

Daan nimmt das schwer lädierte Reptil vorsichtig am hinteren Ende. »Das ist eine Sandviper.« Er sieht erst Antonie, dann Jenny an. »Die Schlange ist giftig. Ich bringe dich jetzt ganz schnell in ein Krankenhaus. Da bekommst du Medizin, damit dir das Schlangengift nichts tun kann, einverstanden?«

Jenny sieht Antonie mit fragenden Augen an.

Die nickt ihr zu. »Das ist auch ein Polizist. Es wird alles gut. Wir rufen deine Mama an.« Sie deutet nach Süden und sagt zu Daan: »Da hinten, gleich neben dem Friedhof, ist das Bürgerhospital. Du bist am schnellsten zu Fuß da. Ich rufe inzwischen dort an und sage Bescheid.«

Zilke Himmelreich zückt ein Spitzentaschentuch. »Hier. Sie sollten dem Kind die Hand abbinden.«

Hastig knotet Antonie das Taschentuch um Jennys Unterarm. »Damit sich das Gift im Blut nicht ausbreiten kann«, erklärt sie. Das Mädchen nickt. Dann hastet der Holländer mit dem Kind auf dem Arm davon.

»Was machen Sie überhaupt hier?« fragt Antonie Zilke Himmelreich nicht gerade freundlich.

»Ich wollte mal sehen, wie die Polizei so arbeitet«, antwortet sie und fächelt sich mit ihrem Hut Luft zu, während Antonie telefoniert.

»Was meinen Sie, sollen wir Joschka auch behandeln lassen?« fragt Antonie mit einem besorgten Blick auf den hechelnden Hund.

Frau Himmelreich schüttelt den Kopf. »Dem ist nichts passiert. Cairn-Terrier sind ausgesprochen geschickt in solchen Dingen. Er hat nur Durst, ich suche mal einen Wasserhahn.«

Geller kommt im Laufschritt zurück.

»Scheiße, die ist mir entwischt«, keucht er. »Sag mal, spinne ich oder war das nicht eben dieser holländische Super-Profiler? Was macht *der* denn hier?«

Antonie verzichtet auf eine Antwort. »Wir geben eine Fahndung raus. Die kommt nicht weit.«

Es war einfach, den Bullen, der sie verfolgte, abzuschütteln, und sie hat auch den anderen Typen mit dem Mädchen auf dem Arm rechtzeitig bemerkt und ihn, hinter einen Grabstein geduckt, an sich vorbeirennen lassen. Ein Friedhof ist ein idealer Ort, um sich zu verstecken, da man Schritte auf dem Kies schon von weitem hört. Es sei denn, man benutzt die Beete der Gräber, um lautlos voranzukommen, so wie sie es tut. Auf diese Weise hat sich Sandra schon fast bis zum alten jüdischen Friedhof vorgearbeitet. Den Haupteingang will sie meiden, dort wartet sicher die Polizei auf sie. Da hinten sieht sie die rote Sandsteinmauer. Sie wird sich so lange daran entlang bewegen, bis sie einen Ausgang findet oder eine passende Stelle zum Drüberklettern, ja das ist wahrscheinlich noch besser. Womöglich haben sie einen Posten an jedem Eingang. Oder haben sie schon den ganzen Friedhof umstellt? Nein, dafür war zu wenig Zeit. Sie muß rasch hier weg, ehe sie mit Hunden anrücken. Sie bleibt stehen und lauscht. Sprichwörtliche Totenstille. Keine Polizeisirenen, nicht einmal die Vögel zwitschern, es ist, als ob die Hitze alles lähmt. Da ist nur ein scharrendes Geräusch. Sandra geht vorsichtig weiter, ihr Herz schlägt heftig. Sie nähert sich dem Geräusch. Es ist der Friedhofsgärtner, der da mit seinem Strohhut auf dem Kopf und dem Rechen in der Hand im Schneckentempo den Weg harkt. Soll sie umkehren? Nein, sie darf keine Zeit verlieren, nichts wie raus aus diesem Gottesacker, und der alte Mann hat sie ohnehin schon gesehen. Er nickt ihr zu, ohne sein stumpfsinniges Scharren zu unterbrechen. Jetzt nur nicht die Nerven verlieren, ganz cool bleiben. Sie mustert die Gestalt aus den Augenwinkeln, während sie vorgibt, die Inschrift einer Grabplatte zu studieren. Sein Hemd hängt aus der schmutzigen Cordhose, strähnige Haarbüschel wachsen unter dem Hut heraus bis in die Augen, seine Unterlippe bewegt sich, als führe er ein lautloses Selbstgespräch, der Blick ist der Welt entrückt. Keine Gefahr, entscheidet Sandra und geht an ihm vorbei, als wäre sie eine ganz normale Friedhofsbesucherin. Sie erwidert sogar das höfliche »Grüß Gott« des Debilen.

Endlich, da ist ein Ausgang. Unwillkürlich läuft sie schneller. Sind das ihre Schritte, die da so laut ... sie hat keine Zeit mehr, sich umzudrehen, jemand packt ihre Arme und verdreht sie auf ihrem Rücken, und Sandra kommt sich vor wie ein Huhn, dem man die Flügel ausreißt. Sie geht mit einem Schmerzenslaut in die Knie, und Romero läßt die Handschellen zuschnappen, die er auf der Rückfahrt vom Golfplatz bei Linda Bussek im Laden erstanden hat.

Epilog

Antonie, Geller, Irina und Osman sitzen an einem Tisch im *Rue Morgue* und stoßen mit ihren Weingläsern an.

»Auf Ossis Entlassung!« sagt Geller und fängt schon wieder an zu grinsen. »Ossi, du hättest sehen sollen, wie Romero die Frau anschleppte, in diesen schwuchteligen, tuntigen Plüschhandschellen!«

»Immerhin hat *er* sie gekriegt«, knurrt Antonie, der Gellers Spott allmählich auf die Nerven geht. Seit einer Woche muß sie sich seine schlüpfrigen Witze anhören.

»Wo ist er eigentlich, hast du ihn nicht gefragt, ob er mitkommen möchte?« fragt Geller.

»Er hatte schon was vor«, antwortet Antonie in möglichst neutralem Tonfall.

»Schade«, sagt Ossi, »den hätte ich gern mal kennengelernt.«

»Er sagte, daß er vielleicht später nachkommt«, verrät Antonie und glaubt selbst nicht daran.

»Wo kriegt man eigentlich so eine Giftschlange her?« wechselt Irina das Thema.

»In Zoohandlungen, im Internet«, antwortet Antonie. »Außerdem hatten Moritz und seine Großmutter früher ein Terrarium im Gewächshaus, sie wußten also, wohin man sich wenden kann.«

»Und so eine Sandviper kann einen Menschen töten?« fragt Osman.

»Heumann sagt, wenn sie einen richtig erwischt und man nicht rechtzeitig behandelt wird, ja. Die Kleine hatte Glück«, fügt Antonie hinzu. Die Wunde an der Hand stammte von den Rosen.

Die Tür geht auf, und ein Geräusch dringt herein, das man schon fast vergessen hatte. Jemand ruft: »Es regnet!«

Ein klatschnasser Rosenverkäufer betritt das Lokal.

»Endlich«, seufzt Antonie. Geller rennt zur Tür und hüpft vor dem Lokal auf dem Gehsteig herum. »He, kommt raus, es ist herrlich!« Antonie und Irina bleiben sitzen, nur Osman folgt ihm wie ein treuer Hund, allerdings ist er mit seinem Verband um den Bauch und der frisch genähten Operationsnarbe noch etwas langsam. Der Rosenverkäufer kommt vorbei, Antonie schüttelt den Kopf, aber Irina kauft ihm eine ab. Sie legt sie neben Gellers Glas.

»Was machst du da?« fragt Antonie.

Irina grinst ihr breitestes Grinsen. »Soll ich dir sagen, von wem die Rosen an Gellers Wagen waren?«

»Von dir etwa?«

»Spinnst du?« entfährt es Irina. »Jetzt überleg mal, Frau Kommissarin. Wann genau hat das angefangen, wann hat es aufgehört?«

»Letzte Woche war nichts, es fing an, als ...« Antonie bleibt der Mund offen stehen. »Du ... du meinst, er ist ...«

»Ich meine nicht, ich weiß es.«

Antonie seufzt tief auf. »Armer Kerl. Das wird eine große Pleite werden.«

»Wer weiß«, kichert Irina und deutet nach draußen, wo Rolf Geller und Osman wie Dreijährige in den Pfützen herumplatschen und singen: »*Am Tag, als der Räääägen kam ...*«

Irina und Antonie können es kaum erwarten, bis die zwei triefenden Gestalten zurückkommen und Geller die Rose neben seinem Glas sieht.

»Was ist das?«

»Eine Rose«, kommt es im Chor.

»Blöder Witz!«

»Kein Witz. Als wir beide vom Klo kamen, lag sie da.«

Osman erklimmt mühsam seinen Barhocker und starrt die Rose an. Geller schaut verunsichert von einer zur anderen,

»Ihr verarscht mich doch, oder?«

»Nein!«

»Niemals!«

Geller winkt Erik, dem Barmann. »Einen Absinth, bitte.«

Romero lauscht der Klaviermusik und verfolgt dabei die schmetterlingshaften Bewegungen von Anette Fabers Händen. Das Konzert ist gut besucht. Romero schaut hinüber zu Moritz Faber. Er sitzt in der ersten Reihe, neben ihm ist ein Platz frei. Von dem leeren Stuhl geht etwas Anklagendes aus, findet Romero. Als wolle Moritz Faber damit illustrieren, was für ein Leid seiner Familie angetan worden ist. Leid? Was geht mir bloß für ein Unsinn durch den Kopf! Verliere ich allmählich das Empfinden für Recht und Unrecht? Immerhin war der Junge am Mord seines Vaters beteiligt, einem kühl und geschäftsmäßig geplanten Verbrechen, auch wenn man es ihm nicht beweisen kann. Er kann von Glück sagen, daß da nicht zwei leere Stühle sind. Was Hermione Sievers betrifft, wird es auf Unzurechnungsfähigkeit oder etwas in der Richtung hinauslaufen, das wird von den psychiatrischen Gutachtern abhängen, und da bestehen ja beste Verbindungen. Es wird genau das geschehen, was die alte Dame durch ihre irrsinnige Aktion verhindern wollte: Sie wird in einem Heim landen.

Dennoch ist die Hartnäckigkeit, mit der die alte Dame die Beteiligung ihres Enkels leugnet und alles auf sich nimmt, ebenso dreist wie bewundernswert. Sie allein will die Rosen plaziert, die SMS verschickt haben und verkleidet im *Rue Morgue* gewesen sein. Die Staatsanwältin wird sich die Jackettkronen an ihr ausbeißen.

Moritz Faber wird man nichts anhaben können, solange er schweigt.

Romero grübelt seit Tagen, wie es mit dem Jungen wohl weitergehen wird. Was passiert mit einem, dem die Gelegenheit genommen wird, seine Tat zu sühnen? Ist er gewissenlos genug, um mit so einer Schuld leben zu können? Hoffentlich bringt er sich nicht eines Tages um, fährt es Romero durch den Kopf.

Und Sandra Bussek? Die ist aus härterem Holz geschnitzt. Auch sie leugnet stur den Mord an Faber. Die einzige Belastungszeugin – Hermione Sievers – wird möglicherweise für unzurechnungsfähig erklärt werden, und Moritz Faber kann nicht gegen Sandra aussagen, ohne seine Schuld und sein Mitwissen zuzugeben. Eine spannende Sache wird das. Ob sie die Nerven haben wird, einen langen, quälenden Indizienprozeß durchzustehen?

Beifall brandet auf. Das Konzert ist zu Ende. Auch Romero klatscht. Die Künstlerin verbeugt sich. Sie trägt das »kleine Schwarze«, ihr Haar ist streng nach hinten gebunden. Sie sieht wunderschön aus, findet Romero.

Der Beifall hält an, sie gewährt ihrem Publikum noch eine Zugabe, irgendwas von Chopin, wie Romero zu erkennen glaubt, dann ist das Konzert endgültig vorüber.

Romero läßt sich von der Menge der Konzertbesucher zum Ausgang schleusen. Er hat Anette Faber seit dem Abend, den sie bei ihm verbrachte, nicht mehr gesehen und auch nicht mehr mit ihr telefoniert. Gewisse Dinge lassen sich nicht am Telefon sagen. Ursprünglich hatte er vor, nach dem Konzert auf sie zu warten und sie auf ein Glas Wein einzuladen, aber im Grunde weiß er seit Tagen, daß er es nicht tun wird. Worüber sollten sie sprechen? Golf, Wein und Musik? Und danach? Nein, erkennt Romero, es geht nicht. Das gemeinsame Wissen um Moritz' Schuld macht eine Freundschaft, eine Liebe, eine Beziehung, gleich welcher Art, unmöglich.

Mit einem Stein in der Brust geht Romero nach Hause und gerät in einen Wolkenbruch. Er läuft durch den Regen, als gebe es ihn nicht, bis er stehenbleibt und sich das Wasser übers Gesicht laufen läßt, als könne der Regen die Geschehnisse der letzten zwei Wochen wegwaschen. Es war die Hitze. Das alles war nur ein Sommernachts-Alptraum.

Zu Hause stellt er sich unter die Dusche und schlüpft in seinen Morgenmantel. Er legt La Traviata auf, öffnet eine Flasche 87er Latour und steckt sich dazu eine Cohiba an. Die vage Verabredung mit Antonie in diesem *Rue Morgue* fällt ihm ein, aber dafür ist er jetzt nicht in der richtigen Stimmung. Er wird Antonie am Wochenende zu sich nach Hause einladen. Er wird Spaghetti kochen und vielleicht danach ein paar Scampi in Knoblauch und eine Zabaione zum Nachtisch … Aber vor allem Spaghetti. Spaghetti ißt Antonie am liebsten, wer wüßte das besser als Romero?

SERIE PIPER

Susanne Mischke

Mordskind

Roman. 360 Seiten. Serie Piper

Der fünfjährige Max ist ein wahrer Satansbraten, destruktiv und böse. Als Max plötzlich spurlos verschwindet, gerät die spießige Kleinstadt in Aufruhr, weil dies der zweite Fall in kurzer Zeit ist. Allerdings trauert niemand um ihn, nicht einmal seine Mustermutter Doris. Die sucht sich das Prachtkind Simon als Ersatz. Und ihre Freundin Paula, Redakteurin und beruflich ständig im Streß, bemerkt viel zu spät das teuflische Intrigenspiel um sich und ihren Sohn Simon.
Susanne Mischke hat mit »Mordskind« einen beklemmenden Psychokrimi geschrieben, der zugleich sarkastische Schlaglichter auf einen grassierenden Mutterschaftswahn wirft und das Dilemma zwischen Kind und Karriere mit Ironie und Einfühlungsvermögen zur Sprache bringt.

»Ein Kriminalroman der Extraklasse, lebensnah und spannungsvoll.«
Der Tagesspiegel

05/1012/01/L

Susanne Mischke

Schneeköniginnen

Roman. 319 Seiten. Serie Piper

Schon beim Abflug von München kommt einiges anders, als es sich Anne Schwartz, Millionärstochter und Karrierefrau im Pharma-Unternehmen ihres Vaters, gedacht hat. Auf der Damentoilette trifft sie die flippige Lebenskünstlerin Katie und deren Zuhälter – dem sie mit einer Flasche unsanft zusetzt. Die Begegnung der beiden ungleichen Frauen vertieft sich in New York, wo Anne ihren Kummer mit dem Dauerverlobten Stefan in Alkohol ertränkt. Katie fackelt nicht lange und schleppt Anne ab in die New Yorker Szene, bis ihr, der coolen Dealerin, der Boden zu heiß wird. Nichts wie weg und ab nach Kalifornien, quer durch die USA auf der legendären Route 66.

»Die gegensätzlichen Charaktere dieses schrägen Damenduos sind höchst plastisch ausgefallen – und nicht zuletzt der überraschende Ausgang zählt zu den großen Stärken dieses Romans.«
Darmstädter Echo

05/1016/01/R